10

2014 — 2024

以水定城

节水优先

空间均衡

以水定地

两手发力

以水定人

系统治理

以水定产

十年回响

主题宣传报道作品集

中国水利报社 编

长江出版社
CHANGJIANG PRESS

治水安邦，兴水利民。2014 年 3 月 14 日，在中央财经领导小组第五次会议上，习近平总书记站在实现中华民族永续发展的战略高度，基于对国情水情的深刻洞见和深邃思考，以新的视野、新的认识、新的理念，开创性地提出"节水优先、空间均衡、系统治理、两手发力"的治水思路，形成了科学严谨、逻辑严密、系统完备的理论体系，这是我们党百年来不懈探索治水规律的理论升华和实践结晶，彰显出巨大的思想伟力，在中华民族治水史上具有重要的里程碑意义。

"节水优先、空间均衡、系统治理、两手发力"的治水思路，贯穿着辩证唯物主义和历史唯物主义思想，科学回答了如何处理好水资源开发利用增量与存量的关系、水资源与经济社会发展的关系、治水要素之间的关系、治水中政府与市场的关系等重大问题，是在深化对自然规律、经济规律、社会规律认识的基础上对治水规律的科学把握，是面向经济社会发展对水利的实践需求做出的战略性选择，是新发展理念在治水领域的集中体现，是统筹解决我国新老水问题、保障国家水安全的治本之策，为新时代治水指明了前进方向、提供了根本遵循。

十年来，习近平总书记亲自擘画、亲自部署、亲自推动治水事业，就治水发表一系列重要讲话，做出一系列重要指示批示，考察调研的足迹遍及大江南北、大河上下，行之所至，察看甚广，言之所及，思虑甚远，"节水优先、空间均衡、系统治理、两手发力"的治水思路所蕴含的内涵要义、战略指引和原则要求不断丰富。水利部党组高度重视学习宣传贯彻习近平总书记治水思路，坚持问题导向，坚持底线思维，坚持预防为主，坚持系统观念，坚持创新发展，统筹水灾害、水资源、水生态、水环境治理，完善水旱灾害防御"三大体系"，实施国家水网重大工程，复苏河湖生态环境，推进数字孪生水利建设，建立健全节水制度政策，强化体制机制

法治管理，始终坚定不移用习近平总书记治水思路武装头脑、指导水利实践、推动水利工作。

十年来，在习近平总书记领航掌舵和治水思路的引领下，我国治水事业取得历史性成就、发生历史性变革，水旱灾害防御能力实现整体性跃升，水资源利用方式实现深层次变革，水资源配置格局实现全局性优化，江河湖泊面貌实现根本性改善。全国各级水利系统紧密结合工作实际，在治水思路中寻找破解复杂水问题的依据、方法和答案，推进治水管水从粗放用水向节水减排转变，从供水管理向需水管理转变，从局部治理向系统治理转变，从注重行政推动向坚持两手发力、实施创新驱动转变，对治水规律的认识实现了新的历史性飞跃。

中国水利报社推出"十年回响"主题宣传，并将其作为贯穿报社 2024 年宣传工作的重大主题主线，统一标识、统一名称展开宣传，一盘棋谋划、整体性推进，通过推出系列特稿、策划专号专栏、社论评论发声、拍摄专题视频等形式，全面阐释习近平总书记治水思路的思想伟力，充分展现十年治水变革的磅礴图景。本书遴选发表在《中国水利报》、中国水利网站及"中国水事"融媒体矩阵上的"十年回响"主题作品，结集成册。

十年铸就非凡，伟大思想引领伟大时代；十年成就梦想，伟大思想开启伟大征程。一路走来，收获满满。奋楫前行，踏上新程。

编委会

2024 年 12 月

目录

CONTENTS

引领发展篇

身边变化篇

影像视频篇

铺叙衬垫篇

◆ 十年回响·代表委员谈新时代坚持"治水思路" ◆

◆ 稳增长 添动能 强筋骨 ◆

综合论述篇

· 十 年 回 响 ·

十年回响

2014 年 3 月 14 日，习近平总书记在中央财经领导小组第五次会议上就保障国家水安全发表重要讲话，提出"节水优先、空间均衡、系统治理、两手发力"的治水思路。十年来，在以习近平同志为核心的党中央坚强领导下，我国水利事业取得历史性成就、发生历史性变革，"节水优先、空间均衡、系统治理、两手发力"治水思路彰显出巨大的思想伟力。

2024 年 3 月 14 日，水利部召开深入贯彻落实习近平总书记"3·14"重要讲话精神会议。《中国水利报》把做好"十年回响"主题宣传报道作为重大政治任务，作为贯穿全年宣传工作的重大主线，并结合全面推行河湖长制 7 年、黄河流域生态保护和高质量发展战略等推出 3 期专号。同时围绕南水北调后续工程高质量发展、新中国成立 75 周年等，推出特稿。

水利部召开深入贯彻落实习近平总书记"3·14"重要讲话精神会议

□ 本报通讯员　张岳峰　记者　王曼玉

3月14日，水利部召开会议，对习近平总书记"节水优先、空间均衡、系统治理、两手发力"治水思路和关于保障国家水安全重要讲话进行再学习再领悟，对贯彻落实工作进行再部署再推动。部党组书记、部长李国英出席会议并讲话，部领导王新哲、王道席、朱程清、陈敏、李良生出席会议。

李国英指出，十年来，在习近平总书记领航掌舵和治水思路的科学指引下，我国治水事业取得历史性成就、发生历史性变革，办成了许多事关战略全局、事关长远发展、事关人民福祉的治水大事要事。要进一步深刻领悟"两个确立"的决定性意义，增强"四个意识"，坚定"四个自信"，做到"两个维护"，始终做习近平总书记治水思路的坚定信仰者和忠实实践者。

李国英强调，习近平总书记开创性地提出"节水优先、空间均衡、系统治理、两手发力"的治水思路，系统回答了新时代为什么要做好治水工作、做好什么样的治水工作、怎样做好治水工作等一系列重大理论和实践问题，在中华民族治水史上具有重要里程碑意义。要充分认识习近平总书记治水思路的重大政治意义、理论意义、实践意义、历史意义、世界意义，不断增强政治认同、思想认同、理论认同、情感认同，坚定不移用习近平总书记治水思路武装头脑、指导水利实践、推动水利工作。

李国英要求，新时代新征程上，要深学细悟习近平总书记治水思路和关于治水重要论述精神，统筹水利高质量发展和高水平安全，统筹水利高质量发展和高水平保护，锚定为以中国式现代化全面推进强国建设、民族复兴伟业提供有力的水安全保障的总体目标，坚持习近平总书记治水思路，坚持问题导向，坚持底线思维，坚持预防为主，坚持系统观念，坚持创新发展，统筹水灾害、水资源、水生态、水环境治理，完善水旱灾害防御"三大体系"、实施国家水网重大工程、复苏河湖生态环境、推进数字孪生水利建设、建立健全节水制度政策、强化体制机制法治管理，

不断提升水旱灾害防御能力、水资源节约集约利用能力、水资源优化配置能力、江河湖泊生态保护治理能力，确保防洪安全、供水安全、粮食安全、生态安全，为推动水利高质量发展、保障我国水安全作出新的贡献。

会议以视频形式召开。水利部机关各司局、部直属单位、各省（自治区、直辖市）和新疆生产建设兵团水利（务）厅（局）主要负责人参加会议。水利部规划计划司、全国节水办、广东省水利厅、长江水利委员会、浙江省水利厅负责人作交流发言。

（刊载于《中国水利报》，2024年3月15日1版）

水澄天阔远　道正理分明

□ 本报记者　迟　诚

什么样的成就足以载入史册？泱泱大国千百年来治水兴水，在新时代创造了发展最快、成效最好的十年。

什么样的思想足以引领未来？真理的光芒照耀光辉的实践，激荡起新阶段水利高质量发展朵朵浪花，凝聚起奔向中国式现代化的磅礴力量。

什么样的行动足以诠释担当？汗水浇灌收获，江河湖畔水利人的奋斗身影映射出团结奋进、充满活力的中国水利。

2014年3月14日，习近平总书记在中央财经领导小组第五次会议上就保障国家水安全发表重要讲话，提出"节水优先、空间均衡、系统治理、两手发力"的治水思路，把水安全上升为国家战略。

十年来，我们越来越深刻地感悟到治水思路的高瞻远瞩，越来越深刻地感受到治水之于治国的千钧分量。

十年来，我们以系统思维统筹水的全过程治理，激发出澎湃活力，中国水利意气风发地迈上高质量发展的新阶段。

十年来，我们不断丰富江河文明与河流伦理，改变用水管水护水方式，人水关系迈向和谐共生的系统重塑。

江河湖库见证，十年成就非凡。我们在以习近平总书记治水思路和关于治水重要论述精神的引领下，走过了波澜壮阔、硕果累累的十年，书写了江河竞秀、万水安澜、兴水惠民的水利新篇章。

十年来，治水思路思想伟力持续彰显，高质量发展成为鲜明主题，新时代治水画卷铺展开来

2014年2月25日，习近平总书记来到北京市自来水集团第九水厂，语重心长地要求深入开展节水型城市建设，使节约用水成为每个单位、每个家庭、每个人的自觉行动。

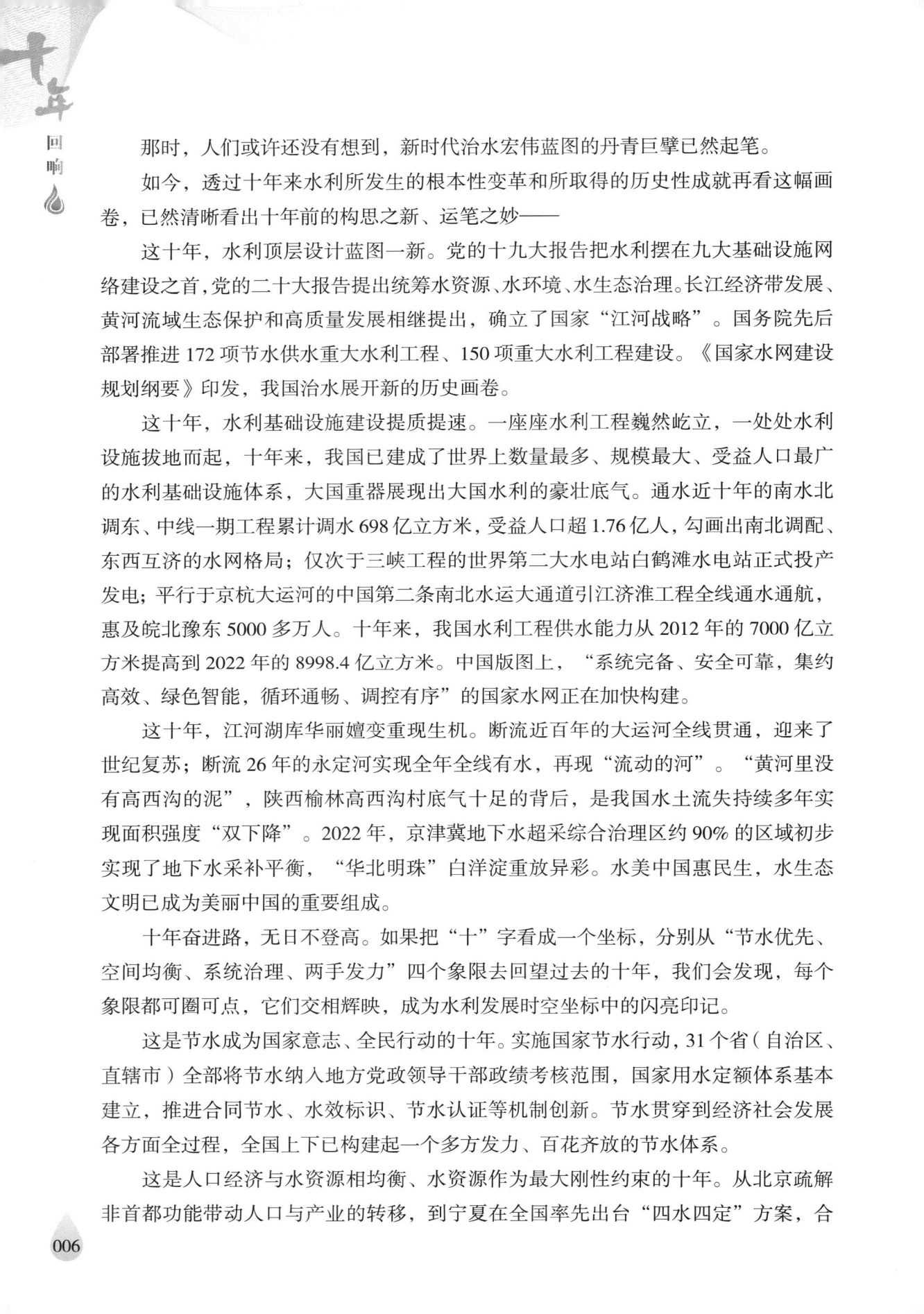

那时，人们或许还没有想到，新时代治水宏伟蓝图的丹青巨擘已然起笔。

如今，透过十年来水利所发生的根本性变革和所取得的历史性成就再看这幅画卷，已然清晰看出十年前的构思之新、运笔之妙——

这十年，水利顶层设计蓝图一新。党的十九大报告把水利摆在九大基础设施网络建设之首，党的二十大报告提出统筹水资源、水环境、水生态治理。长江经济带发展、黄河流域生态保护和高质量发展相继提出，确立了国家"江河战略"。国务院先后部署推进 172 项节水供水重大水利工程、150 项重大水利工程建设。《国家水网建设规划纲要》印发，我国治水展开新的历史画卷。

这十年，水利基础设施建设提质提速。一座座水利工程巍然屹立，一处处水利设施拔地而起，十年来，我国已建成了世界上数量最多、规模最大、受益人口最广的水利基础设施体系，大国重器展现出大国水利的豪壮底气。通水近十年的南水北调东、中线一期工程累计调水 698 亿立方米，受益人口超 1.76 亿人，勾画出南北调配、东西互济的水网格局；仅次于三峡工程的世界第二大水电站白鹤滩水电站正式投产发电；平行于京杭大运河的中国第二条南北水运大通道引江济淮工程全线通水通航，惠及皖北豫东 5000 多万人。十年来，我国水利工程供水能力从 2012 年的 7000 亿立方米提高到 2022 年的 8998.4 亿立方米。中国版图上，"系统完备、安全可靠，集约高效、绿色智能，循环通畅、调控有序"的国家水网正在加快构建。

这十年，江河湖库华丽嬗变重现生机。断流近百年的大运河全线贯通，迎来了世纪复苏；断流 26 年的永定河实现全年全线有水，再现"流动的河"。"黄河里没有高西沟的泥"，陕西榆林高西沟村底气十足的背后，是我国水土流失持续多年实现面积强度"双下降"。2022 年，京津冀地下水超采综合治理区约 90% 的区域初步实现了地下水采补平衡，"华北明珠"白洋淀重放异彩。水美中国惠民生，水生态文明已成为美丽中国的重要组成。

十年奋进路，无日不登高。如果把"十"字看成一个坐标，分别从"节水优先、空间均衡、系统治理、两手发力"四个象限去回望过去的十年，我们会发现，每个象限都可圈可点，它们交相辉映，成为水利发展时空坐标中的闪亮印记。

这是节水成为国家意志、全民行动的十年。实施国家节水行动，31 个省（自治区、直辖市）全部将节水纳入地方党政领导干部政绩考核范围，国家用水定额体系基本建立，推进合同节水、水效标识、节水认证等机制创新。节水贯穿到经济社会发展各方面全过程，全国上下已构建起一个多方发力、百花齐放的节水体系。

这是人口经济与水资源相均衡、水资源作为最大刚性约束的十年。从北京疏解非首都功能带动人口与产业的转移，到宁夏在全国率先出台"四水四定"方案，合理规划人口、城市和产业发展，我国水资源管理从增加供给转向需求管理，从"多占多用"转向"产水适配"，从"人水相争"转向"人水和谐"。

这是坚持山水林田湖草沙一体化保护和系统治理的十年。长江流域各地"共抓大保护，不搞大开发"，清洁美丽的万里长江奔腾向前。上游保护、中游治理、下游修复，黄河流域共同抓好大保护，协同推进大治理。十年来，大江大河和重要湖泊湿地生态保护治理以前所未有的力度向前推进，从生态系统整体性和流域系统性出发，统筹协调上下游、左右岸、干支流关系，追根溯源、系统治理，让河流恢复生命，流域重现生机。

这是坚持政府作用和市场机制"两只手"协同发力的十年。水利法治体系建立健全、"放管服"改革持续深化；水价形成机制日趋科学，水权市场化交易日渐活跃，社会资本踊跃投入水利事业。政府作用和市场作用有机统一、相互促进的发展格局基本形成。

舟行江河，方向为本。在以习近平同志为核心的党中央坚强领导下，各级水利部门砥砺奋进，破浪前行，解决了许多长期想解决而没有解决的水问题。水安全保障更加有力、水资源利用更加高效、水生态改善更加明显，水利人在治水思路的指引下步履铿锵。

十年来，水利与经济社会发展关联更加紧密，为高质量发展提供的基础保障作用更为突出

"要想国泰民安、岁稔年丰，必须善于治水。""推进中国式现代化，要把水资源问题考虑进去。"十年来，大国领袖将大国治水置于治国安邦的战略高度。水利不负所望，在通往中国式现代化的道路上，扮演越来越重要的角色。

告急！ 2023 年汛期，海河流域发生 60 年来最大流域性特大洪水。

缺水！ 2022 年，长江流域遭遇 1961 年有完整实测资料以来最严重长时间气象水文干旱。

超警！ 2021 年秋，黄河中下游遭遇新中国成立以来最严重秋汛。

极端天气多发频发，水旱灾害如一把利剑始终悬在头上。

习近平总书记多次对防汛抗旱减灾作出重要指示批示，各级水利部门以此为根本遵循，扛牢水旱灾害防御天职。十年来，我们建成了世界上规模最大的防洪抗旱减灾体系，水旱灾害防御能力显著提升。长江流域 75 座大中型水库联合调度，大旱之年实现供水无虞、粮食丰收；"一个流量、一方库容、一厘米水位"精细调度水工程，全力以赴应对历史罕见秋汛；海河流域精准有序调度 84 座大中型水库，启用

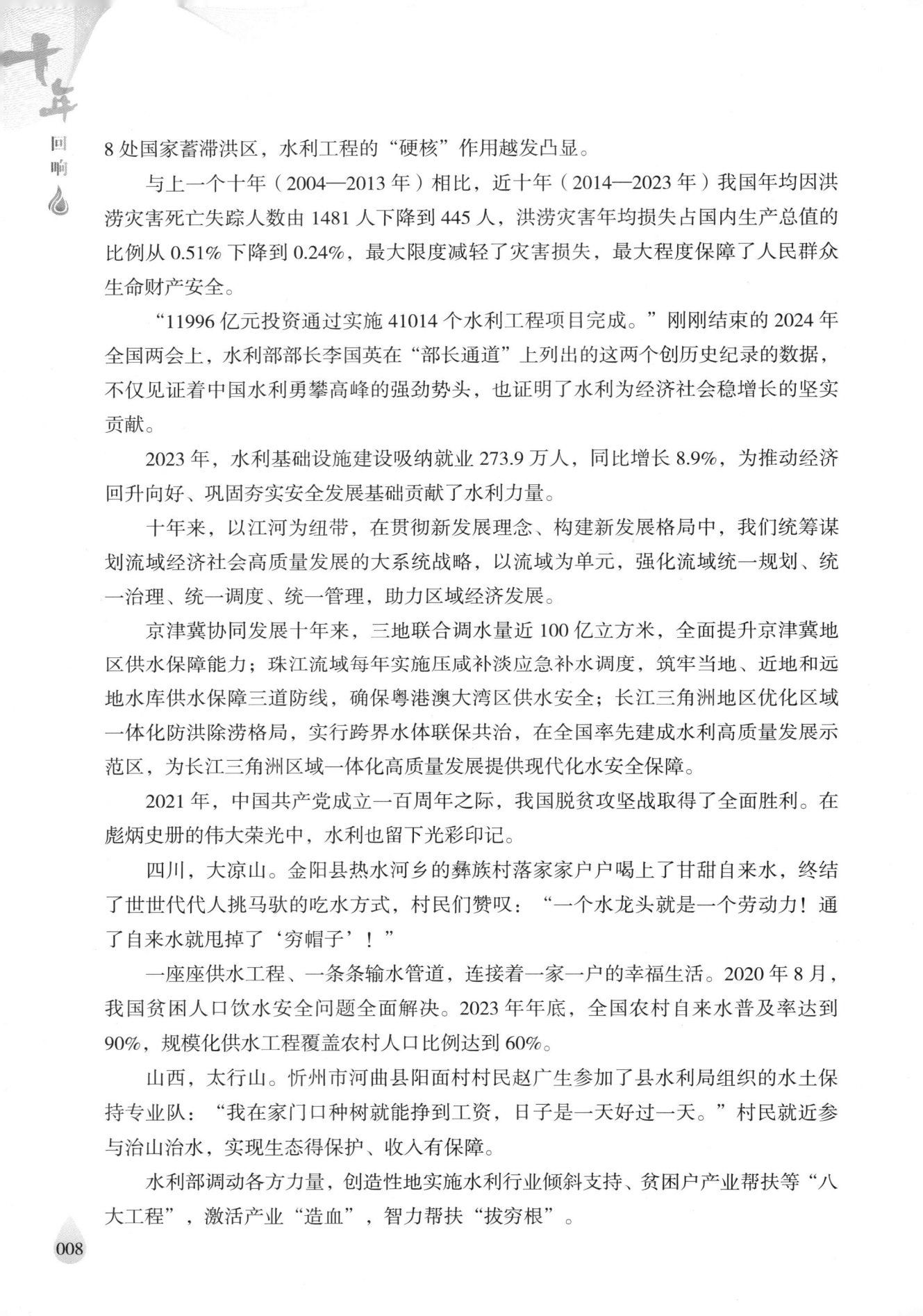

8 处国家蓄滞洪区，水利工程的"硬核"作用越发凸显。

与上一个十年（2004—2013 年）相比，近十年（2014—2023 年）我国年均因洪涝灾害死亡失踪人数由 1481 人下降到 445 人，洪涝灾害年均损失占国内生产总值的比例从 0.51% 下降到 0.24%，最大限度减轻了灾害损失，最大程度保障了人民群众生命财产安全。

"11996 亿元投资通过实施 41014 个水利工程项目完成。"刚刚结束的 2024 年全国两会上，水利部部长李国英在"部长通道"上列出的这两个创历史纪录的数据，不仅见证着中国水利勇攀高峰的强劲势头，也证明了水利为经济社会稳增长的坚实贡献。

2023 年，水利基础设施建设吸纳就业 273.9 万人，同比增长 8.9%，为推动经济回升向好、巩固夯实安全发展基础贡献了水利力量。

十年来，以江河为纽带，在贯彻新发展理念、构建新发展格局中，我们统筹谋划流域经济社会高质量发展的大系统战略，以流域为单元，强化流域统一规划、统一治理、统一调度、统一管理，助力区域经济发展。

京津冀协同发展十年来，三地联合调水量近 100 亿立方米，全面提升京津冀地区供水保障能力；珠江流域每年实施压咸补淡应急补水调度，筑牢当地、近地和远地水库供水保障三道防线，确保粤港澳大湾区供水安全；长江三角洲地区优化区域一体化防洪除涝格局，实行跨界水体联保共治，在全国率先建成水利高质量发展示范区，为长江三角洲区域一体化高质量发展提供现代化水安全保障。

2021 年，中国共产党成立一百周年之际，我国脱贫攻坚战取得了全面胜利。在彪炳史册的伟大荣光中，水利也留下光彩印记。

四川，大凉山。金阳县热水河乡的彝族村落家家户户喝上了甘甜自来水，终结了世世代代人挑马驮的吃水方式，村民们赞叹："一个水龙头就是一个劳动力！通了自来水就甩掉了'穷帽子'！"

一座座供水工程、一条条输水管道，连接着一家一户的幸福生活。2020 年 8 月，我国贫困人口饮水安全问题全面解决。2023 年年底，全国农村自来水普及率达到 90%，规模化供水工程覆盖农村人口比例达到 60%。

山西，太行山。忻州市河曲县阳面村村民赵广生参加了县水利局组织的水土保持专业队："我在家门口种树就能挣到工资，日子是一天好过一天。"村民就近参与治山治水，实现生态得保护、收入有保障。

水利部调动各方力量，创造性地实施水利行业倾斜支持、贫困户产业帮扶等"八大工程"，激活产业"造血"，智力帮扶"拔穷根"。

2023 年，我国粮食产量史无前例地实现了"二十连丰"。这背后是我国居世界首位的农田灌溉面积和持续巩固提升的农田灌溉水利工程。2022 年，我国农田有效灌溉面积已达 10.55 亿亩（1 亩 ≈ 0.067 公顷），以占全国 55% 的耕地灌溉面积，生产了全国 77% 的粮食和 90% 以上的经济作物。水利为"中国人的饭碗任何时候都要牢牢端在自己手上"作出突出贡献。

水利粮丰，片片沃野之上崛起的座座"粮仓"，保障着粮食安全"国之大者"，承载起农民增产增收的新希望。

十年来，水利体制机制法治不断完善，治理能力整体跃升，各项事业发展活力迸发

进入新时代，我国面临深刻而复杂的变化，新老水问题交织，高质量发展需要筑牢根基。我们沿着习近平总书记指引的方向，紧紧依靠党领导水利工作的制度优势，不断完善水利体制机制法治，建立健全治水兴水的工作体系。

法律护航新阶段——

"刀鱼回来了！""江豚回来了！"

2021 年 3 月 1 日，我国第一部流域法——《中华人民共和国长江保护法》正式施行。三年来，网具没了、船只少了、干扰小了，长江大保护成效明显，长江刀鱼洄游大通道正逐渐恢复生态功能，江豚的栖息地正在逐步改善和扩大。

2023 年 4 月 1 日，我国第二部流域法——《中华人民共和国黄河保护法》实施，"江河战略"法治化全面推进。

法律是治水利剑，也是护水盾牌。十年来，我国水利法治建设取得了全面进步。《农田水利条例》《地下水管理条例》《南水北调工程供用水管理条例》等法规陆续颁布执行，水行政执法与刑事司法衔接、水行政执法与检察公益诉讼协作等依法治水工作机制不断健全，水利事业在法治轨道上行稳致远。

河长制促进"河长治"——

"每条河流要有'河长'了"——习近平主席在 2017 年新年贺词中的亲切话语犹在耳边。这是情系民生的庄严承诺，也是维护河流健康的号令动员。

河长制、湖长制相继全面建立。全国 31 个省份党政主要负责同志担任省级河湖长，省、市、县、乡、村五级 120 万名河湖长上岗履职。

各大流域建立省级河湖长联席会议机制，在重大引调水工程输水干线推行河长制，多地探索实行"河长 + 警长 + 检察长"，以河湖长制为抓手建设幸福河湖……河湖长制从"有名有责"到"有能有效"，污染的河清澈起来，断流的河欢奔起来，

河畅、水清、岸绿的美好图景正变为现实。

创新培育新动能——

电脑前，轻点鼠标，丹江口水库满蓄各项关键数值和实时画面跃然屏上。1分钟内，工作人员便能完成一项关于水库170米蓄水大坝安全的数字演算。

以数字孪生水利为代表的新技术、新手段、新应用在水利行业全面推广。雨水情监测预报"三道防线"加快构建，流域防洪业务"四预"（预报、预警、预演、预案）应用取得突破，北斗、人工智能、大数据、遥感、激光雷达等技术应用不断深化，一系列技术难题得到突破，重大科技成果不断涌现。

改革激发新活力——

2016年，《国务院办公厅关于推进农业水价综合改革的意见》规定，全国各地抓紧深化农业水价综合改革这个"牛鼻子"，创新建管模式和投融资方式，更多可复制可推广的新经验、新模式加速涌现。

2016年，中国水权交易所挂牌营业。截至目前，国家水权交易平台用水权交易累计达到11482单，交易水量突破43亿立方米。全国首单水土保持项目碳汇交易、黄河流域首单跨省区区域水权交易签约成功，首个幸福河湖建设基金建立，取水贷、节水贷等新型产品拓宽了社会资本进入水利的路径，共享水利赋予"水利+"更多可能。

十年来，人民群众因水而获得的幸福感不断增强，厚重水文化凝聚更深沉、更持久的力量，中国水利更加自信地走向世界舞台中央

从"有河无水，有水皆污"到"碧波万顷，大河美景"，山西汾河实现"水量丰起来、水质好起来、风光美起来"。

白鹭成群，推窗见景，得益于万里安全生态水系建设，福建莆田木兰溪从"水患之河"变成"安全之河"，成为全国生态文明建设的样本。

从"饮水困难"到"浙水好喝"，从"河湖脏乱"到"浙水美丽"，浙江激活农村水系，带活富美乡村，以水为笔，在"千万工程"中书写了浓墨重彩的水利篇章。

十年间，"让黄河成为造福人民的幸福河"延伸到让每条河流都成为幸福河，一张张幸福的笑脸映衬在清澈的水面，一个个动人的故事串联起兴水惠民的民生图景。

目前，位于安徽省六安市的七门堰调蓄灌溉系统已经开始春灌。2023年，这项工程成为世界灌溉工程遗产名录中34项中国工程之一，因为它两千多年前就采用了弯道环流技术，能够因势利导控制水流。

古老的东方治水智慧，历经千百年，影响着中国，也影响着世界。在开放与共享中，新时代治水让世界看到一个负责任、有智慧、更加自信从容的东方大国。

十年来，这种自信更加坚定并丰富发展，黄河文化在保护中传承、在传承中发展，浙东运河文化公园所承载的历史文明与现代文明交相辉映，浙江良渚、四川三星堆等重大考古发现赋予长江流域文化新价值。

"中国为世界树立了水治理的典范。"2023年，世界水理事会主席洛克·福勋在出席第18届世界水资源大会时表示，中国在推动全球水安全领域作出了重要贡献。

十年来，从基础设施"硬联通"、规则标准"软联通"，再到各国人民"心联通"，一项项中国水利标准走出国门，一批批中国承建的水利工程项目落地开花结果，惠及不同肤色不同语言的人们。中国积极参加联合国水大会等重要国际水事活动，推动习近平总书记治水思路成为国际主流治水理念。五项涉水工作成果纳入"一带一路"国际合作高峰论坛成果清单。与57个国家签署水资源双边合作协议72份。2017年建立澜湄水资源合作机制以来，中国援助近3亿元人民币帮助湄公河国家实施水资源领域项目。

中国水利从千年文明中走来，带着中华民族治水兴水的积淀，走向世界舞台的中央。

十年，是时间的刻度，是发展的坐标，更是奋进的乐章。

水澄天阔远，道正理分明。在这个生机盎然、孕育希望的春天，我们回望十年来的精彩与辉煌，也满怀期待憧憬着下一个十年的光荣与梦想。我们坚信在习近平新时代中国特色社会主义思想指引下，深入践行习近平总书记"节水优先、空间均衡、系统治理、两手发力"治水思路和关于治水重要论述精神，新时代的水利人铿锵向前，接续奋斗，还将在中国式现代化建设的新征程上谱写出新的华章！

（刊载于《中国水利报》，2024年3月14日1版）

节水优先：推动高质量发展的必然选择

□ 本报记者　陈思杰

十年的时间轴，叠加上经济社会发展的度量衡，计量着我们国家的变化与成长。

如果把十年来的国内生产总值及全国用水总量制作成一张图表，可以清晰地看到，国内生产总值跑出了一条上扬曲线，而全国用水总量则勾勒出一条总体呈下降趋势的曲线。

2014 年至 2023 年的十年，国内生产总值破百万亿元，实现了"翻一番"。经济平稳增长的同时，用水量不增反降，"一增一减"间，见证了水资源节约集约利用水平的大幅提升。

2014 年，在中央财经领导小组第五次会议上，习近平总书记提出了"节水优先、空间均衡、系统治理、两手发力"治水思路，并指出，当前的关键环节是节水，从观念、意识、措施等各方面都要把节水放在优先位置，为节水治水管水提供了科学指南和根本遵循。

推进中国式现代化，要把水资源问题考虑进去。经济社会的高质量发展，离不开强劲的"水动力"。

十年来，在习近平总书记"节水优先、空间均衡、系统治理、两手发力"治水思路的引领下，国家节水行动取得显著成效，水资源节约集约利用能力不断提升，全社会节水意识进一步增强。

破解瓶颈制约　节水是解决复杂水问题的根本出路

水灾害频发、水资源短缺、水生态损害、水环境污染等问题相互交织，给我国治水赋予了全新内涵，提出了崭新课题。

水，是习近平总书记在地方考察调研的关注点之一。十年来，习近平总书记的足迹遍及大江南北、黄河上下。所到之处，他多次就节约用水作出重要指示。

"要坚持以水定城、以水定地、以水定人、以水定产，把水资源作为最大刚性约束……""如果用水思路不改变，不大力推动全社会节约用水，再多的水也不够用。"一次次深情眺望，一句句殷切叮嘱，一项项深远谋划，习近平总书记情牵水资源节约保护，谋划高质量发展。

把节水放在优先位置，是习近平总书记深刻洞察新老水问题、总结国内外治水科学经验、针对我国水安全严峻形势提出的治本之策。

十年来，一系列顶层设计和决策部署逐步筑牢全社会节约用水的坚实根基。党的十九大报告提出实施国家节水行动。2019 年，国家发展和改革委员会、水利部联合印发《国家节水行动方案》。党的二十大报告指出，实施全面节约战略，推进各类资源节约集约利用。水利部联合有关部门制定出台《关于全面加强水资源节约高效利用工作的意见》《关于进一步加强水资源节约集约利用的意见》，推动节水成为"能水粮地矿材"一体化节约的重要一环。

节约用水作为一项事关发展全局的重要工作，被摆在了治水管水空前重要的位置。

在节水优先方针的指引下，水利部把建立健全节水制度政策作为推动新阶段水利高质量发展的六条实施路径之一，出台指导意见和实施方案，指标刚性约束更强，用水全过程管理更严，激励政策制度更实。

《节约用水条例（草案）》通过国务院常务会议审议，28 个省（自治区、直辖市）出台省级节水法规或规章。"十三五""十四五"节水型社会建设规划印发实施，《关于加强南水北调东中线工程受水区全面节水的指导意见》《关于加强非常规水源配置利用的指导意见》《关于推广合同节水管理的若干措施》相继出台，全方位推动落实国家重大区域战略节水要求。十年来，节水制度政策法规不断建立健全，让提升水资源利用效率更加有章可循。

节水工作涉及各行业、各部门，是重要的社会性工作、系统性工程。为加强部门间节水工作的统筹协调，2021 年，水利部牵头，会同国家发展和改革委员会等部门建立了节约用水工作部际协调机制，国务院 20 个部门作为成员单位，凝聚各部门、各行业力量，共同推进完成各项节水工作重要目标任务。

十年来，一系列重大政策相继出台，总量强度双控、节水评价等重要制度基本建立，水价改革加速推进，国家和省级取用水定额进一步完善，节约用水制度框架体系基本形成。

聚焦重点领域　推动形成绿色生产生活方式

绿色发展是关系我国发展全局的重要理念，是突破资源环境瓶颈制约、转变发展方式、实现可持续高质量发展的必然选择。

"加大干旱半干旱地区农业节水技术的推广力度。"2024 年全国两会期间，全

国人大代表、安徽省农业科学院副院长赵皖平提出建议。

"目前灌区年引黄用水量从52亿立方米下降到46亿立方米。"内蒙古自治区河套灌区水量信息化监测中心信息化科姜杰介绍。作为全国三个特大型灌区之一的河套灌区，应用来需水预测、动态配水等各种模型，为灌区引、供、排等用水一体化调度插上了"智慧化"翅膀。

用水量降下来，灌溉效率提上去。河套灌区年均粮食总产量达30亿千克以上，成为名副其实的"塞外粮仓"。

节水灌溉是农业节水的重要抓手。如今，喷灌、微灌、低压管灌、水肥一体化等高效节水灌溉技术，正以分区域规模化方式得到推广，应用于田间地头。

十年来，水利部与多部门协同，严格农业用水总量控制和定额管理，完善用水计量设施，在保证定额内基本用水需求的同时，对超定额用水实行累进加价。截至2023年，全国农田灌溉水利用系数已从2014年的0.530提高到0.576。

以制造业立市的天津，化工、生物医药、新材料等行业都是用水大户。天津把水资源作为最大的刚性约束，以水定城、以水定地、以水定人、以水定产，将"定"字落实在制度、技术、管理方方面面，倒逼产业结构调整、企业转型升级。

天津市武清区制定准入项目负面清单，高耗水项目全部实行"一票否决"；淘汰改造高耗水工艺设备，近千家企业纳入用水计划监管，不断培育高耗水行业节水型企业。

十年来，水利部与工业和信息化部协同发力，严禁水资源超载地区新（扩）建高耗水项目，压减水资源短缺和超载地区高耗水产业规模，推动依法依规淘汰落后产能，促进产业结构优化调整。

十年间，中国工业化水平逐年提升，万元工业增加值用水量逐年递减，按2014年可比价计算，从2014年的58立方米降至2023年的26立方米，工业水效大大提升，绿色低碳的生产方式逐步形成。

在广东省东莞市常平镇第二供水厂内，集成管网GIS（地理信息系统）、管网分区、管网监控、管网建模及压力管理系统于一体的智慧管网漏损控制数字化平台在这里"安家"，实现从"源头"到"龙头"的全程监管。

"供水管网埋于地下，产生暗漏难以发现。这一技术能快速聚焦管网漏损严重区域，及时修复解决，提高水资源的利用率。"粤海水务水技术研发部副总经理赵焱说。

特大型城市北京，先后实施两期"漏损控制三年行动计划"、百项节水标准规范提升工程，并出台地方性法规《北京市节水条例》，助力首都高质量发展。

十年来，各地将城市节水相关基础设施改造纳入城市更新行动，累计建成国家节水型城市 145 个，50 个重点城市（县城）实施公共供水管网漏损控制工程。

共绘美丽中国图景　让节水成为全民行动文明风尚

"护城河、汉城湖、大明宫国家遗址公园等地的景观补水，用的都是再生水。"在陕西省西安市的护城河畔，节水宣传志愿者向大家科普再生水利用的知识。

作为典型地区再生水利用配置试点城市，西安着力提升污水资源化利用能力和水平，让再生水为城市用水"减负"。

不仅仅是西安，全国 78 个城市开展典型地区再生水利用配置试点，在再生水规划、配置、利用、产输、激励等方面，打造先进模式和典型案例。

从"试点先行"到"全面开花"，节约用水贯穿经济社会发展全过程、各领域，全社会成员共同行动、群策群力。

水利部联合多部门印发《全国水情教育规划（2015—2020 年）》《公民节约用水行为规范》等，引导公众不断加深对我国水情的认知，增强水资源忧患意识，并对公众的节水意识、用水行为、节水义务提出了实用具体的要求，促进形成节水型生产生活方式和消费模式。

"节水需要大家的共同努力，从每个家庭做起，让节水理念代代相传。"宁夏回族自治区平罗县城关镇明珠社区的袁女士说。她积极参与宁夏"节水用水让家更美"节水家庭评选活动，成为小区的"节水榜样"。

2023 年，宁夏水利厅联合多部门公布了自治区首批 100 户节水家庭，从节水器具普及、水循环利用、水高效利用、参与公益性节水宣传等多方面，打造自治区家庭节水样板。

节约用水不仅仅是一句口号，更成为一个行动准则、一种文明风尚。

河北等省份将节水纳入精神文明建设指标体系，广西壮族自治区将节水纳入高校德育教育考核指标。浙江省在杭州第 19 届亚运会、四川省在成都大运会分别示范应用一批现代节水科技。

"通过系统漏水分析功能，学校挽回了大量损失，累计发现漏水点 20 余处，有效遏制了跑冒滴漏。"位于江苏省的江南大学后勤管理处处长吴光明说。江南大学依托学校相关学科背景，在节水型高校建设中蹚出了一条"物联感知、智慧节水"的新路径。

作为城市节水和社会节水的关键切入点和主要突破口，节水型高校建设正在促进和带动全社会形成节水型生产生活方式。

从家庭到学校，从社区到城市，节水护水惜水逐渐成为全社会的自觉行动。

2023 年，水利部、中央精神文明建设办公室、国家发展和改革委员会等 11 个部门联合印发《关于加强节水宣传教育的指导意见》，推进节水宣传教育理念、内容和方式创新，助推形成节水型生产生活方式。

节水触角不断延伸，节水典范不断涌现。在每年的"世界水日""中国水周"等重要节点，全国各地策划开展形式多样的节水主题宣传活动。"节水中国行"主题宣传活动等节水品牌逐步壮大，节水进机关、进社区、进校园、进企业等活动掀起宣传热潮……政府主导、部门协同、社会各界广泛参与的节水"大宣教"工作格局加快形成。

十年来，县域节水型社会达标建设全面开展，共建成六批 1763 个达标县（区）、145 个节水型城市、1546 所节水型高校、14 万个节水型单位。

当前，节水产业发展势头良好。我国节水产业初具规模，基本形成了从研发设计、产品装备制造到工程建设、服务管理的全产业链条。

我国累计推动实施合同节水管理项目 714 项，吸引社会资本 95 亿元。山西、辽宁、吉林、海南、甘肃等 23 个省（自治区、直辖市）出台"节水贷"金融产品，贷款金额超过 2100 亿元。各地大力推进节水技术转化推广，开展水效领跑者行动。广东等地积极搭建高层次交流展示平台，推动节水科技创新和产业发展。

征程万里风正劲，重任千钧再出发。在习近平总书记"节水优先、空间均衡、系统治理、两手发力"治水思路的科学引领下，水利人真抓实干、攻坚克难，加快推进水资源节约集约高效利用，扎实推动新阶段水利高质量发展，为以中国式现代化全面推进强国建设、民族复兴伟业贡献水利力量！

（刊载于《中国水利报》，2024 年 3 月 15 日 1 版）

空间均衡：水与发展的平衡之路

□ 本报记者　杨文杰

从水与人、水与发展的角度来看，这是一个让人惊叹的结论：中国以占全球 6% 的淡水资源，保障了全球近 20% 人口的用水，创造了全球 18% 以上的经济总量！

然而，十年前，我们面临的是一张极具挑战的考卷——以水资源消耗的粗放型发展换取经济增长，付出了惨痛的生态环境代价。资源性、工程性、水质性缺水问题制约着经济社会发展，水资源短缺、水生态损害、水环境污染愈加突出。如何作答？

十年后，我们写就的却是一张让世人惊叹的答卷—— 一项项重大引调水工程，有效促进水资源跨流域、跨区域调配，成为保障国家粮食安全、经济安全、社会安全、生态安全的"生命源泉"。落实最严格水资源管理制度，我国水资源利用方式实现系统性变革，水资源配置格局实现全局性优化，我国水安全保障能力全面提升。

作为习近平总书记"节水优先、空间均衡、系统治理、两手发力"治水思路的组成部分，"空间均衡"这一新时代水利工作必须遵循的根本原则，在践行新发展理念、解决水利发展不平衡不充分问题的实践中，愈发彰显治水智慧、真理之光。

"四水四定"　水资源承载经济发展的底层逻辑

我们充分认识到，水资源是有限的，要立足水资源承载能力，强化水资源刚性约束，合理规划城市、土地、人口和产业发展。

空间均衡，打破了过去把水当作可无限索取资源的旧思维，科学回答了水资源与经济发展的关系，其核心就是落实以水定城、以水定地、以水定人、以水定产，充分发挥水资源刚性约束作用，倒逼发展规模、结构、布局的优化，将人口经济发展规模控制在水资源承载能力范围之内，以水资源的可持续利用支撑经济社会的可持续发展。

针对空间均衡，习近平总书记指出，必须树立人口经济与资源环境相均衡的原则。"有多少汤泡多少馍"。要加强需求管理，把水资源、水生态、水环境承载力作为刚性约束，贯彻落实到改革发展稳定各项工作中。

习近平总书记在推进南水北调后续工程高质量发展座谈会上强调，坚持先节水

后调水、先治污后通水、先环保后用水。"三先三后"阐释了这样的发展逻辑：改变粗放不合理的用水方式，把水资源承载能力作为刚性约束，以水定城、以水定地、以水定人、以水定产，加速产业转型升级，实现高质量发展。

保护南水北调中线"一库清水"，丹江口库区及其上游水污染防治和水土保持持续加力，水源区高污染高耗能产业应退尽退，环境友好型产业体系逐步形成。

与此同时，受水区各地兴起了节水革命，淘汰限制高耗水、高污染行业，加强用水定额管理，推进节水型社会建设。目前，受水区万元地区生产总值用水量、灌溉水利用系数、万元工业增加值用水量等节水指标位居全国前列。

2017年4月1日，中共中央、国务院决定设立河北雄安新区。这座承载千年大计的"未来之城"，定位首先是疏解北京非首都功能集中承载地。

疏解非首都功能，是落实"四水四定"原则、破局北京"大城市病"的关键之举。如今，北京人口和城乡建设用地连年减量、市级机关迁入城市副中心、超千家在京企业机构在雄安注册，"瘦身"后的北京，正沿着绿色可持续的高质量发展之路加速前行。

这十年，无疑也是我国落实最严格水资源管理制度力度最大、举措最实、推进最快、成效最好的时期。

——水资源管理指标体系不断健全。建立覆盖省、市、县三级的用水总量、用水效率和重要江河湖泊水功能区"三条红线"控制指标体系；推进江河流域水量分配；26个省（自治区、直辖市）的地下水管控指标印发实施。

——水资源监管愈加严格。取用水管理专项整治行动全面完成，基本摸清了全国近590万个取水口取水情况，整改完成了427万个取水口违规取水问题；连续10年对各省（自治区、直辖市）最严格水资源管理主要指标落实情况进行考核。

——水资源保护得到加强。严格水资源论证和取水许可管理，对黄河流域水资源超载地区的13个地市、62个县区的新增用水按下"暂停键"；截至2023年年底，累计确定了171条跨省河湖和546条省内河湖共1335个断面的生态流量目标，实现了跨省河湖生态流量保障体系全覆盖。

根据《"十四五"时期建立健全节水制度政策实施方案》，到2025年，水资源刚性约束"硬指标"基本建立，水资源监管"硬措施"得到有效落实，推动落实"四水四定"的"硬约束"基本形成。

"有多少汤泡多少馍"，坚决落实"四水四定"，严守水资源开发利用上限、水环境质量底线和生态保护红线。十年的实践，生动阐释了人与水、人与自然辩证统一的关系，充分彰显了人与自然和谐共生的价值取向。

加快水网构建　　不断提升水资源条件与经济社会发展布局适配性

水资源格局决定发展格局。

坚持"空间均衡"，一方面要确保经济社会发展不超出水资源、水生态、水环境的承载能力，另一方面也要立足流域整体和水资源空间均衡配置，科学谋划建设跨流域、跨区域水资源优化配置体系，提高水资源条件与经济社会发展布局的适配性，实现人口经济与资源环境相均衡。

云涌千山、碧波荡漾的丹江口水库，是南水北调中线工程的源头，"南水"自此浩荡北上，润泽京、津、冀、豫。

南起江苏扬州的长江岸畔，北至天津，东抵胶东半岛——打开中国地图，俯瞰万里平畴，可见另一条水脉南水北调东线工程，宛如清水长廊，润苏北，济齐鲁。

习近平总书记指出，"北缺南丰"是我国水资源分布的显著特点。党和国家实施南水北调工程建设，就是要对水资源进行科学调剂，促进南北方均衡发展、可持续发展。

南水不舍昼夜北上，一个与南水北调关系密切的工程也紧密向前推进。2022年7月7日，引江补汉工程正式开工，拉开了南水北调后续工程高质量发展的帷幕，国家水网建设迈出重要一步。

加快解决水资源时空分布极不均衡问题，增强水资源调控能力和水资源供给能力，保障经济社会高质量发展，必须加快构建水资源配置的网络格局，推进国家水网建设。

建设一个什么样的国家水网，怎样建设国家水网？习近平总书记从推进中国式现代化，实现中华民族永续发展的战略高度，亲自擘画、亲自部署、亲自推动。

"水网建设起来，会是中华民族在治水历程中又一个世纪画卷，会载入千秋史册。"2021年5月14日，习近平总书记在推进南水北调后续工程高质量发展座谈会上强调。

2022年4月26日，习近平总书记主持召开中央财经委员会第十一次会议，强调要加快构建国家水网主骨架和大动脉。

2023年5月，党中央、国务院印发《国家水网建设规划纲要》，从全局高度优化水资源总体配置格局，促进水资源在时间层面实现跨期调节、以丰补枯，在空间层面实现南北调配、东西互济，着力提升国家水安全保障能力。这是我国水利发展史上具有重要里程碑意义的大事。

一项项引调水工程跨山连江，一座座水库揽山拥水，一道道大坝横亘江河，一

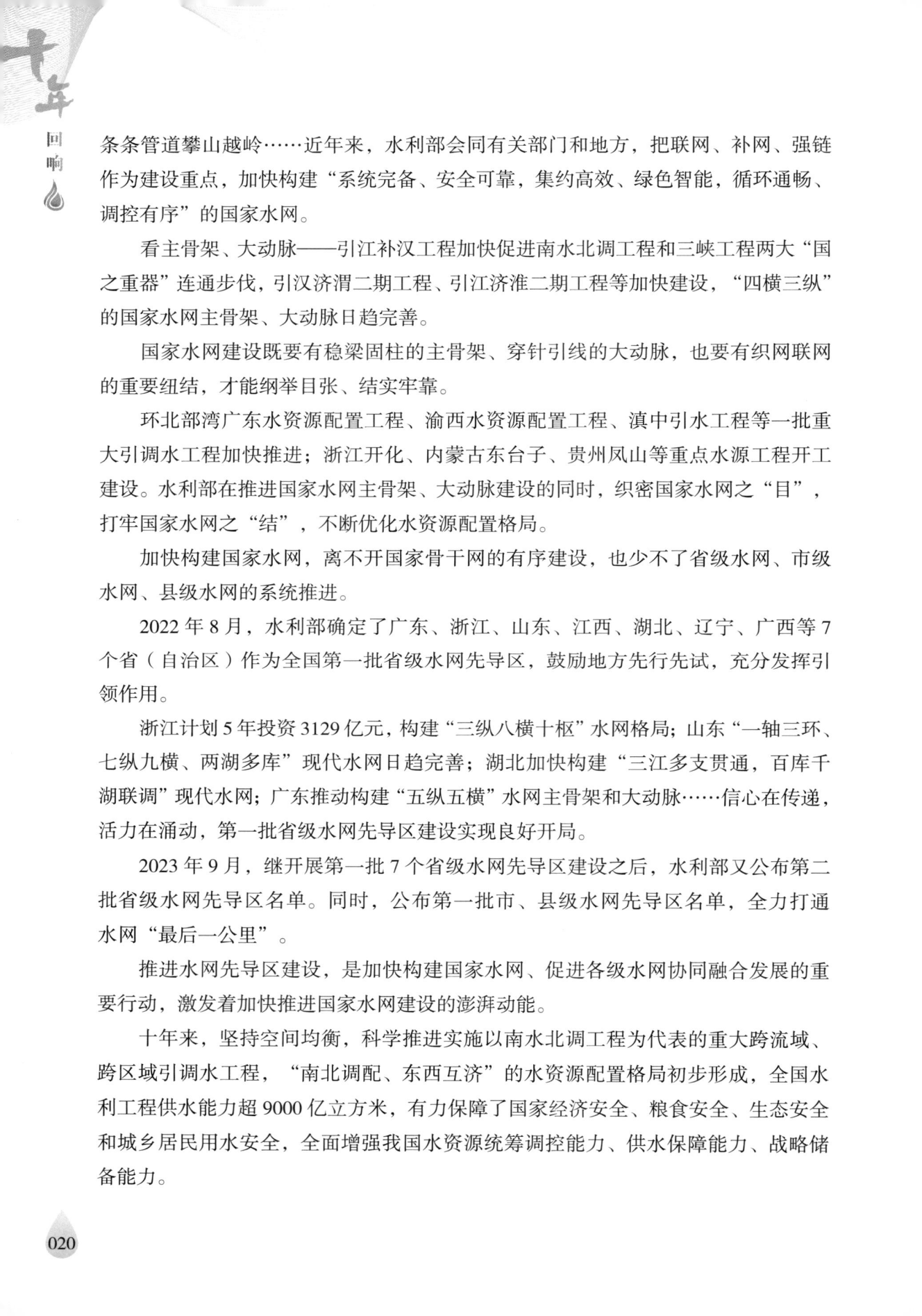

条条管道攀山越岭……近年来，水利部会同有关部门和地方，把联网、补网、强链作为建设重点，加快构建"系统完备、安全可靠，集约高效、绿色智能，循环通畅、调控有序"的国家水网。

看主骨架、大动脉——引江补汉工程加快促进南水北调工程和三峡工程两大"国之重器"连通步伐，引汉济渭二期工程、引江济淮二期工程等加快建设，"四横三纵"的国家水网主骨架、大动脉日趋完善。

国家水网建设既要有稳梁固柱的主骨架、穿针引线的大动脉，也要有织网联网的重要纽结，才能纲举目张、结实牢靠。

环北部湾广东水资源配置工程、渝西水资源配置工程、滇中引水工程等一批重大引调水工程加快推进；浙江开化、内蒙古东台子、贵州凤山等重点水源工程开工建设。水利部在推进国家水网主骨架、大动脉建设的同时，织密国家水网之"目"，打牢国家水网之"结"，不断优化水资源配置格局。

加快构建国家水网，离不开国家骨干网的有序建设，也少不了省级水网、市级水网、县级水网的系统推进。

2022年8月，水利部确定了广东、浙江、山东、江西、湖北、辽宁、广西等7个省（自治区）作为全国第一批省级水网先导区，鼓励地方先行先试，充分发挥引领作用。

浙江计划5年投资3129亿元，构建"三纵八横十枢"水网格局；山东"一轴三环、七纵九横、两湖多库"现代水网日趋完善；湖北加快构建"三江多支贯通，百库千湖联调"现代水网；广东推动构建"五纵五横"水网主骨架和大动脉……信心在传递，活力在涌动，第一批省级水网先导区建设实现良好开局。

2023年9月，继开展第一批7个省级水网先导区建设之后，水利部又公布第二批省级水网先导区名单。同时，公布第一批市、县级水网先导区名单，全力打通水网"最后一公里"。

推进水网先导区建设，是加快构建国家水网、促进各级水网协同融合发展的重要行动，激发着加快推进国家水网建设的澎湃动能。

十年来，坚持空间均衡，科学推进实施以南水北调工程为代表的重大跨流域、跨区域引调水工程，"南北调配、东西互济"的水资源配置格局初步形成，全国水利工程供水能力超9000亿立方米，有力保障了国家经济安全、粮食安全、生态安全和城乡居民用水安全，全面增强我国水资源统筹调控能力、供水保障能力、战略储备能力。

区域均衡发展　治水成果更好惠及全体人民

十年跨越，成就鼓舞人心。

铺展在中华大地的水脉，迎来了今非昔比的惊人变迁，发挥出巨大的社会效益、生态效益、经济效益，已经成为优化水资源配置的典范，成为支撑受水区经济社会高质量发展的命脉。

2023 年 2 月 4 日，第 77 届联合国大会主席克勒希一行考察南水北调中线穿黄工程。在详细了解南水北调工程在水资源优化配置、促进经济社会可持续发展、保障和改善民生等方面的重要意义后，克勒希说："世界上除了中国外，没有哪个国家能够完成规模如此巨大的水利工程项目。南水北调工程取得了成功，我从中看到了中国智慧。"

全面通水 9 年多来，南水北调东、中线一期工程累计调水超 690 亿立方米，为 1.76 亿人提供水安全保障，支撑受水区 40 多座大中城市超 13 万亿元的 GDP 增长……

北京城区每 10 杯水中就有 7 杯来自南方的清水，天津市主城区供水几乎全部为"南水"，胶东四市"南水"全覆盖……从用上"南水"到离不开"南水"，"南水"已成为受水区主力水源。

北京、天津、石家庄等北方大中城市基本摆脱缺水制约，正在绘制发展新画卷。过去以黄河为水源的大中城市置换"南水"，各类水资源得以盘活，为城市群发展提供坚强水资源保障。服务雄安新区"千年大计"，向雄安新区城市生活和工业供水超 1.2 亿立方米，助力央企、高校入驻，多水源保障供水体系正在构建。

"水来了，生态就变好了。""河里有了水，水鸟多了，还能看到鱼儿，大家都爱来。"……沿线群众纷纷赞叹！

50 多条北方河流"饮"上"南水"，华北地下水水位回升，推动滹沱河、白洋淀等一大批河湖重现生机，河湖生态环境显著改善。昔日被称为"酱油湖"的南四湖水质越来越好，绝迹的毛刀鱼回来了，"泉城"济南再现四季泉水喷涌景象。

平潭，福建东部的海岛群，属于绝对贫水区。2023 年，历经 5 年建设，平潭及闽江口水资源配置工程通水。浩浩闽江水穿过海坛海峡跨海管道，源源不断给平潭送来"甘露"。

作为福建省最大的引调水工程，平潭及闽江口水资源配置工程改变了福建水资源时空分配格局，构建了一条闽东经济发展水脉，更擦亮了福建共同富裕的鲜明底色。

引洮河水，解渴陇中。甘肃引洮供水工程通水后，全省约 1/4 人口受益，曾经"苦甲天下"的"干坡坡"，变成产业兴、百姓富的"金窝窝"。

引丹江水，鄂北受惠。鄂北水资源配置工程全线通水，百姓喝水不愁，长期困扰经济社会发展的"旱包子"问题将从根本上得以解决。

引西江水，润泽大湾区。珠江三角洲水资源配置工程通水，广东"西水东济"成为现实，构建起粤港澳大湾区城市群多水源保障体系，为大湾区蓬勃发展注入更加强劲动能。

引江济淮，惠及皖豫。引江济淮一期工程通水，长江、淮河实现了历史性"牵手"，将在保障城乡供水、发展江淮航运等方面发挥显著的综合效益，皖豫近5000万人受益。

引汉济渭，发展关中。引汉济渭工程实现长江、黄河在关中大地"握手"，每年可为关中平原输水15亿立方米，有力支持关中、陕北地区的持续发展，带动陕南绿色产业发展。

……

从陆地到海岛，从河谷到高原，从山谷到平原，一项项引调水工程逐步破解水资源要素对生产能力的束缚，成为区域协调发展的金纽带。

十年间，我们立足当前和长远，跨越时间和空间，不断汲取经验和智慧，用行动和成效阐释着"空间均衡"这一新时代治水原则。水利人将以习近平总书记"节水优先、空间均衡、系统治理、两手发力"治水思路为指引，在中国式现代化征程中孜孜寻求水与发展的平衡之道，积极探索人与水的和谐共生之路。

（刊载于《中国水利报》，2024年3月16日1版）

系统治理：谋长远布全局的治水之道

□ 本报记者 李 攀

仲春，福建省厦门市筼筜湖草长莺飞，湖水澄澈。

昔日"臭水湖"，如今成为"城市会客厅"，筼筜湖之变，源自思路领航。

1988年3月，时任厦门市委常委、常务副市长的习近平创造性地提出筼筜湖综合治理"20字方针"——"依法治湖、截污处理、清淤筑岸、搞活水体、美化环境"。这是习近平生态文明思想的重要发端之一，其中，正蕴含着"系统观念"这一具有基础性的思想和工作方法。

2014年，习近平总书记站在中华民族永续发展的战略高度，提出"节水优先、空间均衡、系统治理、两手发力"治水思路，为治水工作提供了根本遵循。

不谋万世者，不足谋一时；不谋全局者，不足谋一域。习近平总书记强调，"要坚持系统观念，从生态系统整体性出发，推进山水林田湖草沙一体化保护和修复，更加注重综合治理、系统治理、源头治理"，"要从系统工程和全局角度寻求新的治理之道，不能再是头痛医头、脚痛医脚，各管一摊，相互掣肘"……

十年来，沿着总书记指引的方向，水利部门坚持山水林田湖草沙一体化保护和系统治理，注重河流的整体性和流域的系统性，统筹推进水灾害、水资源、水生态、水环境治理，逐步探索一条协同推进高质量发展和高水平保护、促进人与自然和谐共生的生态文明实践路径。

十年来，黄土高原重新披绿，长江岸线颜值更高，千年运河迎来世纪复苏……清水长流，惠泽亿万百姓；江河安澜，守护百姓平安。江河湖泊面貌得到历史性改善，为以中国式现代化全面推进强国建设、民族复兴伟业提供了有力的水安全保障。

"要从生态系统整体性和流域系统性出发，追根溯源、系统治疗"

2022年4月28日上午10点，随着山东省德州市境内的四女寺水利枢纽和天津市九宣闸缓缓开闸泄水，京杭大运河百年来首次全线通水。

京杭大运河贯通补水涉及北京、天津、河北、山东4个省（直辖市），8个地级行政区，水源包括本地水、引黄水、再生水及雨洪水等，具有水源构成多、补水线路长、

涉及范围大、影响面广等特点，是一场协作战役，更是一项系统工程。

与巨大补水量伴随而来的，是华北地区河湖生态改善的可喜变化。

流域性是江河湖泊最基本、最鲜明的特征。"要从生态系统整体性和流域系统性出发，追根溯源、系统治疗"，习近平总书记的叮嘱里，体现着系统观念的哲学思考、总揽全局的战略智慧。

近年来，水利部把提升江河湖泊生态保护治理能力作为保障国家水安全必须提升的四种能力之一，把复苏河湖生态环境作为推动新阶段水利高质量发展的六条实施路径之一，加强江河湖泊保护。

每年春天，随着黄河巴彦淖尔段开河，当地抓住黄河凌汛分凌泄洪的有利时机，提前疏通河道，通过河道下游的关键性工程——河套灌区红圪卜排水站向乌梁素海湖区持续排水，既减轻了黄河防凌压力，又达到了生态补水、改善环境的目的。

如今的乌梁素海，天蓝水清，芦苇苍翠，百鸟翔集。从"治湖泊"向"治流域"、从"单要素"向"多要素"治理的转变，让乌梁素海变成了人民期待的样子。

不只乌梁素海，越来越多的河湖生态复苏。2022年以来，水利部启动母亲河复苏行动，"一河一策"量身定制，恢复河湖连通性，修复受损的生态系统，一批曾经断流干涸的河湖焕发生机：黄河实现连续24年不断流；西辽河干流过水长度突破100千米；"华北之肾"白洋淀活力重现，水面稳定在250平方千米以上。

2018年，以流域为单元、跨省级行政区的流域治理投资公司——永定河流域投资有限公司成立。公司累计实施生态治理项目75项，洋河、桑干河等800余千米骨干河道得到有效整治。水利部会同流域各方共同努力，让断流干涸26年之久的永定河实现全年全线有水，永定河绿色生态廊道初步形成。

保障河湖生态流量对复苏河湖生态环境发挥了重要作用。水利部采取江河流域水资源统一调度、严格取用水总量控制、强化动态监测预警、严格监督考核等措施，抓好生态流量目标落实。

不只是水里，岸线的变化同样喜人。

湖南省岳阳市实施长江岸线港口码头"关停并转"专项整治，大力破解"化工围江"难题，推动长江岸线复绿。

如今，八百里洞庭重现"河畅、水清、岸绿、景美"共融的面貌，推动产业绿色转型。2024年全国两会，"江豚的微笑"被住湘全国政协委员写进提案。

以流域为单元，坚持流域统一规划、统一治理、统一调度、统一管理，水利部门用系统思维统筹水的全过程治理，探索出一条促进流域持续、协调、健康发展的有效路径。

安澜是江河湖泊的基石。秉持系统观念、全局观念，牢固树立"一盘棋"思想，水利部门从流域整体着眼，统筹考虑、协同推进水旱灾害防御各项措施。

十年来，我国成功战胜黄河、长江、淮河、海河、珠江、松花江、辽河、太湖等大江大河大湖严重洪水灾害。通过健全流域防洪工程体系，我国大江大河基本具备了防御新中国成立以来最大洪水的能力。

2023 年，我们取得防御海河流域性特大洪水的重大胜利，最大程度保障了人民群众生命财产安全，最大限度减轻了灾害损失。在恢复重建工作中，水利部认真贯彻"上蓄、中疏、下排、有效治洪"重大原则，科学布局水库、河道、堤防、蓄滞洪区功能建设，着力构建流域防洪减灾新格局。

"推进山水林田湖草沙一体化保护和修复"

"晴三天，尘满面，雨三天，泥满田，水淹火烤到哪年"。福建省长汀县，历史上有名的水土流失重灾区，曾是我国南方水土流失最为严重的区域之一。

在习近平同志的亲自关心、推动下，长汀持续开展水土流失综合治理，创造了"荒山—绿洲—生态家园"的绿色奇迹，2022 年水土流失率降至 6.57%，实现了向国家生态文明建设示范县的"逆袭"，为全国乃至世界水土流失治理贡献了"长汀经验"。

长汀的巨变，是系统治理的鲜活注脚。

十年来，水利部门坚持山水林田湖草沙一体化保护和修复，统筹治水和治山、治水和治林、治水和治田，以长江上中游、黄河中上游、东北黑土区、西南岩溶区等为重点，因地制宜地开展小流域综合治理、坡耕地综合整治、淤地坝新建或除险加固、黄土高原塬面保护、东北黑土区侵蚀沟治理，加快推进水土流失综合治理。

黄土高原，陕西省米脂县高西沟村在山上缓坡修梯田、沟里新建淤地坝、荒坡陡处搞绿化，实现了"水不下山、泥不出沟"。

在南水北调中线工程源头，丹江口库区系统实施水土流失重点治理、退耕还林、天然林保护、防护林体系建设等工程，库区及上游水土流失面积减小，水源涵养能力稳步提高，为"一泓清水永续北上"提供有力保障。

在东北，黑龙江省拜泉县创新"柳编跌水模式"，保护"耕地中的大熊猫"，夯实国家粮食安全基础。累计治理水土流失面积 1803.17 平方千米，治理侵蚀沟 1.99 万条。

大江南北，荒山重披绿，山河换新颜。十年来，全国水土流失持续呈现面积强度"双下降"、水蚀风蚀"双减少"的良好态势，全国水土流失面积下降至 265.34 万平方米，水土保持率提高到 72.26%，重大国家战略区域水土流失状况继续好转。

"给生态投了钱，看似不像开发建设一样养鸡生蛋，但这件事必须抓。抓到最后却是养了金鸡、生了金蛋。"2021年3月，习近平总书记在福建考察时说。

2023年12月7日，我国首单水土保持项目碳汇交易在长汀成交，水土保持碳汇价值首次以"真金白银"的方式量化体现，开启了水土保持生态产品价值实现机制新探索。

坚持系统治理的生动实践，还体现在呵护地下"看不见的水"。

"用地表水浇地省时省力又省钱。以前用地下水，一亩要十几元，现在只要六七元，便宜不少钱嘞。"河北省石家庄市正定县曲阳桥镇村民陈立军高兴地说。曲阳桥镇的变化，是推进华北地下水超采综合治理的一个缩影。

2014年南水北调东、中线一期工程全面通水以来，以受水区作为重点，水利部会同有关部委和北京、天津、河北等省（直辖市）开展了地下水超采综合治理。

2019年、2023年，水利部、财政部、国家发展和改革委员会、农业农村部两次联合印发实施了华北地区地下水超采综合治理方案，全力推进华北地区地下水超采综合治理。

治理措施归结为两个字："减"和"增"。一方面，通过节水、农业结构调整等措施，压减地下水超采量。另一方面，多渠道增加水源补给，实施河湖地下水回补，提高区域水资源水环境承载能力。

2022年，沧州市东光县一眼干涸40多年的枯井复涌。一系列治理措施，使华北地区地下水水位实现由下降幅度趋缓到局部回升，再到总体回升的持续好转。

窥一域而见全局。十年来，我国全面推进三江平原、西辽河流域、汾渭谷地、河西走廊、天山南北麓等重点区域地下水超采综合治理，逐步实现地下水采补平衡，为流域和区域经济社会发展提供了坚实的水安全保障。

"河长制必须一以贯之"

全面推行河湖长制是习近平总书记亲自谋划、亲自部署、亲自推动的重大改革举措。

习近平总书记在2017年新年贺词中专门提到"每条河流要有'河长'了"，发出全面推行河湖长制的伟大号召。一声号令，一场变革。河湖长制上升为国家行动，成为新时代系统解决河湖管护问题的重大制度创新。

目前，我国全面建立以党政领导负责制为核心的河湖保护治理管理责任体系，省、市、县、乡、村120万名河湖长上岗履职，每一条河流、每一个湖泊都有人管、有人护。

从奔涌向前的大江大河，到承载乡愁的家乡河湖，各级河湖长守土有责、巡河护水，"企业河长""人大河长""巾帼河长""河小青"等社会力量自发参与，卫星遥感、大数据、无人机等新技术、新装备助力效能提升，治水"朋友圈"不断扩大。

在国家层面，全面推行河长制工作部际联席会议制度发挥效能，水利部牵头，18 个部门作为成员单位，加强对全国河湖长制工作的统筹协调。

在流域层面，七大流域全面建立省级河湖长联席会议机制，在更高层次、更广范畴研究部署重大事项，协调解决重大问题，推动流域与区域、区域与区域之间的协作配合，增强流域保护和治理的系统性、整体性、协同性。

各地建立完善河湖长履职、监督检查、考核激励等机制，加强部门协作，探索运用系统论方法，寻求解决涉及上下游、左右岸、干支流、不同行业和地区复杂水问题的治理之道。跨界河流联防联控合作机制在全国"多点开花"。

随着河湖长制的全面建立，河湖管理保护形成了流域统筹、区域协同、部门联动、社会参与的崭新格局。

水利部门联合相关部门严厉打击涉河违法违规行为，强化水域岸线空间管控，河湖库"四乱"（乱占、乱采、乱堆、乱建）等问题基本清除，河道非法采砂行为得到有效遏制，水体黑臭现象逐步消灭，河湖面貌焕然一新。

黑龙江重拳治乱，累计整治河湖库"四乱"问题 3.9 万余个，根除了一大批多年积累的"顽疾"，河湖库防洪能力明显提升。

江西省九江市严厉打击长江水域各类涉水违法违规行为，将 152 千米长江岸线打造成城市"会客厅"，推动长江经济带绿色发展。

经过生态系统修复、科学划定流域生态空间，滇池这颗习近平总书记牵挂的"高原明珠"重放异彩，再度成为游客向往的"诗和远方"。

河湖之治折射出生态文明理念为发展方式变革注入的蓬勃活力。

"生态文明建设并不是说把多少真金白银捧在手里，而是为历史、为子孙后代去做。"用历史的长镜头去观察，习近平总书记的江河之策，看的是一江一河的全流域治理，谋的是中国经济的长远发展。

全面推行河湖长制以来，从建机立制的 1.0 版本升级至重拳治乱的 2.0 版本，标本兼治的 3.0 版本已经开启。

2022 年以来，水利部在全国范围内先后开展两批幸福河湖建设试点项目，越来越多的河湖从美丽向幸福"汇流"。

在"两山"理论发源地湖州市，南浔区积极探索水乡发展新模式，融合自然观光、休闲运动、文化体验、农业研学等打造全域性 AAAA 级景区，书写了绿水青山就是

金山银山的生动实践。

羊城广州，南岗河通过建设碧道慢行系统，进一步完善生态系统和城市功能，吸引了众多科技企业入驻，成为广州东部最具活力的科技创新带，"以绿生金"势头强劲。

久久为功换回的绿水青山，转化成为收获满满的金山银山。水生态产品价值实现的路径逐渐明晰。

大江南北，生态复苏的江河湖泊重塑城市经济结构，推动产业绿色转型，成为推动高质量发展的强力引擎。

青山不负，大河浩荡。十年来的治水实践表明，只有牢固树立系统观念，坚持自然系统各要素系统治理，才能以高水平安全保障高质量发展。我们相信，系统思维引领下的中国治水实践将进一步筑牢水安全屏障，持续释放绿色发展效能，有力护航中国式现代化新征程。

（刊载于《中国水利报》，2024 年 3 月 19 日 1 版）

两手发力：让市场机制和政府作用相得益彰

□ 本报记者　李　爽

农业水价改革由点及面全面推进，水利工程供水价格改革迈出重要步伐。

用水权改革从试点探索到地方层面逐步展开，成交水量、成交金额和成交笔数节节攀升。

全国水利建设年均完成投资 7473 亿元，增长率为 12.7%，投资规模持续扩大，投资结构更加合理。

……

一系列令人瞩目的成就，离不开政府作用和市场机制"两只手"的协同发力。2014 年 3 月 14 日，习近平总书记站在战略和全局的高度，明确提出"节水优先、空间均衡、系统治理、两手发力"治水思路。"两手发力"，一手是政府的科学规划与有力监管，一手是市场的活力释放与资源配置。政府之手，这只"看得见的手"稳健而有力，确保水利工作的方向正确、步伐坚定；市场之手，这只"看不见的手"灵活而高效，为水利事业注入源源不断的创新动力。

从保障水资源安全到深化水利改革，从水利基础设施建设到流域生态保护补偿，从绿水青山到金山银山，"两手发力"成为推动治水事业健康持续发展的"金钥匙"。十年来，在习近平总书记治水思路的指引下，水利部在全面履行政府职能的同时，充分发挥市场机制作用，"看不见的手"和"看得见的手"相得益彰，推动了治水事业实现质量变革、效率变革、动力变革。

协同发力　推动政府和市场作用相互促进

2023 年 7 月末，北京出现连续强降雨，其间降水量极值为 1014.5 毫米，为北京地区有记录 140 年以来最大的降雨量。子牙河发生大洪水，大清河、永定河发生特大洪水。

水利工程作为重要的基础设施，在防洪、灌溉、供水、发电等多方面发挥重要作用，直接关系到国家的安全稳定和人民的生活福祉。

中央财政于 2023 年增发国债 1 万亿元，主要用于支持以京、津、冀为重点的华

北地区等灾后恢复重建和提升防灾减灾能力。

2023年9月，水利部及时出台《关于在水利基础设施建设中更好发挥水利投融资企业作用的意见》，规范实施政府和社会资本合作新机制，推动有效市场和有为政府更好结合。

2023年11月，习近平总书记在北京、河北考察灾后恢复重建工作时强调，各级党委和政府、各有关方面要认真贯彻落实党中央决策部署，再接再厉抓好灾后恢复重建。

2019年，第9号台风"利奇马"带来强风雨，给我国东部带来严重的人员伤亡和经济损失。

2021年，黄河中下游遭遇新中国成立以来最严重的秋汛。

2022年，长江流域遭遇1961年有完整记录以来最严重的气象水文干旱。

……

近年来，各类极端自然灾害多发频发，对我国防灾减灾救灾能力提出了更高要求。加快完善防洪工程体系，最大程度发挥减灾效益，必要而紧迫。

但是，水利工程具有公益性强、投资规模大、回报周期长、经营收益弱等特点。在这样的情形下，仅仅依靠政府投资还远远不够，发挥政府投资撬动作用，激发民间投资活力，形成市场主导的投资内生增长机制就显得尤为重要。

水利部部长李国英强调，坚持两手发力，既要全面履行战略、规划、标准、政策、监督、服务等政府职能，把政府该管的事情管好、管严、管到位，又要善用、会用、用好市场机制，发挥市场在资源配置中的决定性作用，增强水利发展生机活力。

为更好推进水利领域"两手发力"工作，水利部建构了"一二三四"工作框架体系。"一"是锚定全面提升国家水安全保障能力目标；"二"是政府作用和市场机制两手协同发力；"三"是金融信贷、政府和社会资本合作、水利基础设施投资信托基金试点（REITs）"三管齐下"；"四"是深化水价、用水权市场化交易、节水产业支持政策、水利工程管理体制"四项改革"。

"要'更好发挥政府作用'，概括起来，就是要'定好位''防越位''补缺位'。"水利部发展研究中心主任陈茂山介绍。

在"定好位"方面，水利系统大力推进水利法治建设，目前已形成以《中华人民共和国水法》为核心，包括6件法律、20件行政法规、50余部规章和1000余件地方性法规规章的水法规体系，使各项水事活动基本做到有法可依。在"防越位"方面，水利部行政审批事项由2014年的22项减少到17项，进一步简政放权。在"补缺位"方面，全面解决贫困人口饮水安全问题，农村自来水普及率由2014年的79%

提高到 90%，水利公共服务均等化水平进一步提高。

激活市场 为扩大有效投资赋予新动能

2023 年 12 月 25 日，中国南水北调集团江汉水网建设开发有限公司成功引入国家绿色发展基金作为战略投资人，合计募资金额 180 亿元，用于南水北调中线引江补汉工程建设。这是截至目前南水北调后续工程单笔最大市场化股权融资，也是首单通过产权市场公开挂牌方式，引入战略投资者共同参与国家重大水利基础设施建设的项目。

南水北调是实现我国水资源优化配置、促进经济社会可持续发展的重大战略性基础设施。引江补汉工程作为南水北调后续工程首个开工重大项目，对加快构建国家水网主骨架和大动脉、完善我国水资源配置战略格局具有重要意义。

十年来，水利部在大规模水利基础设施建设中坚持"两手发力"。一方面，积极争取公共财政对水利的投入；另一方面，组织地方水利部门深化水利投融资改革，创新投融资机制，拓宽水利建设资金渠道。

2024 年 1 月，浙江开化水库工程迎来工程节点——上瑶上游输水隧洞全线贯通，成功实现了开化水库库区与输水区的"会面握手"。

开化水库作为国家重点推进的 150 项重大水利工程，采用特许经营模式，即由一个中标社会资本方全面参与项目前期投建、中期运管和后期退出，可以有效减轻纯政府投资项目的财政负担，降低债务风险，加快建设进度，提高运营效率。此举也为水利工程建设探索出一条水库项目投融资创新路径。

除了特许经营模式外，淮河入海水道二期工程、环北部湾广东水资源配置工程等一大批重点项目融资不断推进，湖南大兴寨水库等一批重大水利项目成功引入社会资本，湖南、宁夏、浙江等地正在积极推进水利基础设施 REITs 试点工作……不断创新投融资方式、贯彻落实"两手发力"治水思路的重要举措，进一步扩大了水利项目融资规模，有力保障了工程建设资金，是社会资本参与国家水网建设的最新实践成果。

发挥市场机制作用，也是促进水资源优化配置和节约集约安全利用的重要手段。

2023 年 11 月 23 日，四川省阿坝藏族羌族自治州水务局与宁夏回族自治区宁东能源化工基地管理委员会在成都签署用水权交易协议。这标志着黄河流域首个跨省区域水权交易达成。

推动黄河流域生态保护和高质量发展先行区建设，核心在水、关键在水、难点在水。2020 年年底，水利部印发《关于黄河流域水资源超载地区暂停新增取水许可

的通知》，规定通过水权转让获得取用水指标的项目，可以继续审批新增取水许可，倒逼许多地方通过用水权交易来解决新增用水需求。

"过去，一些地方缺水了就去'找市长'要指标，现在水资源刚性约束制度建立了，缺水地区转向了'找市场'。"中国水权交易所交易中心工作人员对这种变化深有体会。

近年来，水利部门以用水权要素市场化配置为主线，以确权、赋能、定价、入市为重点，系统推进水权、水价、水资源税等改革，构建起"资源有价、使用有偿、节水增效"用水新生态。中国水权交易所成立至今，已累计成交交易 11428 单，交易水量 43 亿立方米，交易范围覆盖全国 28 个省（自治区、直辖市），为破解"用水之困"提供了有效方案。

十年来，水利市场化融资取得积极进展，水利投融资方式不断创新。以刚刚过去的 2023 年为例，在推动新阶段水利高质量发展的实践中，"两手发力"继续取得突破性进展。创新应用特许经营、项目融资＋施工总承包（F+EPC）、设计—建设—融资—运营—移交（DBFOT）、股权合作、政府购买服务等模式，吸引更多市场主体投入水利项目建设，财政资金、金融信贷、社会资本共同发力的水利投融资格局初步形成。

催生"水经济"　为水利事业发展注入生机活力

2023 年，我国水利建设完成投资达到 11996 亿元，在 2022 年首次迈上万亿元大台阶的基础上，又增长 10.1%。政府和市场"两手发力"，是水利建设投资再创新高的重要保障。在 2023 年全年落实水利建设投资中，地方政府专项债券、金融信贷以及社会资本占比为 44.5%，较"十三五"期间年均提高 22.5 个百分点。

市场手段和金融工具的运用，为水利投资注入了"活水"，为经济发展提供了强大引擎，开拓了多元高效的生态产品价值实现模式，让绿水青山"流金淌银"。

"2023 年，我们开展了第二轮农村饮用水改造行动计划，包括 286 个村的农村饮用水改造提升建设，让全县 46 万农村居民'喝好水'。这项硬任务的资金需求非常大，就在我们为此犯难的时候，'取水贷'解了燃眉之急。"浙江省丽水市缙云县水利局水资源开发利用中心主任宋观勇介绍，作为缙云县饮用水水源地的潜明水库，通过取水证质押获得的 3 亿元贷款，为缙云单村农村饮用水改造提升建设奠定了坚实基础。不仅如此，丽水市占全省总量 1/3 的农村饮用水改造升级项目，其中很大一部分项目资金，都来自饮用水水源地的"取水贷"。

"取水贷"是丽水市的一项创新之举，通过"取水权质押＋双边登记"的融资模式，将水电站取水许可证作为质押物来贷款。丽水市依托当地丰富的水能资源，立足小水电绿色转型的市场需求，推出"取水贷"融资方式，盘活全市 903 亿立方米的水资源，生态资源换来发展的"真金白银"，有效破解了小水电股东多、产权分散等带来的融资困境，进一步做活了资源变"财源"、水流变"现金流"的文章。

水生态价值不仅体现在支撑产业发展上，拥有清洁、丰富水资源的一项项水利工程，正进一步成为群众旅游休闲的好去处，让无数百姓吃上了"生态饭"。

汀江发源于武夷山南麓的赖家山，是福建流入广东的最大河流。汀江水质直接关系到下游的用水安全。继 2012 年新安江流域生态补偿机制试点后，汀江—韩江跨省上下游横向流域生态补偿协议成为第二个跨省生态补偿机制试点，并逐渐发挥效益。

依托生态优势，汀江、韩江流域以整治污染为抓手，有效推动绿色转型、生态致富。农民发展百香果、铁皮石斛等种植业，发展生态养鸽、蜜蜂养殖、象洞鸡等养殖业，建设了杨梅基地、板栗基地、蓝莓基地、茶油基地。良好的生态环境成为改善人民生活的长效增长点，推动实现生态效益和经济效益双提升。

目前，我国已在 15 个跨省流域建立生态保护补偿机制，涉及长江、黄河、珠江、海河、太湖等流域的 19 个省（自治区、直辖市）。

一道道堤防、一处处闸坝，守护着一条条河流、一座座水库，守护着国家与人民的安全与安宁。同时，市场这只"手"的引入和激活，使得水资源配置更加高效、合理，为经济社会发展提供了有力支撑。

从财政投入到市场发力，从支持建设到共享收益，市场和政府协同发力，坚持效益共享、合作共赢。防洪工程体系不断完善，沉睡"水资产"变为增收"活水"，绿水青山转化为金山银山，效益不断显现。

回望十年治水历程，我们见证了水利基础设施建设全面加强，水治理效能显著提升，也见证了"两手发力"在不断完善的制度保障下，激发出蓬勃动力，为治水事业的健康发展注入澎湃动能。

（刊载于《中国水利报》，2024 年 3 月 20 日 1 版）

行制度力量　护幸福河湖

——记河湖长制七年路

□ 本报记者　李　攀

2024年第一季度，多个省（自治区、直辖市）党政主要负责人以总河湖长的身份，密集发布省级总河长令，部署河湖长制年度重点工作。

各省级总河长高位推动河湖突出问题整治行动，部署建设造福人民百姓、具有地方特色的幸福河湖，彰显出我国河湖治理管理保护的空前力度。

保护江河湖泊，事关人民群众福祉，事关中华民族长远发展。2016年10月11日，习近平总书记主持召开中央全面深化改革领导小组第二十八次会议，审议通过《关于全面推行河长制的意见》；2017年11月20日，十九届中央全面深化改革领导小组第一次会议审议通过《关于在湖泊实施湖长制的指导意见》；2016年11月28日、2017年12月26日，中共中央办公厅、国务院办公厅先后印发《关于全面推行河长制的意见》《关于在湖泊实施湖长制的指导意见》，开启了河湖保护治理领域的一场历史性变革。习近平总书记在2017年新年贺词中庄严宣告："每条河流要有'河长'了！"

7年来，河湖长制持续深化，这项生态文明建设领域的重要改革举措，焕发出强大的生命力，形成了河湖管理保护强大工作合力。

7年来，这一解决复杂水问题的中国方案不断完善，江河湖库面貌实现历史性改善，重回"颜值巅峰"，增进百姓福祉，助力民族复兴。

河湖长制的全面推行翻开了我国河湖管护的全新一页。从河长领治到社会共治，从"治一河（湖）"到"治全域"，在习近平总书记"节水优先、空间均衡、系统治理、两手发力"治水思路的引领下，河湖治理走出源头防控、水岸同治、系统治理的新路径。

奋进七年，江河巨变。河湖长制，书写了绿水青山间的生态答卷，成为美丽中国的重要见证。

夯实责任管好每条（个）河湖

河川之危、水源之危是生存环境之危、民族存续之危。打造良好的水生态环境，是人民群众的共同期盼，是推动经济社会高质量发展的必然要求。

党的十八大以来，党中央以前所未有的力度抓生态文明建设，习近平总书记多次强调河湖保护的重要性。经过多地多年河湖水系治理的经验积累，河湖长制，这个首创于基层、以问题为导向、具有鲜明时代特色的河湖管理保护机制走向全国、落地生根。

全面推行河湖长制，是以习近平同志为核心的党中央，立足解决我国复杂水问题、保障国家水安全，从生态文明建设和经济社会发展全局出发作出的重大决策。

战鼓催征。从中央到地方，高位推动、快速行动，出方案、定目标、建制度，一张张路线图、时间表密集出炉。各省级方案陆续完成，市、县、乡级方案压茬推进。越来越多的河湖有了健康守护责任人。

2018 年 6 月底，我国全面建立河长制，每条河流都有河长了；半年后，湖长制全面建立，湖泊也实现了有人管、有人护；2022 年，在南水北调工程全面推行河湖长制，共同维护南水北调工程安全、供水安全、水质安全。

我国全面建立以党政领导负责制为核心的河湖长制工作责任体系，31 个省（自治区、直辖市）党委和政府主要领导挂帅省级总河长，30 万名省、市、县、乡四级河湖长和 90 万名村级河湖长（含巡、护河员）上岗履职，一张覆盖江河湖泊的责任网织密织牢。

水利部加强组织领导、指导督促和统筹协调，制定印发河湖长履职规范，全面建立河湖长动态调整和责任递补机制；连续 5 年落实国务院督查激励措施，对河湖长制真抓实干成效明显地方予以激励；将河湖长制落实情况纳入对省级人民政府最严格水资源管理制度考核。

"河湖长制从维护最广大人民群众根本利益出发，满足人民群众对绿水青山的热切期盼，赢得了人民群众的广泛拥护。"水利部部长李国英说。

2017 年 10 月 1 日，我国首个关于河长制的省级地方性法规——《浙江省河长制规定》正式施行。7 年来，湖南、江苏等地先后制定印发河长制湖长制工作考核细则、河长湖长履职办法……河湖长履职有法可依，有章可循，日趋规范。水利部指导各地严格河湖长制考核，各地累计问责 3.79 万人次。

2024 年 2 月 2 日，北方"小年"。天津市海棠街道办事处主任、镇街级河长、"榜样河长"李玮来到同德路巡河。"作为基层河长，重点是要抓好落实，对河长的职

责及工作内容了然于心。"李玮说。2021—2023 年，天津市开展"榜样河长，示范河湖"三年行动，共培育乡镇（街道）、村级"榜样河长"649 名，带动各级河湖长履职尽责。

河湖长制是党中央强化体制机制创新，全方位加强河湖生态保护开展的一项根本性、开创性、长远性工作。2021 年，河湖长制作为党领导我国生态文明建设的一项重要内容，被写入《中共中央关于党的百年奋斗重大成就和历史经验的决议》。

7 年来，全国各地建立起上下贯通、环环相扣的河湖管护治理责任链条。河湖管理打破了区域壁垒、部门壁垒，形成了党政主导、水利牵头、流域统筹、区域协同、部门联动、社会共治的河湖管理保护崭新格局，有力破解了一大批长期想解决而没有解决的河湖保护治理难题。

汇智聚力推进系统治理

河湖管理保护是一项复杂的系统工程。"要从系统工程和全局角度寻求新的治理之道，不能再是头痛医头、脚痛医脚，各管一摊、相互掣肘……"习近平总书记强调。

在系统思维引领下，各地坚持综合治理、系统治理、源头治理。一系列力度空前的治理行动瞄准河湖乱象，严厉打击涉河违法违规问题，加快修复水生态。

2018 年，一场剑指乱占、乱采、乱堆、乱建等问题的大规模"清四乱""战役"在全国打响。黑龙江开展"清四乱"重点难点问题集中歼灭战，累计整治"四乱"问题 3.9 万余个；河北细化 13 项措施，纵深推进"清四乱"常态化、规范化。2024 年，水利部将水库纳入"清四乱"范畴，全力整治侵占水库库容突出问题。截至目前，全国累计清理整治河湖库"四乱"问题 24 万多个。各地依托河湖长制，实现水岸同治，换来岸绿景美。河湖库面貌持续改善，防洪能力明显提升。

2017 年 3 月，国务院建立了水利部牵头的全面推行河长制工作部际联席会议制度。至 2021 年，成员单位由 10 个增至 18 个，部门间共商河湖治理之策，协作日益紧密。

"位于贵池、青阳与铜陵三地交界处的青通河将军滩水域，一艘采砂船因搁浅而侧翻，船舱油箱内机油、柴油已有零星外溢。"2022 年 4 月 12 日，安徽省池州市检察院公益诉讼检察官凌训红收到一条案件线索。池州市检察院与河长办等部门联合行动，把隐患消除在萌芽状态，维护了青通河水质安全。如今，青海、吉林等地已普遍建立"河湖长＋警长""河湖长＋检察长"等协作机制，各方携手守护绿水青山。

研究流域河湖治理重大问题，审议年度河湖长制工作要点……目前，七大流域已全面建立省级河湖长联席会议机制，流域管理机构靠前一步、主动担当，与各省级河长办建立协作机制，搭建起流域治理管理的重要平台，推进流域统筹、系统治理。川渝首创跨界河湖联防联控合作机制，京津冀、长江三角洲等地区纷纷建立完善省际沟通联动机制，扩大跨界河湖管护"朋友圈"。

在长江，水利部、公安部、交通运输部建立长江河道采砂管理合作机制，干流相关省（直辖市）相继建立省际交界水域采砂管理联合共治机制，长江干流规模性非法采砂得到遏制。长江干流岸线利用项目、长江经济带固体废物等得到清理整治。"共抓大保护，不搞大开发"成为流域各省的思想共识。

在黄河，水利部联合最高人民检察院开展黄河流域"清四乱"保护母亲河专项行动，内蒙古、宁夏等沿黄省（自治区）向河湖乱象宣战，合力保护母亲河。

河湖长制的全面推行，变"分段治"为"全域治"，破解了部分河道只治城区不治郊区、只治上游不治下游、只治局部不治整体的问题，做到全流域统筹、点线面结合，为推动京津冀协同发展、长江经济带发展、粤港澳大湾区建设、长江三角洲区域一体化发展、黄河流域生态保护和高质量发展等区域重大战略实施提供了有力支撑。

河湖水生态环境治理须久久为功、持续发力。北京市常态化开展"清管行动"，持续改善首都水环境质量；福建省厦门市将每年 3 月 30 日定为"河（湖）长日"，全力构建政府、公众共管共治的现代水环境治理体系；广西壮族自治区桂林市建立完善漓江流域上下游横向生态保护补偿机制，漓江水质稳定保持 II 类标准。

7 年来，河湖长制调动社会公众全过程、常态化参与治水，凝聚起社会各方力量。各地"企业河长""人大河长""巾帼河长""河小青"等志愿服务品牌广泛吸纳社会力量。贵州 4 万余人成为"青清河"保护河湖志愿者；山东调动新闻媒体力量曝光河湖问题。全民共筑清水梦，共绘"同心圆"。

7 年来，河湖管护插上数字"翅膀"，实现了巡河护河从拼体力到拼算力的转变。水利部指导各地建立健全河湖长制管理信息系统。卫星遥感、无人机、视频监控、大数据、电子围栏等技术得到应用，"空天地一体化"立体化监管网络逐渐形成。

7 年来，依托河湖长制，各部门协同、各流域共治，各地创新机制、标本兼治，"下河"治污、"上岸"播绿，全力守护河湖健康生命。

实践充分证明，全面推行河湖长制，是落实绿色发展理念、推进生态文明建设的内在要求，是解决我国复杂水问题、维护河湖健康生命的有效举措，是完善水治理体系、保障国家水安全的制度创新。河湖长制广泛凝聚起各方的智慧和力量，充分彰显了集中力量办大事的制度优势。

久久为功建设幸福河湖

良好的水生态环境，是最公平的公共产品，是最普惠的民生福祉。

2019 年 9 月 18 日，习近平总书记在黄河流域生态保护和高质量发展座谈会上发出"让黄河成为造福人民的幸福河"的伟大号召。这是习近平总书记对黄河的嘱托，也是对全国所有河湖治理保护的要求。

自 2022 年起，水利部商财政部连续三年安排中央财政水利发展资金支持地方实施幸福河湖建设项目，从国家层面推动幸福河湖建设。

7 年间，河湖长制在实践探索中深化完善、迭代升级，历经建立机制、责任到人、搭建四梁八柱的 1.0 版本，重拳治乱、清除存量遏制增量、改善河湖面貌的 2.0 版本，已开启全面强化、标本兼治、打造幸福河湖的 3.0 版本。

"河长制必须一以贯之。"2023 年 9 月，习近平总书记在考察调研浙东运河文化园时强调。

从一河一湖到全域建设，"逐梦"幸福河湖的步伐从黄河走向全国。据统计，全国 31 个省（自治区、直辖市）均已通过省级总河长令等方式部署开展幸福河湖建设，从安澜、生态、宜居、智慧、文化、发展等多个维度，深入推进河湖治理保护，揭开了河湖库治理中蕴含的绿色发展逻辑，实现人水关系系统重塑。

2022 年以来，各地共完成 7280 条（个）河湖的健康评价，逐河逐湖建立健康档案，滚动编制实施"一河一策"方案 7 万多种。水利部指导各地开展 3200 多条（个）幸福河湖建设。

幸福河湖建设，让幸福"触手可及"。各地依托河道、水库、山塘、水渠等，完善亲水便民设施建设，科学有序开放河湖空间，一条条滨水绿道、一座座亲水码头逐步建成，亲水乐水成为休闲常态。

幸福河湖建设，使水生态产品价值实现之路越走越宽。如今，生态旅游、水上运动等新兴业态蓬勃发展，实现滨水带发展与城市、乡村发展格局的良性互动。生态优势成功转化为发展优势，推动发展方式绿色转型，为高质量发展注入强劲动能。

辽宁省沈阳市连续多年成功举办卧龙湖冬捕节，游客观古法凿冰捕鱼、体验多彩冰雪活动，持续升温的冰雪产业有力助推乡村振兴。山西省长治市在华北第二大岩溶性泉群——辛安泉泉域设置"泉长"，实行"美丽幸福河泉 + 水利风景区 + 水文化"一体建设，带动村庄集体经济增收。

2023 年 11 月，水利部等五部门联合印发《促进户外运动设施建设与服务提升行动方案（2023—2025 年）》，为各地依托优质水环境优势发展涉水户外运动提供政策支持。

强化河湖长制，实现"河湖长治"。7 年来，河湖流经之处，向绿而行的步伐铿锵有力、决心无比坚定。一条条"高颜值"的幸福河湖，不断为沿岸百姓的幸福生活"添彩"。

"2024 年，河湖长制将持续强化，继续推动幸福河湖项目建设，推进健全幸福河湖建设指标体系、完善河湖长制管理信息系统等工作，聚力建设安全河湖生命河湖幸福河湖。"水利部河湖管理司司长陈东明说。

七年风雨兼程，一路迭代升级。河湖长制全面推行 7 年多来，人们见证着河流生命复苏，见证着流域重现生机，见证着江河湖库美丽蝶变。健全河湖长制责任体系，压紧压实各级河湖长责任，规范河湖长履职行为，着力解决河湖重大问题……全面强化河湖长制，依然任重道远。以江河湖库高水平保护促进经济社会高质量发展，幸福故事，精彩待续。

（刊载于《中国水利报》，2024 年 5 月 9 日 1 版）

大河奔涌披锦绣

□ 本报记者 陈 岭 迟 诚

滔滔黄河，气象万千。

黄河远上白云间、九曲黄河万里沙、黄河落天走东海……大气磅礴的黄河展现的是厚重的中国。

黄河两岸稻花香、黄土高坡着绿装、河口湿地鸟翩飞……健康和谐的黄河展现的是美丽的中国。

从"要把黄河的事情办好"到"让黄河成为造福人民的幸福河"、从《关于根治黄河水害和开发黄河水利的综合规划的决议》到《黄河流域生态保护和高质量发展规划纲要》……波澜壮阔的人民治黄实践展现的是奋进的中国。

大河奔涌披锦绣，何以中国看黄河！

善治国者，必先治水。习近平总书记十分牵挂这条中华民族的母亲河，考察调研的足迹遍及沿黄9个省（自治区），5年在黄河流域上中下游主持召开3次座谈会，从"推动"到"深入推动"，再到"全面推动"，为黄河流域生态保护和高质量发展领航掌舵、指明方向。

大河上下，追新逐高。黄河流域生态保护和高质量发展确定为重大国家战略以来，水资源成为沿黄9个省（自治区）最大的刚性约束，上下游、左右岸、干支流统筹协调，黄河流域生态保护和高质量发展迈出坚实步伐。

大河安 平波九曲安澜歌

黄河宁，天下平。水安全是黄河流域最大的"灰犀牛"，黄河安澜是黄河流域生态保护和高质量发展的重中之重。党的十八大以来，黄河流域的防洪减灾体系基本建成，保障了伏秋大汛岁岁安澜。2019年以来，黄河干流发生14场编号洪水。各级水利部门挺膺担当，积极应对，成功战胜每一次洪水过程。

这份安澜，得益于流域防洪工程体系的日益完善。新时代保障黄河长久安澜的标志性重大工程——古贤水利枢纽工程高标准推进，龙羊峡、刘家峡、小浪底等水利枢纽工程充分发挥效益，泾河东庄水利枢纽建设有序进行，黄河下游1371千米标准化堤防全面建成……沿黄 9 个省（自治区）省级水网建设规划印发实施，流域干支流统防统治，联网、补网、强链，各层级水网协同融合发展。

这份安澜，得益于现代化雨水情监测预报体系的加快推进。水利部坚持"预"字当先、关口前移、防线外推，加快构建由气象卫星和测雨雷达、雨量站、水文站组成的雨水情监测预报"三道防线"，目前小浪底库区 3 部测雨雷达已成功组网试运行。数字孪生黄河建设在应用中不断升级完善，安装了操作系统的"智能石头"承担了为河道工程险情预警的重任；虚拟的数字孪生黄河进行洪水演进与防御的模拟推演；数字化网络串联起一系列数据孤岛，定制黄河中下游水旱灾害防御数字化场景……黄河流域洪水预报精准度进一步提高。

这份安澜，得益于抓住水沙调控这个"牛鼻子"。黄河流域水沙调节机制不断健全，形成了以干流的小浪底等骨干水利枢纽为主体，以干流的万家寨等水库及支流的陆浑等控制性水库为补充的工程体系，以及由水沙监测、水沙预报和水库调度决策支持系统等组成的非工程体系，全流域水沙调控整体合力显著增强。水利部持续实施调水调沙，截至 2024 年汛前，小浪底水利枢纽已累计拦截泥沙约 34.21 亿立方米，黄河下游主河槽最小过流能力增至 5000 立方米每秒左右。

大河美　长河复苏聚华彩

8 月 12 日，母亲河再传喜讯，随着 2023—2024 年度黄河水量调度工作圆满收官，黄河实现自 1999 年以来连续 25 年不断流。

水流是永葆河流生机活力的根基，而成就"奔流到海"壮美景象的是"绣花"般的水量调度。水利部全面落实《中华人民共和国黄河保护法》和《黄河水量调度条例》，坚持"四水四定"原则，发挥流域引调水工程作用，科学配置干支流水资源。水利部黄河水利委员会对黄河流域水量调度再升级，从干流部分河段扩展到全干流和重要支流，建成了世界上延伸距离最长、辐射范围最广的现代化水量调度管理系统。近 5 年，黄河干流累计供水 1251 亿立方米以上，充分保障了沿黄地区用水需求。

大保护是大发展的前提。水利部党组牢牢把握重在保护、要在治理的战略思路，充分考虑上中下游的差异，突出黄河治理的系统性、整体性、协同性。

看水源涵养。作为黄河发源地，青海省黄河多年平均出境水量达 264.3 亿立方米，贡献了黄河总水量的近一半，"中华水塔"坚固丰沛。甘肃省甘南藏族自治州实施黄河上游水源涵养区山水林田湖草沙一体化保护和修复工程，修复治理面积 11.23 万公顷，水源涵养功能稳步增强。2023 年，黄河上游来水量达到 335 亿立方米，比多年平均来水量增加了 10% 左右。

看水土保持。2019年以来，黄河沿线9个省（自治区）累计治理水土流失面积3.8万平方千米，综合整治坡耕地461.8万亩，新建淤地坝和拦沙坝2627座，水土流失实现面积强度"双下降"，水土保持率、减少入黄泥沙量实现"双增加"，黄土高原主色调由"黄"变"绿"。四川省推进黄河干流堤岸侵蚀治理，黄河四川段的含沙量从10年前的1.4千克每立方米减少到现在的0.3千克每立方米。

看生态修复。"塞外明珠"重现光彩，河口湿地万鸟云集。近年来，黄河向乌梁素海、华北地下水超采区、河口三角洲等地区补水105亿立方米，乌梁素海水质由劣V类改善为整体V类；山东黄河三角洲国家级自然保护区鸟类种类从1992年的187种增加到目前的373种，生物多样性显著提高。山西省加大对黄河第二大支流汾河的治理力度，通过生态补水、河道整治、雨污分流等措施推进"一泓清水入黄河"。

黄河很美，将来会更美。从三江之源到渤海之滨，全流域可观、可感、可知的生态之变，是黄河之变中最直观、最明显、最生动的变化，是山水林田湖草沙生命共同体系统治理、协同耦合的鲜活体现。

大河新　奔腾万里新潮涌

大河两岸，高质量发展亮点频出。大浪淘沙，新动能新活力释放激发。

新时代新征程，黄河流域生态保护和高质量发展站在了更高起点上。

顶层设计向"远"谋篇布局。《黄河流域生态保护和高质量发展规划纲要》《黄河流域生态保护和高质量发展水安全保障规划》等一系列规划制定出台，黄河流域生态保护和高质量发展战略中水利规划体系的"四梁八柱"基本建成。2023年4月1日，我国第二部流域法律——《中华人民共和国黄河保护法》正式施行，沿黄地区先后出台相关配套法律法规，黄河流域生态保护和高质量发展在法治轨道上行稳致远。

制度创新以"活"增添动能。黄河全流域一以贯之强化河湖长制，充分发挥流域省级河湖长联席会议机制作用，7.7万名省市县乡四级河湖长、35.6万名村级河湖长（巡河员、护河员）共建共治，实现河湖管护链条全覆盖。"两手发力"持续深化，水生态产品价值实现机制建立健全，黄河流域水权交易平台上线试运行，一批"节水贷"落地，宁夏、陕西推出水土保持碳汇产品交易，山东推出"黄河保护贷""防洪减灾贷""水生态保护贷"等；山西出台5个金融支持水利的实施意见，2023年全省水利建设投资中非财政资本占比超过一半。

产业升级以"水"重塑格局。沿黄各地坚决落实"四水四定"，推进产业全面绿色发展；建立健全覆盖全流域省市县三级行政区的取用水总量、用水强度控制指标体系，合理配置区域行业用水，将节水作为约束性指标纳入当地政绩考核范围，构建与水资源承载能力相适应的现代产业体系。截至 2023 年年底，沿黄除四川外的 8 个省（自治区）万元地区生产总值用水量 39.2 立方米、万元工业增加值用水量 11.9 立方米（当年价），分别比 2019 年下降了 18.8%、35.5%，规模以上工业服务业用水单位实现计划用水管理全覆盖。

深化改革以"新"劈波斩浪。黄河流域成为国家"一带一路"向西开放的重要枢纽，内外兼顾、陆海联动、东西互济、多向并进的黄河流域开放新格局加速构建；现代化水网建设良好开局，引汉济渭一期工程通水，山东、宁夏省级水网先导区建设高标准推进，黄河流域水资源优化配置体系不断完善；全流域、市场化、多元化生态保护补偿机制加快探索，青海与甘肃等黄河沿线上下游地区签订横向生态保护补偿协议；水资源节约集约利用水平不断提高，内蒙古累计完成 4666 万亩农田农业水价综合改革，实现供水有方、用水有度。

现代科技以"智"数字赋能。黄河流域"坝岸卫士"应用在 100 多道堤坝，全天候实时监测预警工情险情；在线光电测沙仪实测最大含沙量突破 900 千克每立方米大关；全国首个"东数西算"枢纽水利算力新基建在黄河流域投入运行……进入数字时代，黄河从传统治理走向现代化、智慧化、智能化治理。

行走在黄河两岸，高质量发展的缕缕新风扑面而来。党的二十大和党的二十届三中全会对黄河流域生态保护和高质量发展再强调、再部署、再推动，一系列政策调整、改革举措落地落实。从顶层设计到中观布局，再到基层实践，环环相扣，递进发力，新时代的"黄河大合唱"歌声嘹亮。

大河和　两岸人家幸福长

天地之大，黎元为先。水利是保障和改善民生的重要领域，是打赢脱贫攻坚战和实施乡村振兴战略的重要抓手。

"自从用上智能灌溉，成本少了，效率高了，我这 5000 亩地，浇一次地能省 10 万元。"看着田里即将丰收的麦田，山东省聊城市东昌府区韩集镇的种粮大户王立浩脸上笑开了花，位山灌区智能灌溉系统帮助他省工、省水、多赚钱。

"我们现在喝的水和城里一样，旱季不缺水，雨季水不浑。"陕西省铜川市王益区黄堡镇李家沟村村民赵安民受益于城乡供水一体化工程，身处塬上也能和城区居民用水同网、同质，从"有水喝"升级为"喝好水"。

"以前靠放牛羊，日子过得紧巴巴，现在来看黄河源头的人多了，民宿生意好得很！"青海省黄南藏族自治州尖扎县尖扎滩乡来玉村的村民冷措吉，把自己房子

改造成了民宿，别具特色的藏式民宿倒映在清澈碧绿的黄河水中。

朴实的话语，道出群众的心声与现状；灿烂的笑脸，映出生活的甜蜜与幸福。

"让黄河成为造福人民的幸福河"的嘱托语重心长。5年来，贫困人口相对集中的黄河流域、占全国人口近三成的黄河儿女，全面打赢脱贫攻坚战，和全国人民同步迈进小康社会。"治黄必须治岸，治岸必须治滩"，昔日的黄河滩嬗变为"幸福滩""金银滩"。

5年来，一个个水源工程拔地而起，一条条输水管道穿山越岭，黄河沿线百姓饮水保障基础不断夯实。2023年沿黄9个省（自治区）农村自来水普及率93.4%，规模化供水工程覆盖农村人口比例62%，超过全国平均水平。2024年，沿黄9个省（自治区）相继发布农村供水高质量发展规划，饮水安全保障持续升级。

5年来，沿黄9个省（自治区）528处大中型灌区实施现代化改造，新增恢复改善灌溉面积4500多万亩；推进农业水价综合改革和数字孪生灌区建设，节水灌溉技术广泛应用，筑牢"沿黄大粮仓"水利根基。

人民幸福与否，决定黄河流域生态保护和高质量发展成效。建设幸福黄河，"河"与"民"双向奔赴，共同描绘人与自然和谐共生的幸福图景。

大河蕴　文化根脉底蕴深

江河是文明的摇篮，水脉连通文脉。

九曲黄河，百折不挠，奔腾向前，鲜明的个性早已成为中华民族的集体记忆。黄河是一条自然之河，更是一条蕴含着丰富文化与伦理价值的文明之河，是中华文明的重要组成部分，是中华民族的根和魂。

5年来，黄河流域深入推进黄河文化的保护与传承，挖掘黄河文化的精神内涵和时代价值。

当保护与传承协同，黄河故事在这里传唱。黄河文化纳入校园课程，黄河研学活动如雨后春笋，母亲河的伟大和坚忍在青少年心中扎根；"黄河号子""河曲河灯会"等黄河文化符号入选非物质文化遗产，搬上舞台、走进社区，黄河文化"活"起来，更"火"起来，历史文脉在守正中传承。

当历史与现代辉映，黄河精神在这里闪光。四川创新提出"河源文化"，全面梳理四川黄河流域文化资源2100多处，把黄河文化融入现代旅游；山西省打造以汾河文化遗产带、沁河文化遗产带、太行文化关联带为牵引的黄河文化空间纽带，高标准推进黄河国家文化公园建设；河南提出把"天下黄河"打造成全球著名文化标识，黄河文化的时代价值在创新中承接。

当工程与文化融合，黄河记忆在这里沉淀，与时俱进的水文化在这里升华。正在建设中的黄河古贤水利枢纽工程，在工程设计阶段就注入文化内容，明确提出建设成为文化标杆工程，积极推动工程建设与黄河历史文化有机融合；宁夏为引黄古灌区世界灌溉工程遗产保护立法，古老灌溉工程承载着历代治水先贤的治水智慧，千秋流润惠泽至今；黄河水利委员会已在全河建成治河工程与黄河文化有机融合案例、黄河文化展示点等 200 余处，文明内涵在延续中升华。

今天的黄河，千帆竞发，百舸争流。2024 年 9 月 12 日，习近平总书记在甘肃省兰州市主持召开全面推动黄河流域生态保护和高质量发展座谈会时强调，以进一步全面深化改革为动力，开创黄河流域生态保护和高质量发展新局面。

殷殷嘱托记心间，不负期望再出发。水利系统将牢记"国之大者"，以更高政治站位和更强战略定力扛牢水利责任，牢牢把握重在保护、要在治理的战略要求，以进一步全面深化改革为动力，谋深谋细谋实水利贯彻落实措施，为开创黄河流域生态保护和高质量发展新局面贡献水利力量！

（刊载于《中国水利报》，2024 年 9 月 19 日 1 版）

碧水长渠向未来

□ 本报记者　王鹏翔　孟　京

这是事关战略全局、长远发展、人民福祉的擘画引领——

三年前，南水北调中线工程渠首，习近平总书记站在党和国家事业战略全局和长远发展的高度，为推进南水北调后续工程高质量发展指明了方向、提供了根本遵循，为新时代治水擘画了宏伟蓝图。

这是立足全国一盘棋、锚定高质量发展的变革推动——

三年来，全国广大水利干部职工心怀"国之大者"，深刻领会习近平总书记重要讲话中蕴含的战略思维、科学方法、实践要求，以高度的政治自觉、强烈的使命担当，推进南水北调后续工程高质量发展工作取得新成效。

这是检验政治责任感、历史使命感的具体实践——

南水北调，缓解了北"渴"。这座世界上规模最大的调水工程，让长江之水源源不断汇入淮河、黄河和海河流域，在中国版图上勾画出南北调配、东西互济的水网主骨架。截至目前，南水北调东、中线一期工程累计调水超 720 亿立方米，惠及沿线 7 个省（直辖市）40 多座大中城市，受益人口超 1.76 亿人。

碧水长渠，扬波千重；长河泱泱，利泽万方。南水北调工程正在中国式现代化的新征程上书写新的历史。

牢记"三个事关"　不负殷殷嘱托

我国是世界上水情最复杂、江河治理难度最大、治水任务最繁重的国家之一，基本水情是夏汛冬枯、北缺南丰，水资源时空分布极不均衡。

作为国家水网主骨架、大动脉，南水北调工程事关战略全局、事关长远发展、事关人民福祉。建设南水北调工程，是构建国家水网的重要任务，也是时代和历史赋予的伟大使命。

2021 年，中国共产党团结带领中国人民踏上了实现第二个百年奋斗目标新的赶考之路。高质量发展是全面建设社会主义现代化国家的首要任务。

一边是实现高质量发展必须有水利作为基础性支撑，一边是进入新发展阶段，促进南北协调发展需要更有力的水资源保障。面对新形势新任务，南水北调工程后续怎么干？

2021年5月14日，河南省南阳市，习近平总书记充分肯定南水北调工程的重大意义，科学分析南水北调工程面临的新形势新任务。

此前，2020年11月13日，习近平总书记在南水北调东线一期工程源头江都水利枢纽，强调要把实施南水北调工程同北方地区节约用水紧密结合起来，以水定城、以水定业，调水和节水这两手要同时抓。

从江苏到河南，从东线到中线，南水北调后续工程建设迎来了总体性、指导性意义的部署。南水北调工程在习近平总书记心中的重要性不言而喻。

三年来，水利部部长李国英多次主持召开会议、奔赴一线调查研究，深入贯彻落实习近平总书记重要指示批示精神，从讲政治、谋全局、顾长远的战略高度持续推进国家水网建设和南水北调后续工程高质量发展工作。

"要进一步提高政治站位、强化使命担当，统筹高质量发展和高水平安全，不折不扣扎实抓好南水北调后续工程高质量发展各项任务。"2024年5月13日，李国英在推进南水北调后续工程高质量发展工作领导小组会议上强调。

深入领会、吃透精神，才能精准对接、有效落实。

这三年，水利部全力推进南水北调后续工程规划和建设，加快南水北调总体规划修编，推进东线二期可研论证和西线工程规划编制，加快完善南水北调工程总体布局。

这三年，南水北调后续工程首个项目引江补汉工程进入全面施工阶段，已累计完成投资53.58亿元。南水北调与三峡工程两大"国之重器"连通步伐加快。

这三年，水利部进一步提升南水北调东、中线一期工程效益，连续启动东线一期工程北延应急供水工程年度调水，助力京杭大运河连续实现全线水流贯通。

这三年，数字孪生南水北调先行先试项目建设取得积极成果，工程管理数字化、网络化、智能化水平不断提高，水安全保障的基础不断夯实。

一渠清水添翼赋能，南水北调后续工程的高质量发展蹄疾步稳。

筑牢"四条生命线" 坚守"三个安全"

汛期不结束，巡查不停步。刚一入汛，中国南水北调集团中线有限公司河北分公司石家庄管理处巡查员段海涛就忙个不停：拉网式排查、形成问题台账、制订整改计划……

　　三年来，各级水利部门和中国南水北调集团有限公司加强工程调度管理，强化运行监管，从守护生命线的政治高度，维护南水北调工程安全、供水安全、水质安全。

　　建制度，保运行，守住工程安全底线——

　　暴雨！2021年，南水北调东线工程沿线有6个雨量站降雨超过有气象记录以来极值。

　　超警！2023年，受台风"杜苏芮"影响，南水北调中线工程全线81座河渠交叉建筑物行洪过流。

　　对重点建筑物落实24小时盯防，对易出险区域加密巡查，滚动掌握降雨、产汇流、洪峰洪量等过程情况……水利部、中国南水北调集团有限公司、沿线各地水利部门通力协作，严格落实"四预"措施，经受住一次次考验。

　　2022年，守护南水北调工程安全又多了一支"生力军"——南水北调也有河长了！

　　水利部印发方案，明确要求南水北调中线、东线工程沿线省份充分发挥河湖长制优势，切实管护好"国之重器"。如今，一张上下联动、区域协同的"安全网"已经在工程沿线全面铺展。

　　强调度，稳供应，追求供水安全高线——

　　水利部每年综合研判水源区来水情况、可调水量及受水区各省（直辖市）需水量、工况等因素，制订南水北调工程水量调度计划，沿线水利部门根据计划开展输水调度。近几年，调水管理又多了许多"智慧帮手"。

　　在东线工程第三梯级泵站江苏洪泽站，南水北调东线江苏水源有限责任公司科技信息中心主任莫兆祥展示数字孪生建设成果。"只需点下按钮，就能远程控制水泵启闭，原来耗时1小时的人工操作流程，如今只需1分钟。"

　　在中线工程沿线，自动化系统可通过900余个测站、1500余台测量控制单元，自动采集4万余个监测仪器的数据，管理8万余支监测设施的监测数据和成果。

　　遇冰冻期，调水难度加大。中国南水北调集团中线有限公司基于气温、水温、冰情预测，建立冰情预报预警系统，开发冰期监测和运行调度平台，让冰期输水能力逐年提升。

　　勤检测，重守护，筑牢水质安全防线——

　　在中线陶岔渠首，清漂机器人用孔径最小仅5毫米的过滤细网收集小漂浮物。陶岔渠首通过两道拦网阻挡体积较大的漂浮物，再用清漂机器人"查漏补缺"，守护源头"大水缸"。

　　在东线调蓄水库——东平湖，济南市水文中心王帅帅认真记录着各项水质指标。东线沿线累计实施471项治污工程，推动水质断面达标率提高到100%，打造一条输送好水的"健康长廊"。

在北京团城湖管理处，讲解员向记者介绍，北京设置"入京、入城、入厂"三道水污染防线，并与上游建立信息共享、联动预警机制，确保"家门口"的水质安全。

……

多年来，中线工程水质一直优于 Ⅱ 类，东线工程水质稳定保持在 Ⅲ 类水标准。坚守"三个安全"，南水北调工程已经成为优化水资源配置、保障群众饮水安全、复苏河湖生态环境、畅通南北经济循环的生命线。

配置水源，优化格局——截至 2024 年 5 月 14 日，南水北调东、中线一期工程累计调水超 720 亿立方米。三年来，南水北调工程的供水地位由"辅"变"主"，全国统一大市场和畅通的国内大循环越来越离不开南水北调工程的支撑。

复苏河湖，改善生态——南来之水所到之处，干涸的河床湿地得到补充，因缺水而萎缩的水库湖泊重现生机。受益于南水北调工程的"滋养"，华北地区浅层地下水水位回升，京杭大运河连续多年全线水流贯通，永定河连续四年实现全线流动。

畅通循环，助推发展——南水北调工程逐步破解华北地区水资源要素对生产能力的束缚，助力京津冀协同发展；带动河南省工程沿线市县实施创新驱动发展战略，发展战略性新兴产业，激活中部崛起新引擎；促进京杭大运河城市竞相发展，打通运河城市群经济社会高质量发展的"大动脉"。

绘制世纪画卷　加快推进国家水网建设

推动南水北调后续工程高质量发展，谋划的不仅仅是一项工程的发展方向，更是如何透过一项工程、两条线路，看清过去、看准当下、看到未来，谋篇布局国家水网，为实现中华民族走向复兴的伟大梦想提供不可或缺的水资源基础支撑。

习近平总书记在推进南水北调后续工程高质量发展座谈会上提出坚持全国一盘棋、集中力量办大事、尊重客观规律、规划统筹引领、重视节水治污、精确精准调水等六条实施重大跨流域调水工程的宝贵经验，并对推进实施调水工程提出坚持系统观念、坚持遵循规律、坚持节水优先、坚持经济合理、加强生态环境保护、加快构建国家水网等六方面明确要求。

三年来，围绕运用好实施重大跨流域调水工程的经验、准确把握调水工程的实践要求，各地广泛深入开展实践——

广东省坚持"一盘棋"思想，省政府组建专班，推进环北部湾广东水资源配置工程建设。目前，工程全线隧洞累计掘进超万米，建成后将从根本上解决粤西地区水资源短缺问题。

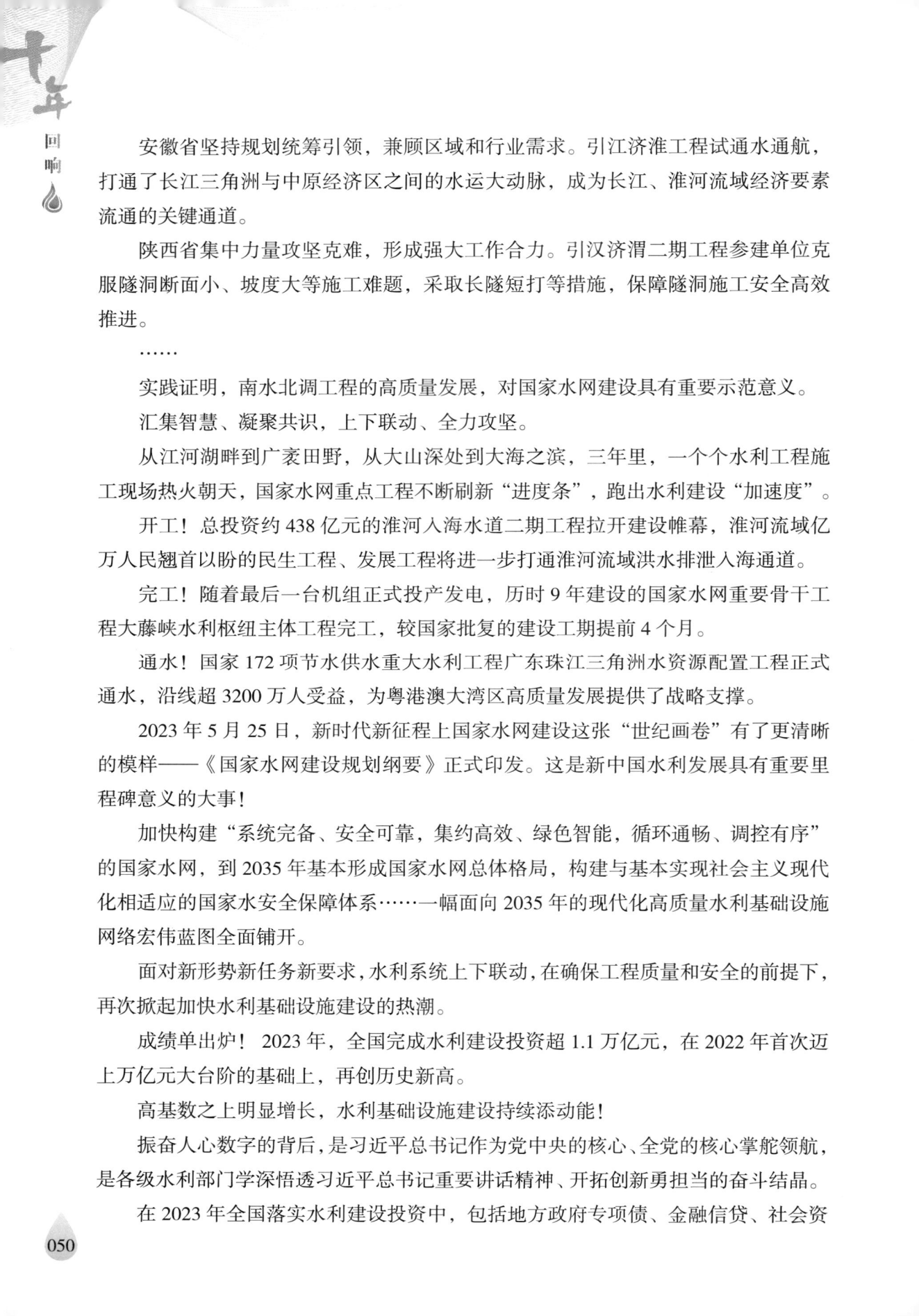

安徽省坚持规划统筹引领，兼顾区域和行业需求。引江济淮工程试通水通航，打通了长江三角洲与中原经济区之间的水运大动脉，成为长江、淮河流域经济要素流通的关键通道。

陕西省集中力量攻坚克难，形成强大工作合力。引汉济渭二期工程参建单位克服隧洞断面小、坡度大等施工难题，采取长隧短打等措施，保障隧洞施工安全高效推进。

······

实践证明，南水北调工程的高质量发展，对国家水网建设具有重要示范意义。

汇集智慧、凝聚共识，上下联动、全力攻坚。

从江河湖畔到广袤田野，从大山深处到大海之滨，三年里，一个个水利工程施工现场热火朝天，国家水网重点工程不断刷新"进度条"，跑出水利建设"加速度"。

开工！总投资约438亿元的淮河入海水道二期工程拉开建设帷幕，淮河流域亿万人民翘首以盼的民生工程、发展工程将进一步打通淮河流域洪水排泄入海通道。

完工！随着最后一台机组正式投产发电，历时9年建设的国家水网重要骨干工程大藤峡水利枢纽主体工程完工，较国家批复的建设工期提前4个月。

通水！国家172项节水供水重大水利工程广东珠江三角洲水资源配置工程正式通水，沿线超3200万人受益，为粤港澳大湾区高质量发展提供了战略支撑。

2023年5月25日，新时代新征程上国家水网建设这张"世纪画卷"有了更清晰的模样——《国家水网建设规划纲要》正式印发。这是新中国水利发展具有重要里程碑意义的大事！

加快构建"系统完备、安全可靠，集约高效、绿色智能，循环通畅、调控有序"的国家水网，到2035年基本形成国家水网总体格局，构建与基本实现社会主义现代化相适应的国家水安全保障体系······一幅面向2035年的现代化高质量水利基础设施网络宏伟蓝图全面铺开。

面对新形势新任务新要求，水利系统上下联动，在确保工程质量和安全的前提下，再次掀起加快水利基础设施建设的热潮。

成绩单出炉！2023年，全国完成水利建设投资超1.1万亿元，在2022年首次迈上万亿元大台阶的基础上，再创历史新高。

高基数之上明显增长，水利基础设施建设持续添动能！

振奋人心数字的背后，是习近平总书记作为党中央的核心、全党的核心掌舵领航，是各级水利部门学深悟透习近平总书记重要讲话精神、开拓创新勇担当的奋斗结晶。

在2023年全国落实水利建设投资中，包括地方政府专项债、金融信贷、社会资本 5451 亿元，占比 44.5%。各地水利部门充分利用国家政策支持、社会资本广泛参与的重要利好机遇，"两手发力"激活水利建设投资的发展新动能。财政资金、金融信贷、社会资本共同发力的水利投融资格局已初步形成。

连年增长的水利投资还加快了数字孪生水网建设的步伐，为推动新阶段水利高质量发展开启了"新大门"。

各地积极探索实践，取得了一系列阶段性成果。数字孪生南水北调中线 1.0 入选水利部数字孪生水利建设十大样板名单（2023 年），构建了工程安全结构分析、跨流域多水源多目标联合调度等智慧应用场景；浙东数字孪生水网初步实现了安全监视、调度决策、日常管理、应急处置等功能，有效提升了水网调度管理智能化水平……水网建设管理数字化、网络化、智能化水平日益提升。

时间，见证国家水网建设；实践，书写砥砺奋进答卷。以南水北调工程为代表，一个又一个国家水网标志性工程在全面促进水资源利用与国土空间布局、自然生态系统相协调上发挥着重要作用，推动现代化水利基础设施体系在更高水平上保障国家水安全。

2024 年，南水北调东、中线一期工程迎来全面通水十周年。我们坚信，在党中央的坚强领导下，在国家战略的引领下，南水北调及其后续工程必将更好地带动国家水网建设，持续发挥促进南北协调发展的巨大效益，为全面建设社会主义现代化国家提供更加有力的水安全保障！

（刊载于《中国水利报》，2024 年 5 月 14 日 1 版）

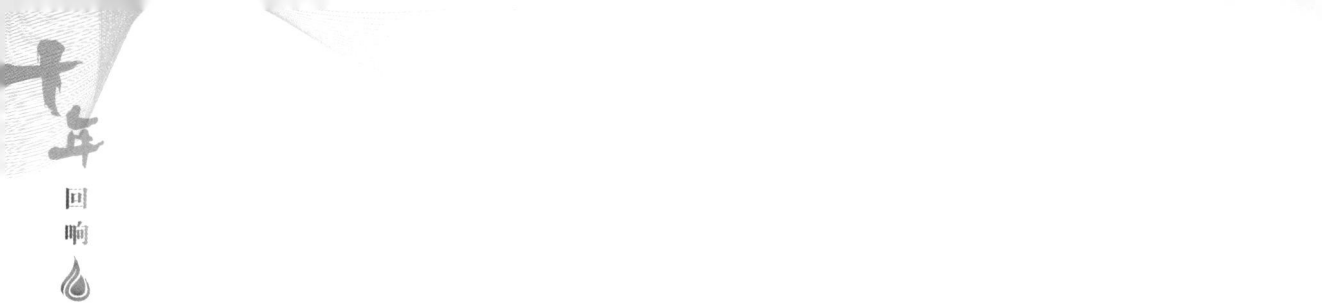

江河竞秀映荣光　治水为民向复兴

——写在新中国成立七十五周年之际

□ 本报记者　滕红真　陈　岭

大坝巍峨，万壑归流。

泱泱华夏，江河万古，水脉即是国脉；赫赫中华，文明赓续，而今走向复兴。75年，流动江河见证奋斗荣光，治水成就澎湃伟大梦想。

这是变化翻天覆地的75年！从水利是农业的命脉到支撑整个国民经济发展，水安全上升为国家战略，治国安邦与兴水利民有机结合。

这是发展转型提质的75年！从兴修水利大会战到"节水优先、空间均衡、系统治理、两手发力"，治水思路闪耀真理之光，新阶段水利高质量发展步履铿锵。

这是接续逐梦奋斗的75年！从兴水利、除水害到统筹解决水灾害、水资源、水生态、水环境问题，高质量发展和高水平安全良性互动，中国式现代化的水利答卷奋力谱写。

水利关系国计民生，治水之道是重要的治国之道。党的十八大以来，习近平总书记站在实现中华民族永续发展的战略高度，亲自擘画、亲自部署、亲自推动治水事业，基于历史、立足当下、着眼未来。

如今，水旱灾害防御能力实现整体性跃升，水资源利用方式实现深层次变革，水资源配置格局实现全局性优化，江河湖泊面貌实现根本性改善，我国治水取得历史性成就、发生历史性变革，为建设社会主义现代化强国提供有力的水安全保障。

广袤的祖国大地上，千峰输秀、绿水旖旎、湖库衔翠，映衬着时光锦缎耀眼夺目……

江河安澜　汇聚民族复兴澎湃潮

时针拨至1998年夏天，一场发生在长江、松花江等流域的特大洪水席卷我国。长江九江段决口！荆江大堤险象环生！军民干群众志成城、连续奋战，使这场特大自然灾害的损失减少到最低程度。

2024 年在应对长江 1 号、2 号洪水时，依托数字孪生"智慧大脑"建构模型、智能调度，三峡水库成功拦洪 126.8 亿立方米，减少灾害损失 643 亿元。

中华民族历经数千年"人定胜天"的抗争，走向人与自然和谐共生的现代化之路。党的十八大以来，习近平总书记提出"两个坚持、三个转变"防灾减灾救灾理念，把"防"摆在更加突出位置，指引我国洪涝灾害防御能力实现整体性跃升。近十年来，我国洪涝灾害年均损失占国内生产总值的比例由上一个十年的 0.51% 降至 0.24%。

坚持人民至上、生命至上，水利部门锚定"人员不伤亡、水库不垮坝、重要堤防不决口、重要基础设施不受冲击"目标，贯通"四情"（雨情、水情、险情、灾情）防御，强化"四预"措施，坚决筑牢人民生命财产安全防线。

这背后是心怀"国之大者"、勇扛天职的坚守与探索。水旱灾害防御有了"三大体系"的支撑，流域防洪工程体系、雨水情监测预报体系、洪涝灾害防御工作体系齐头并进，推动我国防洪安全体系和能力现代化。

与新中国成立初期全国只有 1200 多座水库相比，今日中国，9.5 万座水库、32.5 万千米 5 级以上江河堤防、98 处国家蓄滞洪区的"王牌"加持，让防洪工程体系更加牢固。

黄河古贤、长江姚家平、淮河入海水道二期等一批骨干防洪工程有序推进，中小河流治理、病险水库除险加固和山洪灾害防治大规模开展。近十年，新增库容 1632 亿立方米，我国大江大河干流基本具备防御新中国成立以来最大洪水的能力。

刷新精度！在珠江流域，防洪工程"一个流量、一方库容、一厘米水位"科学调度，极大缓解 2024 年北江严峻防洪形势。

与新中国成立初期重在恢复和发展水利基础设施相比，今日中国，围绕建设雨水情监测预报体系进行的一系列创新实践，彰显出新时代水利人的挺膺担当。

构筑气象卫星和测雨雷达、雨量站、水文站组成的雨水情监测预报"三道防线"，延长洪水预见期，提高洪水预报精准度。全国各类水文测站由 2012 年的 7 万多处增加到目前的 12 万多处，南、北方主要河流洪水预报精准度分别提升到 90% 和 70% 以上。

抢出时间！在北京，永定河官厅山峡区间现代化雨水情监测预报体系率先建成，结合数值预报，最长可提前 10 天预判流域洪水风险形势。

从"严防死守"到"给洪水以出路"；从被动应对到主动向"天空地水工"一体化监测迈进；从大规模群众治水运动到七大江河流域防汛抗旱指挥机构全部建立、重大水旱灾害事件调度指挥机制印发，从根本上提高防灾减灾救灾工作制度化、规范化、现代化水平……治水事业紧跟国家发展脚步，实现历史性跨越。

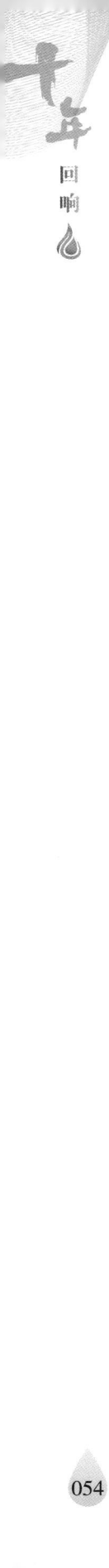

织绘水网　成就现代化强国新伟业

一大早,北京市海淀区居民黄刚拧开水龙头烧水泡茶,水质清澈,茶味纯正。目前,北京城区已有超 75% 的人口喝上南水北调水。

1952 年,毛泽东主席提出南水北调伟大构想;2014 年,一库净水送北方梦想成真。

十年来,南水北调东、中线一期工程累计调水突破 753 亿立方米,成为沿线 40 多座大中城市的优质水源,1.85 亿人直接受益。

一泓清泉,由南北上,越中原,穿黄河,至北京;一汪碧水,优化水资源配置,复苏河湖生态环境,畅通南北经济循环。如今的南水,是民生之水、生态之水、发展之水。

2021 年 5 月,习近平总书记在推进南水北调后续工程高质量发展座谈会上强调,南水北调等重大工程的实施,使我们积累了实施重大跨流域调水工程的宝贵经验。

连通河湖水系、构建江河水网的脚步从未停止。以联网、补网、强链为重点,"系统完备、安全可靠,集约高效、绿色智能,循环通畅、调控有序"的国家水网加快构建,在更大范围、更高水平上保障国家水安全。

看!国家水网主骨架和大动脉正在延伸——南水北调后续工程首个开工重大项目——引江补汉工程,连接起三峡与南水北调两大"国之重器","大水盆"联手"大水缸"将进一步打通长江向北方输水通道。

看!国家水网骨干工程正在织密——引江济淮、引汉济渭、珠江三角洲水资源配置等一批重大引调水工程建成通水。环北部湾水资源配置等一批重大项目开工。26 项大型水网调蓄结点工程、13 项大型灌区开工。

看!省、市、县级水网规划建设正在交汇——全部省级水网建设规划已批复实施。水利部启动省、市、县水网先导区建设,加快形成城乡一体、互联互通的国家水网体系。

纵横交错,利泽万方。一大批"国之重器"蕴藏大国底气,成为保障国家重大战略实施的"生命源泉"。

回望新中国成立初期,全国供水总量仅 1031 亿立方米,75 年后,我国水利工程供水能力超 9000 亿立方米。告别"靠天吃饭",如今全国耕地有效灌溉面积达 10.55 亿亩,建成大中型灌区 7300 多处;告别"肩挑背扛",如期全面解决 1710 万建档立卡贫困人口饮水安全问题,农村自来水普及率达 90%,困扰亿万农民吃水难问题得到解决。

刚刚过去的 9 月，习近平总书记在甘肃考察。当得知近 600 万群众因引洮供水工程告别苦咸水后，总书记十分高兴。他要求加强维护和管理，让这项新中国成立以来甘肃水利建设史上最大的跨流域调水工程，在沿线群众生产生活中发挥更大效用。

新中国成立伊始，就集中有限财力治理大江大河。如今，世界上规模最大、范围最广、受益人口最多的水利基础设施体系已经建成。

水网建设起来，会是中华民族在治水历程中又一个世纪画卷，会载入千秋史册。秀美画卷铺展，"纲""目""结"串联——

大江大河大湖自然水系、重大引调水工程和骨干输配水通道是"纲"，区域河湖水系连通工程和供水渠道是"目"，控制性调蓄工程是"结"……一幅面向 2035 年的现代化水利基础设施体系构建蓝图全面铺开。

擦亮底色　赋能高质量发展谱新篇

"长汀的水土流失率降至 7% 以下，高于欧美等发达国家水平。"福建省龙岩市水利局副局长卢晓香说，长汀县已实现从"火焰山"到"绿满山"的飞跃。

绿色发展是高质量发展的底色。在习近平生态文明思想指引下，水利系统牢固树立和践行绿水青山就是金山银山的理念，坚定不移走生态优先、节约集约、绿色低碳高质量发展道路。

实施国家节水行动，健全节水制度政策，强化水资源刚性约束。我国首部节水行政法规《节约用水条例》正式施行 5 个月，"四水四定"激活经济社会发展新引擎，全国上下节水型生产和生活方式逐步建立。

增减之间，一组数据彰显成效：十年来，我国国内生产总值增长近一倍，但用水总量实现零增长，万元国内生产总值用水量、万元工业增加值用水量分别下降 41.7%、55.1%；到 2023 年年底，全国农田灌溉水利用系数达 0.576，年节水能力比 10 年前提高约 300 亿立方米。

保护母亲河，习近平总书记念兹在兹。放眼长江经济带，坚持"共抓大保护、不搞大开发"的战略导向，上中下游协同发力，"一江碧水向东流"美景重现。长江岸线利用项目清理整治，腾退长江岸线 162 千米，复绿 1225 万平方米。唱好新时代"黄河大合唱"，坚持重在保护、要在治理的战略要求，黄河流域生态保护和高质量发展站到了更高起点上。新中国成立至今，黄河实现 25 年不断流，黄河很美，将来会更美。

在国家"江河战略"的引领下，水利部门深入开展母亲河复苏行动，实施生态补水，

提高河湖生态流量的保障程度，全面加强地下水超采综合治理。

目前，88条（个）母亲河（湖）中，已有56条河流实现了一次或多次全线贯通；全国跨省重要江河生态流量保障体系全面建立；华北地下水超采区地下水水位显著回升，"华北明珠"白洋淀大放异彩……

越来越多的河流湖泊重现碧水盈盈、飞鸟蹁跹——

断流百年的京杭大运河连续三年全线水流贯通，再现壮美运河千年神韵；北京母亲河永定河在断流26年后重现流动之美；黑河尾闾东居延海实现连续20年不干涸；2024年9月3日，断流近26年的西辽河干流水头首次到达内蒙古自治区通辽市城区……

第18届世界水资源大会开幕式上，水利部部长李国英庄严宣告，坚持系统治理，我国江河湖泊面貌近年来实现根本性改善。

每条河流都有人管。河湖长制这一重大创新制度实施7年来，省、市、县、乡、村五级120万名河湖长上岗履职。

河湖库管护再强化。清理整治河湖"四乱"突出问题24万多个，打击非法采砂船1.8万余艘。

幸福河湖不断涌现。水利部累计完成9800多个河湖健康评价，带动各地打造3200多条幸福河湖。

人水和谐强音奏响，锦绣河山生机勃发。这是坚持山水林田湖草沙一体化保护和系统治理的生动注脚；这是持续深化建构河流伦理，坚持把河流视作生命体的效果呈现。

福建筼筜湖畔，绿意盎然；清清木兰溪，十里风光美。云南苍山洱海畔，旖旎风光再现，有"水质试金石"之称的海菜花重开。

"海菜花回来了，我也回来了。"村民早育茂回到家乡直播"带货"海菜花，每年有15万元的收入，"海菜花是'生态菜'，也是我们的'致富菜'。"

水美图景崭新，百姓笑脸灿烂。这样的中国，如百姓所愿！

深化改革　逐梦创新中国新征程

40多年前，在"向何处去"的十字路口，中国共产党作出改革开放的历史性抉择。从此，将改革进行到底，成为中华民族迈向现代化的重要法宝。

习近平总书记指出，推进中国式现代化，要把水资源问题考虑进去；中国式现代化，也包括水利现代化。作为实现高质量发展的基础性支撑和重要带动力量，水利改革蹄疾步稳、紧锣密鼓。

"我们有需求，他们有指标，一拍即合。"宁夏回族自治区水利厅副厅长张伟口中的"合作"，即2024—2026年，宁夏以每立方米1.2元，共1800万元的价格，购得四川省1500万立方米的黄河用水权，完成跨省用水权交易的全国第一单。

水资源得以在更大空间和更大范围内畅通流动，运用市场机制破解水资源瓶颈的路子越走越宽。

"两手发力"的聚合效应加速释放——

水利部已连续两年开展深化农业水价综合改革推进现代化灌区建设试点工作，在第一批21个试点吸纳的资金中，金融和社会资本占80%。在2023年全国落实水利建设投资中，包括地方政府专项债、金融信贷、社会资本5451亿元，占比44.5%。

财政资金、政府债券、金融信贷、社会资本共同发力的水利投融资格局初步形成，全国水利建设投资连续两年迈上万亿元台阶。

新质生产力的创新引擎正在澎湃——

连年增长的水利投资加快了数字孪生流域、数字孪生水网和数字孪生工程的建设步伐。水利部和长江、黄河、淮河等七大江河数字孪生平台加快构建，支撑流域防洪调度管理；数字孪生浙东引水实现未来15天区域水资源态势动态研判；49个灌区开展数字孪生灌区先行先试，灌溉效率总体提升10%以上……

河湖库坝实时映射到数字世界，重大科技成果不断涌现，水利行业数字化、网络化、智能化水平持续提升。

以水为笔的发展故事不断丰富——

从福建到江西，再到黄河流域、珠江流域，水土保持项目碳汇交易接连开展；从全国首单到再签约两单，浙江省安吉县推动水土保持生态产品价值实现机制取得实质性进展；2024年9月18日，全国首单水利风景区暨幸福河湖生态产品价值实现交易签约……

"点水成金""空气生金"的成果越来越多，水利部门推动水土保持参与碳达峰碳中和国家战略，水土保持率提高到72.56%。

变革创新，凡墙皆门。在乡村、在城市，从流域保护到水库建设，水利体制机制法治管理一体推进，治水兴水工作体系不断健全。

在法治轨道上行稳致远——《中华人民共和国长江保护法》《中华人民共和国黄河保护法》《地下水管理条例》等颁布实施；水行政执法与刑事司法衔接、水行政执法与检察公益诉讼协作机制落地见效。

在高标准统筹谋划中进而有为——强化流域统一规划、统一治理、统一调度、

统一管理；推行农村供水"3+1"标准化建设和管护模式；加快构建现代化水库运行管理矩阵。

在刚刚闭幕的第三届亚洲国际水周上，中国治水思路得到与会代表的广泛认同。拥有悠久治水史的中华民族，正在为全球应对水安全挑战提供中国智慧。

时间是衡量价值的最好标尺。75 年前百废待兴，75 年后万水安澜。走过 75 年，历史不会忘记，为了人民远离水患，为了人民喝上好水，为了人民端牢饭碗，为了人民享受良好的生态环境……治水创造出灿烂而辉煌的过往，江河汇聚起奔涌向前的磅礴伟力。

江河竞秀映荣光，治水为民向复兴。迈步新征程，水利人把光荣镌刻在历史行进的史册里，在习近平总书记治水思路和关于治水的重要论述精神的引领下，高举改革开放旗帜，继续向着中华民族伟大复兴奔跑！

（刊载于《中国水利报》，2024 年 10 月 1 日 1 版）

社论评论篇

·十年回响·

十年
回响

　　围绕贯彻落实习近平总书记关于治水重要论述精神，《中国水利报》推出社论、系列评论，深入阐释新时代治水思路是科学解决新阶段水问题的"金钥匙"，引领我国治水事业取得举世瞩目的辉煌成就。

十年江河巨变彰显思想伟力

□ 社 论

治水关乎民族生存、文明进步、国家强盛。十年前的今天，习近平总书记提出了"节水优先、空间均衡、系统治理、两手发力"治水思路，深刻揭示治水内在规律和本质要求，纵观全局、立意高远，在中华民族治水史上具有重要里程碑意义。十年来，在习近平总书记领航掌舵和治水思路科学指引下，我国治水事业取得历史性成就、发生历史性变革，办成了许多事关战略全局、事关长远发展、事关人民福祉的治水大事、要事。新时代治水思路引领我国治水事业取得了举世瞩目的辉煌成就，十年江河巨变彰显思想伟力！

十年江河巨变，其根本在于治水思路的科学引领。"节水优先、空间均衡、系统治理、两手发力"治水思路是习近平总书记基于对国情、水情的深刻洞见和深邃思考，是准确把握治水规律和保障国家水安全做出的战略性选择，是贯彻新发展理念的具体体现，是统筹解决我国新老水问题的治本之策，是习近平新时代中国特色社会主义思想的组成部分。治水思路体现理论逻辑、历史逻辑和实践逻辑相统一，贯穿着辩证唯物主义和历史唯物主义思想，在正确把握人与自然关系的统一性，深化对自然规律、经济规律、社会规律认识的基础上，科学回答了如何处理好水资源开发利用增量与存量之间的关系、水资源与经济社会发展的关系、治水要素之间的关系、治水中政府与市场的关系等重大问题，具有鲜明的思想性、理论性、战略性、指导性、实践性，为推动新阶段水利高质量发展指明了前进方向、提供了根本遵循。

十年治水历程是广大水利工作者坚定不移贯彻落实习近平总书记"节水优先、空间均衡、系统治理、两手发力"治水思路的实践过程。党的十八大以来，总书记先后就治水发表了一系列重要讲话、作出一系列重要指示批示，都体现了治水思路所蕴含的内涵要义、战略指引和原则要求。十年来，水利系统解放思想、拓宽视野、笃定前行，不断在治水思路中寻找破解复杂水问题的依据、方法和路径，推进治水管水从粗放用水向节水减排转变，从供水管理向需水管理转变，从局部治理向系统治理转变，从注重行政推动向坚持两手发力、实施创新驱动转变。从构想到布局，从理念到实践，从试点到推广，十年来，水利系统对治水规律的认识实现新飞跃，

新时代治水事业在创新中不断推进，阔步迈上高质量发展之路。

十年江河巨变，带来的是人民群众获得感、幸福感、安全感不断提升。十年来，我们加快完善流域防洪工程体系，强化"四预"措施，成功战胜多次大江大河历史罕见洪水灾害，最大程度保障了人民群众生命财产安全。十年来，我们全面实施国家节水行动，强化水资源刚性约束，持续推进农业节水增效、工业节水减排、城镇节水降损，用水效率大幅提升。十年来，我们科学推进实施一批重大引调水工程和重点水源工程，初步形成"南北调配、东西互济"的水资源配置格局，国家经济安全、粮食安全、生态安全和城乡居民用水安全得到保障，我国水资源统筹调控能力、供水保障能力、战略储备能力全面增强。十年来，我们全面建立河湖长制新型水管理体制，大力推进河湖生态保护修复，强化流域统一规划、统一治理、统一调度、统一管理，江河湖泊面貌实现历史性改善，永定河、滹沱河、大清河、潮白河等多年断流河道全线贯通，白洋淀重现生机，京杭大运河实现百年来首次全线贯通。十年来，财政资金、政府债券、金融信贷、社会资本共同发力的水利投融资格局初步形成，水利基础设施建设投资迈上万亿元大台阶，为稳增长、扩内需、促就业作出重要贡献……十年间，水利建设硕果累累，水资源保障坚强有力，大江大河安澜无恙，水生态水环境极大改善，人水和谐的幸福画卷在祖国大江南北徐徐展开。

江河巨变彰显思想伟力。实践证明，新时代治水思路科学回答了新的历史时期治水的理论问题和实践问题，是科学解决新阶段水问题的"金钥匙"，是照亮新阶段治水航程的"灯塔"。踏上全面建设社会主义现代化国家新征程，让我们更加紧密地团结在以习近平同志为核心的党中央周围，坚持以"节水优先、空间均衡、系统治理、两手发力"治水思路为指引，持续把人民群众对美好生活的向往转化为前行动力，不断提升水旱灾害防御能力、水资源节约集约利用能力、水资源优化配置能力、江河湖泊生态保护治理能力，把中国式现代化的水利篇章一步步变成美好现实，让新时代治水思路在全面推进强国建设、民族复兴的大道上，绽放更加璀璨的光芒。

（刊载于《中国水利报》，2024 年 3 月 14 日 1 版）

毫不动摇坚持和落实节水优先方针

□ 本报评论员

节水工作意义重大，对历史、对民族功德无量。习近平总书记提出"节水优先、空间均衡、系统治理、两手发力"治水思路，把节水放在优先位置，这是习近平总书记深刻洞察新老水问题、总结国内外科学治水经验、针对我国水安全严峻形势提出的治本之策。我们要深入学习贯彻落实节水优先方针和习近平总书记关于节水工作的重要讲话指示批示精神，落实全面节约战略，提升水资源节约集约利用能力，促进经济社会发展全面绿色转型。

节水是资源节约工作的重要一环。节约资源是我国的基本国策，党的二十大强调要"实施全面节约战略，推进各类资源节约集约利用"，2024年的政府工作报告指出，落实全面节约战略，加快重点领域节能节水改造。水是基础性的自然资源和战略性的经济资源，深入落实全面节约战略，要细化水资源节约目标任务，推动把节约水资源贯穿于经济社会发展全过程、各领域。

节水优先是坚持问题导向，为解决我国水资源短缺问题而确定的一条很有针对性的方针。我国人多水少，水资源短缺成为制约生态环境质量和经济社会发展的重要因素。党的十八大以来，习近平总书记立足我国基本国情水情，从中华民族永续发展的高度，创造性地提出一系列节水新理念新思路，指导节水工作取得历史性成就，水资源利用方式发生深层次变革。十年来，全国用水总量总体稳定在6100亿立方米以内，万元国内生产总值用水量、万元工业增加值用水量分别下降42.8%、58.2%，农田灌溉水利用系数从0.530提高到0.576，用水效率和效益显著提高，全社会节水意识明显增强。

毫不动摇坚持和落实节水优先方针，要切实增强做好节水工作的责任感使命感紧迫感，不折不扣抓落实。要深入实施国家节水行动，持续推动全社会节水，强化用水总量和强度双控，推动落实区域重大战略节水要求。要加大节水法规制度建设力度，全力抓好《节约用水条例》宣贯及配套制度建设。要不断夯实节水管理基础，完善节水管理措施，强化节水管理效能，实现全过程精细化管理。要大力发展节水产业，全面推进理念、制度、技术、模式创新，善用财税、金融、投资、价格、产

权等经济手段，激发节水内生动力。要深化拓展节水科普宣传教育，持续营造全社会惜水节水护水的良好氛围。

节水就是开源，节水就是增效，节水就是减排，节水就是治污，节水就是文明。我们要心怀"国之大者"，把节水工作放在经济社会发展大局中去思考、谋划、推进，精打细算用好水资源，从严从细管好水资源，以水资源的可持续利用支撑经济社会高质量发展。

（刊载于《中国水利报》，2024 年 3 月 15 日 1 版）

加快形成水资源空间均衡配置格局

□ 本报评论员

空间均衡，是贯彻新发展理念的必然选择，是实现人与自然和谐共生的内在要求。我们要始终坚持这一新时代水利工作必须遵循的根本原则，处理好开源和节流、存量和增量、时间和空间的关系，扎实推动新阶段水利高质量发展，以空间均衡的更大成效全面提升国家水安全保障能力。

十年奋进路，江河展新颜。十年来，坚持空间均衡，我国科学推进实施以南水北调工程为代表的重大跨流域、跨区域引调水工程，"南北调配、东西互济"的水资源配置格局初步形成，有力保障了国家经济安全、粮食安全、生态安全和城乡居民用水安全，全面增强我国水资源统筹调控能力、供水保障能力、战略储备能力。十年来，落实最严格水资源管理制度，我国水资源利用方式实现系统性变革，水资源配置格局实现全局性优化，水安全保障能力全面提升。

水资源格局决定发展格局。习近平总书记指出，必须树立人口经济与资源环境相均衡的原则。"有多少汤泡多少馍"。要加强需求管理，把水资源、水生态、水环境承载力作为刚性约束，贯彻落实到改革发展稳定各项工作中。特定的地理和气候条件，决定了我们国家基本水情一直是夏汛冬枯、北缺南丰，水资源时空分布极不均衡，水资源分布与生产力布局不相匹配。水资源问题越来越成为区域经济社会高质量发展的最大制约。新时代新征程，以中国式现代化全面推进强国建设、民族复兴伟业，要求加快解决水资源时空分布极不均衡问题，增强水资源调控能力和水资源供给能力，保障经济社会高质量发展。

坚持空间均衡，全面提升国家水安全保障能力，要做到系统谋划、整体协同。空间均衡的核心是从水资源供需两侧进行双向调节。要全面落实"以水定城、以水定地、以水定人、以水定产"要求，强化水资源刚性约束，严守水资源开发利用上限、水环境质量底线和生态保护红线，促进经济社会发展全面绿色转型，优化水资源开发利用总体格局，推动经济社会发展布局与水资源承载能力相适应，以水资源可持续利用促进经济社会高质量发展。同时，要立足流域整体和水资源空间均衡配置，研判把握水资源长远供求趋势、区域分布、结构特征，按照"确有需要、生态安全、

可以持续"原则，实施必要的跨流域跨区域引调水工程，优化调整水资源配置格局，提高水资源承载能力，努力实现人口经济与资源环境相均衡。

　　征程万里风正劲，重任千钧再奋蹄。我们要深入践行习近平总书记"节水优先、空间均衡、系统治理、两手发力"治水思路，不断拓展对空间均衡的认识和实践，让中国式现代化的"水动力"更为强劲，让全面建设社会主义现代化国家的"水安全"更加牢固。

（刊载于《中国水利报》，2024 年 3 月 16 日 1 版）

坚定不移走系统治理的治水之道

□ 本报评论员

治水要良治，良治的内涵之一是要善用系统思维统筹水的全过程治理。习近平总书记多次强调"坚持山水林田湖草沙一体化保护和系统治理"，为正确处理人与自然关系，统筹处理好水与其他生态要素，坚定不移走生态优先、绿色发展之路，建设美丽中国提供了科学指引。我们要坚持用系统论的思想方法看待治水问题，立足生态系统全局谋划治水，努力实现全要素治理、全流域治理、全过程治理，让河流恢复生命、流域重现生机。

山水林田湖草沙是相互依存、紧密联系的生命共同体。这个生命共同体是人类生存发展的物质基础。水作为生态环境的控制性要素，在山水林田湖草沙生态系统中处于"核心"地位。我们必须算大账、算长远账、算整体账、算综合账，从系统工程和全局角度寻求水治理之道，不能头痛医头、脚痛医脚、各管一摊，必须统筹兼顾、整体施策、多措并举。

十年来，在"节水优先、空间均衡、系统治理、两手发力"治水思路指引下，水利系统坚持和运用系统观念，大力推进河湖系统保护治理，全面建立河湖长制体系，深入实施"母亲河"复苏行动，坚持不懈开展水土流失综合治理、推进地下水超采综合治理等，推动我国江河湖泊面貌实现根本性改善，越来越多的地区实现从浊水荒山到绿水青山的历史性蜕变，越来越多的河流恢复生命、流域重现生机。但是，当前水生态、水环境质量同人民群众对美好生活的期盼相比，与建设美丽中国的目标相比，与构建新发展格局、推动高质量发展、全面建设社会主义现代化国家的要求相比，还有一定差距。

党的二十大报告、2024 年的政府工作报告均明确部署了"山水林田湖草沙一体化保护和系统治理""重要江河湖库生态保护治理"等任务。我们必须牢固树立绿水青山就是金山银山理念，把握治水规律，从生态系统整体性和流域系统性出发，追根溯源、系统治疗，全面强化河湖长制，加大力度复苏河湖生态环境，维护河湖健康生命。要牢固树立"一盘棋"思想，统筹流域与区域，统筹上下游、左右岸、干支流，强化流域治理管理，更加注重保护和治理的系统性、整体性、协同性。要

锚定全面提升国家水安全保障能力目标，统筹考虑水灾害、水资源、水生态、水环境等多方面有机联系，把系统观念贯穿到治水的全过程各方面，谋长远之势、行长久之策、建久安之基，提升流域生态系统质量，构筑更加坚实的生态安全屏障。

江河安澜，水美人和。新征程上，我们要深入贯彻习近平生态文明思想，坚定不移走系统治理的治水之道，笃行不怠、久久为功，为高质量发展厚植绿色底色。

（刊载于《中国水利报》，2024 年 3 月 19 日 1 版）

坚持政府作用和市场机制"两只手"协同发力

□ 本报评论员

政府作用和市场机制"两只手"协同发力，是习近平总书记"节水优先、空间均衡、系统治理、两手发力"治水思路的重要内容，为处理好治水中政府与市场的关系指明了方向。我们要科学认识、准确把握政府作用和市场机制协同发力的丰富内涵和本质要求，既要使市场在配置资源中起决定性作用，又要更好发挥政府作用，让"两只手"各得其所、相得益彰，凝聚发展合力。

立足于水的公共产品属性，把握水利在中国式现代化进程中的职责定位，新时代治水必须坚持政府作用和市场机制"两只手"协同发力。保障我国水资源安全，优化水资源配置，"两手发力"是必然要求；加快构建现代化水利基础设施体系，适应全面加强水利建设融资需求，"两手发力"是内在选择；解决新老水问题，推进水利改革向纵深发展，加快破解制约市场发挥作用的体制机制障碍，"两手发力"是关键举措。

十年来，水利领域不断探索推动"两手发力"，努力实现有效市场与有为政府有机统一，水利发展活力不断迸发。实施流域统一规划、统一治理、统一调度、统一管理，流域管理体制机制不断完善，水利法治建设取得全面进步，水利科技创新能力显著提升。水价、用水权市场化交易等重点领域改革也取得明显成效，财政资金、政府债券、金融信贷、社会资本共同发力的水利投融资格局初步形成，水利基础设施建设投资迈上万亿元大台阶，年度金融信贷和社会资本投入从782亿元增长到3482亿元，不断创造新纪录。

推进水利领域"两手发力"工作，是实现新阶段水利高质量发展的重大实践命题。各级水利部门，一方面要突出水利的公益性、基础性和战略性特征，更好发挥政府作用，全面履行战略、规划、标准、政策、监督、服务等政府职能，建立健全水利法治体系，加强规划统筹引领，提高政府监管效能，推行水资源税改革，为人民群众提供优质水利公共服务，把该管的事管好、管严、管到位，避免政府主导水治理出现错位、越位、缺位。另一方面要善用、会用、用好市场机制，充分发挥市场在资源配置中的决定性作用，深入推进水利工程供水价格改革，健全有利于促进水资

源节约和水利工程良性运行、与投融资体制相适应的水价形成机制，按照政府主导、市场运作、社会参与的方向，加快推进用水权市场化交易，创新拓展水利投融资体制机制，建立健全水生态产品价值实现机制，进一步提高水资源和相关生产要素的配置效率和效益，不断提高水治理效能。

让我们用好"看不见的手"和"看得见的手"，努力形成市场作用和政府作用有机统一、相互补充、相互协调、相互促进的格局，不断提升水利发展整体效能，助力高质量发展行稳致远。

（刊载于《中国水利报》，2024 年 3 月 20 日 1 版）

引领发展篇

·十年回响·

十年
回响

在习近平总书记领航掌舵和治水思路的科学指引下，治水事业取得了历史性成就、发生了历史性变革，办成了许多事关战略全局、事关长远发展、事关人民福祉的治水大事要事。《中国水利报》继推出"十年回响"主题宣传系列特稿后，2024年3月27日起推出《十年回响·治水思路引领水利高质量发展》栏目，展现各地深入贯彻落实习近平总书记治水思路的具体实践和突出成效。

以高水平保护治理支撑长江经济带高质量发展

□ 本报记者 贾 茜

2014 年 3 月 14 日，习近平总书记从实现中华民族永续发展的战略高度，就保障国家水安全发表重要讲话，提出"节水优先、空间均衡、系统治理、两手发力"治水思路，深刻回答新时代治水之问。

十年来，在水利部坚强领导下，长江水利委员会以全面提升流域水安全保障能力为目标，持续强化流域治理管理，交出一份长江保护治理的新时代答卷。

"安澜"中见恒心

2020 年，习近平总书记在全面推动长江经济带发展座谈会上强调，要健全长江水灾害监测预警、灾害防治、应急救援体系，推进河道综合治理和堤岸加固，建设安澜长江。2023 年，习近平总书记在进一步推动长江经济带高质量发展座谈会上再次强调"努力建设安澜长江"。保障长江安澜，习近平总书记念兹在兹。

回望历史，母亲河长江饱受水患折磨。着力提升水旱灾害防御能力，完善流域防汛减灾体系，是长江委肩负的重大使命。

2020 年，长江发生新中国成立以来仅次于 1954 年、1998 年的流域性大洪水，5 轮编号洪水接踵而至，三峡水库出现建库以来最大入库洪峰流量 75000 立方米每秒。

洪水依然凶猛，但长江已不是昔日的长江。

得益于以三峡水库为骨干的流域防洪工程联合调度，长江中下游防洪压力极大减轻，成功避免启用荆江分洪区。

十年砥砺，长江水利人用恒心作答，在一次次防汛减灾大考中最大限度减轻了水旱灾害给流域人民群众造成的损失。通过持续努力，长江中下游干流 1268 千米河道整治完成，乌东德、白鹤滩等承担防洪任务的 13 座重要水库建成，总防洪库容约 220 亿立方米，建设洪湖东分块、杜家台等 28 处蓄滞洪区，长江流域防洪减灾体系不断完善。目前，长江流域已基本建成以堤防为基础，三峡工程为骨干，其他干支流水库、蓄滞洪区、河道整治工程相配合的流域防洪工程体系。

历经十多年耕耘，长江流域水工程联合调度从"有"逐步走向"强"，纳入联

合调度的水工程由 2012 年上游 10 座水库逐步拓展到覆盖全流域 125 座水工程，成功应对 2020 年流域性大洪水、2022 年长江流域大旱等多次水旱灾害考验。

"合理"中见用心

长江是我国重要的战略水源地和清洁能源基地。合理利用长江流域水资源，关乎国家重大战略实施，关乎流域经济社会高质量发展。

依法规范取水工程（设施）管理，是合理开发利用水资源的"利器"，更是规范取用水管理的关键。2019 年，长江流域取水工程（设施）核查登记工作启动，累计核查上报 25.98 万个取水工程（设施）名录，基本摸清了长江流域取用水"家底"。2020 年，以核查登记结果为基础，长江委全面完成管理权限范围内的取水工程（设施）问题整改任务，用心做好流域水资源合理利用这篇"大文章"。

十年来，长江委全力提升流域水资源节约集约利用能力，促进形成节水型生产方式和生活方式。组织完成 305 个县域节水型社会达标建设；滚动完成 20 个省级用水定额评估；全面落实节水评价制度，完成规划和建设项目节水评价审查 54 项；长江流域 98% 以上的河道外取水工程（设施）纳入监管，规模以上取水在线监测率超 95%，长江经济带 18 万余家用水单位计划用水管理实现全覆盖……

一曲水资源节约集约利用的"长江之歌"，在大江上下回响。

"优化"中见精心

随着南水北调、引汉济渭、滇中引水、引江济淮等一系列跨流域调水工程的建设，长江流域水资源配置工程布局日益优化。2023 年，长江流域控制性水库群蓄水量首次突破千亿立方米；2021 年、2023 年，丹江口水库两次实现 170 米满蓄目标，长江流域水工程调度水平再上新台阶。

十年来，长江委发挥专业优势，高质量编制完成南水北调中线工程规划，完成 16 个省级水网建设规划审核；推动引江补汉等重大引调水工程建设，加快三峡水运新通道等项目前期工作。长江流域已基本建成以大中型骨干水库、引提调水工程为主体，大、中、小、微工程并举的水资源优化配置体系，水资源优化配置能力持续提升。

十年来，长江流域跨省江河水量分配及科学调度深入推进，流域内 23 条跨省江河水量分配方案全部获批，长江流域跨省江河流域初始水权分配工作全面完成，金沙江、嘉陵江、牛栏江等重要支流实施水量调度管理，促进流域水资源合理配置和科学调度。

"保护"中见决心

"数据每小时更新，一旦低于生态流量，系统就会立刻预警。我们会及时排查原因、采取处置措施。"长江委相关工作人员指着长江流域生态流量监管平台界面介绍。

作为维系河湖生态系统的基础，生态流量对长江生态保护修复具有重要作用。长江委近年来着力建设覆盖全流域的生态流量保障体系，科学编制生态流量保障实施方案，实时动态监管生态流量保障工作。目前，已实现85条重点河湖131个控制断面生态流量动态管控全覆盖，完成6条跨省河湖36个已建水利水电工程生态流量核定与保障先行先试，流域内288个控制断面最小下泄流量日均达标断面约占90%。

实现河湖库"清四乱"常态化，完成7.12万个问题整改；完成2441个涉嫌违法违规项目整改、1376处固废点位清理整治；推进长江经济带2.5万余座小水电站清理整改，加强丹江口库区及其上游流域水质安全保障；立体施策，长江干流规模性非法采砂绝迹……十年笃行，长江水利人追随着江河脚步，以不变的决心，守护万顷碧波。

四川宜宾水土流失综合治理硕果累累，湖北利川生态清洁小流域绿色蝶变，江西九江水土保持发展生态经济有益探索……大江两岸，一个个关于水土保持的"绿色故事"随处可闻，"生态优先、绿色发展"的理念在绿水青山间得到有力践行。数据显示，十年来，长江流域水土流失面积减少了5.71万平方千米，减幅为14.85%，长江流域水土流失面积和强度实现双下降。

潮头登高再击桨，无边胜景在前头。长江委将持续深入贯彻落实习近平总书记"节水优先、空间均衡、系统治理、两手发力"治水思路和关于治水重要论述精神，切实扛牢流域管理责任，坚持谋长远之势、行长久之策、建久安之基，以高水平保护治理支撑长江经济带高质量发展。

（刊载于《中国水利报》，2024年3月27日1版）

书写新时代治水兴水"黄河答卷"

□ 本报通讯员　刘　丛

2014年3月14日，习近平总书记就保障国家水安全发表重要讲话，站在实现中华民族永续发展的战略高度，明确提出"节水优先、空间均衡、系统治理、两手发力"治水思路，为解决我国复杂水问题、推动新阶段水利高质量发展提供了强大思想武器和科学行动指南。

十年来，在水利部坚强领导下，黄河水利委员会坚持生态优先、绿色发展，坚持量水而行、节水优先，坚持因地制宜、分类施策，坚持统筹谋划、协同推进，书写了重在保护、要在治理的新时代"黄河答卷"。

绘就蓝图开新局

十年来，黄委坚持从流域系统性出发，统筹上下游、干支流、左右岸、当前和长远，着力强化规划引领、指导和约束作用，完善幸福河建设"四梁八柱"。

黄委配合完成《黄河流域生态保护和高质量发展规划纲要》中水利内容的编制，几代黄河人坚持不懈推动的古贤、黑山峡、南水北调西线等战略性工程纳入国家顶层设计，一批事关流域水安全的重大治理措施予以明确。编制完成黄河流域片"十三五""十四五"水利规划，开展黄河流域防洪规划修编……流域规划体系日益完善。

黄委持续推进古贤水利枢纽工程前期工作取得突破性进展；完成黑山峡河段开发专题论证并启动可研工作；开展南水北调后续工程高质量发展和"八七"分水方案调整等有关重大专题研究，为重大规划编制、重大工程推进提供了重要支撑。

黄河人心怀"国之大者"，乘大势、谋长远、开新局，在加快推动新阶段黄河流域水利高质量发展上不断谋划新举措、展现新作为。

大河安澜景象新

黄河宁，天下平。十年来，黄委始终坚持人民至上、生命至上，积极践行"两个坚持、三个转变"防灾减灾救灾新理念，坚持"上拦下排、两岸分滞"调控洪水思路，加快完善流域防洪减淤体系和水沙调控体系，扛稳水旱灾害防御"天职"。

十年来，黄河下游标准化堤防全面建成，黄河下游"十四五"防洪工程主体工程开工建设，沁河下游防洪治理、金堤河干流河道治理、东平湖蓄滞洪区防洪工程建成生效……随着防洪工程体系的不断完善，黄河中下游防洪能力得到全面提升。

黄委还持续强化"四预"措施，加快构建雨水情监测预报"三道防线"，完善黄河中下游洪水演进预报模型，加强对直管工程的维修养护和标准化管理，一系列举措助力水旱灾害防御能力持续提升。

2021年，面对新中国成立以来黄河中下游最严重秋汛洪水，黄委下足"绣花"功夫，一个流量、一方库容、一厘米水位精细调度，实现"不伤亡、不漫滩、不跑坝"和水库安全运用的目标，避免了下游滩区140万人转移和399万亩耕地受淹，续写了黄河岁岁安澜的新时代华章。

与此同时，黄委持续优化实施调水调沙。十年来，小浪底水库累计排沙17.76亿吨，下游河道冲刷泥沙6.01亿吨。2023年汛前调水调沙期间，首次调度支流水库在集中排沙期下泄清水，减小了对水生生物及其栖息地的影响，实现排沙、减淤、生态多赢。

精打细算谋长远

十年来，黄委坚持节水优先，把水资源作为最大刚性约束，精打细算用好水资源，从严从细管好水资源，推动流域发展方式绿色转型。

黄委制定黄河流域深度节水控水行动、全面加强水资源节约高效利用等系列实施方案，打好深度节水控水攻坚战，推进用水效率持续提升。强化用水定额管理和节水评价，编制3项用水定额，完成230个规划和建设项目节水评价审查，累计核减水量8300万立方米。流域内68%的县域建成节水型社会达标县，66%的高校建成节水型高校。

黄委强化水资源最大刚性约束，将干流用水指标全部分配至市（县），窟野河等7条跨省支流水量分配方案获批；抓实水资源消耗总量和强度双控措施，严格水资源论证和取水许可审批，暂停流域13个地表水超载地市和62个地下水超载县新增取水许可审批；实施黄河干流取水全额管理；开展取用水管理专项整治行动，坚决遏制违规取用水；流域水权交易平台上线运行，累计批复水权转让项目57个。

生态改善展新颜

十年来，黄委深入贯彻习近平生态文明思想，积极践行绿水青山就是金山银山理念，把大保护作为关键任务，坚持山水林田湖草沙一体化保护和系统治理，统筹

上中下游、干流支流、河道内外，分区分类施策，推动河湖生态持续复苏向好。

黄委深化生态调度实践，将生态调度由干流向支流、由下游向全河、由河道内向河道外不断扩展，10 条重点河流 20 个主要控制断面生态流量全部达标。累计向河口三角洲、乌梁素海等生态脆弱区补水 54.71 亿立方米，助力华北地下水超采治理、雄安新区水城共融和京杭大运河全线通水，宝贵的黄河水资源在更多区域发挥了生态效益。

黄委突出抓好水土流失治理，实施粗泥沙集中来源区拦沙工程建设等水土保持重点工程，累计初步治理水土流失面积 11.78 万平方千米，流域水土流失呈现面积强度"双下降"、水蚀风蚀"双减少"态势，黄土高原绿色版图不断扩展。

黄委强化河湖管理，2019 年以来，累计清理整治河湖库"四乱"问题 2 万余个、整改岸线利用项目 1600 多个，一批矛盾尖锐、久拖未决的侵占河湖行为得到纠正，河湖面貌焕然一新。

黄河实现连续 24 年不断流，"塞外明珠"乌梁素海再绽华彩，"草原仙湖"岱海迎来重生，乌兰布和、库布其沙漠上演"沙漠现绿洲"的生态奇迹，华北地下水水位持续抬升……这是黄河人为美丽中国建设作出的"黄河贡献"。

流域管理谱新篇

十年来，黄委始终坚持依法依规保护治理黄河，着力加强水法规体系建设，创新水行政执法机制，强化科技支撑，持续提升流域治理管理能力。

黄委积极参与《中华人民共和国黄河保护法（草案）》起草工作，加强《中华人民共和国黄河保护法》宣传贯彻，完成 5 项配套制度建设，并指导推动一批地方法规颁布实施。强化水行政执法，建立健全水行政执法与刑事司法衔接、与检察公益诉讼协作机制；建立流域省级河湖长联席会议机制，基本形成联防联控联治的河湖管理格局，推动黄河流域体制机制法治管理迈上新台阶。

黄委加快发展水利新质生产力，以"数字黄河"工程建设为基础，全面启动数字孪生黄河建设；加大遥感、无人机等先进技术手段运用力度，涵盖黄河保护治理全要素的"黄河水利一张图"建成并不断完善；成功研发智能石头、光电测沙仪等一批先进设备，水文监测和防洪工程运行感知能力持续提升。

新时代新征程，黄委将锚定"幸福河"目标，坚定不移沿着习近平总书记指引的方向推动黄河流域水利高质量发展，为强国建设、民族复兴伟业贡献黄河力量！

（刊载于《中国水利报》，2024 年 3 月 29 日 1 版）

建设人水和谐幸福淮河

□ 本报记者　杜雅坤　通讯员　王　佳

2014年3月14日，习近平总书记站在党和国家事业发展全局和中华民族永续发展的战略高度，提出"节水优先、空间均衡、系统治理、两手发力"治水思路。十年来，水利部淮河水利委员会坚持以此为引领，锚定新阶段水利高质量发展六条实施路径，统筹推进水灾害防治、水资源节约、水生态保护修复、水环境治理，有力推动新阶段淮河保护治理实现新突破。

提升水旱灾害防御能力

面对流域复杂多变的气候条件，淮委坚持人民至上、生命至上，增强风险意识、忧患意识，树牢底线思维、极限思维，以系统观念强化流域统一治理，不断完善流域防洪工程体系，全面提高水旱灾害风险防控能力。

以流域为单元统筹工程布局——

淮委按照"上蓄、中疏、下排、有效治洪"原则，科学谋划淮河流域防洪工程体系，筑牢抵御水旱灾害安全屏障。截至2024年2月底，进一步治淮38项工程已开工36项，已批复项目总投资1606亿元，累计完成投资1079亿元，占批复总投资的67.2%。淮河入海水道二期、淮干王临段、洪汝河治理等治淮工程建设如火如荼，中小河流系统治理扎实推进，水库水闸除险加固有序实施，流域防洪工程体系逐步完善。

科学运用各类非工程措施——

淮委持续加强雨水情监测预报"三道防线"建设，不断提升"四预"能力，加快构建现代化水库水闸运行管理矩阵，充分运用新理念、新技术、新方法赋能水旱灾害防御。数字孪生淮河先行先试建设全面完成并通过水利部验收，"四预"系统投入实战化应用，淮干蚌浮段、沂河沭河上游堤防加固、南四湖二级坝数字孪生工程基本建成，防洪、水资源管理与调配、智慧河湖、水利综合监管等数字孪生业务智能应用初步建成并取得积极成效。

依托逐步完善的流域防洪工程体系和非工程措施，淮委成功应对2020年淮河流域性较大洪水和沂沭泗河水系1960年以来最大洪水等，科学实施2014年南四湖应

急生态补水，2023 年积极调度南四湖水资源 9951 万立方米支持山东抗旱。

推进水资源节约集约利用

淮河流域水资源紧缺，且时空分布不均、年际年内变化大。

十年来，淮委坚持节水优先，深入实施国家节水行动，把水资源作为最大的刚性约束。指导流域各省建立起覆盖省、市、县三级用水总量控制指标体系，扎实推进流域主要跨省河湖水量分配；全面完成取用水管理专项整治行动整改提升，指导推动流域用水定额标准修订和执行；积极推动水权交易和水价改革，推进建立流域用水权交易信息平台。十年来，淮河区地下水水源供水量减少 47.8 亿立方米，非常规水源供水量增加 22.2 亿立方米；万元地区生产总值用水量、万元工业增加值用水量分别下降 46.2%、53.3%。

十年来，淮委坚持空间均衡，立足淮河流域整体科学谋划引调水工程，全力推进国家水网建设。编制印发贯彻落实国家水网建设规划纲要实施方案、淮河流域水网建设规划，科学谋划流域水网建设规划布局，初步建成"四纵一横多点"的水资源开发利用和配置工程体系，助力流域以不足全国 3% 的水资源总量，贡献了全国 9% 的国内生产总值，生产了全国 16.7% 的粮食。此外，加快推进重大引调水工程、骨干输配水通道建设，推动引江济淮一期工程实现试调水、引江济淮二期初设获批和开工建设，皖北百姓实现了从"饮水难"到"饮水甜"的跨越。

推动流域河湖生态保护治理

十年来，淮委坚持生态优先，从生态系统完整性和流域系统性出发，统筹流域与区域，统筹上下游、左右岸、干支流，统筹山水林田湖草沙一体化保护和系统治理，按下淮河流域生态文明建设"快进键"。

淮委全面建立流域河湖长制工作体系，建立淮河流域省级河湖长联席会议、水行政执法与检察公益诉讼协作等机制，组织开展直管河湖，淮河干流省际、市际边界河段打击非法采砂专项整治行动。深入推进"清四乱"常态化、规范化，推动解决一大批侵占、破坏河湖库的"老大难"问题。积极开展幸福河湖建设，制定首个流域幸福河湖建设成效评估指标体系，推动建成 70 余个淮河流域幸福河湖和 1500 余个省、市级幸福河湖。

淮委加强对重点河湖主要控制断面生态流量监测预警和考核评估，编制黄淮地区重点区域地下水超采治理与保护方案，指导完成 9 条母亲河"一河一策"方案编制并印发实施，全面推进水土流失综合治理，流域水土流失面积和强度持续呈现"双下降"态势，生态面貌持续改善，群众的获得感、幸福感、安全感显著增强。

夯实强化流域治理管理基础

十年来，淮委深入贯彻落实"江河战略"，把强化流域治理管理作为推动新阶段淮河保护治理高质量发展的重要保障，坚持全流域"一盘棋"，科学谋划、统筹推进流域统一规划、统一治理、统一调度、统一管理，全面提升淮河流域治理管理能力水平。

淮委科学分析新形势下淮河治理的阶段性特征，组织编制完成"十四五"时期淮河治理方案等9种实施方案。组织制定流域水利规划编制目录清单，编制重要河道岸线保护与利用、重要河段河道采砂管理等10余项专业规划和专项规划，扎实开展流域防洪规划修编、水土保持规划编制等。

淮委建立了重大水利工程项目台账，实时跟踪项目进展，积极协调推进项目前期工作。扎实推进水利工程标准化管理，江风口分洪闸等9处工程成功创建水利部标准化管理工程，15家直管水管单位完成水利部安全生产标准化达标创建，沂沭泗局上级湖局等6家单位成功创建国家级水管单位。聚焦河湖保护、水资源管理、防洪安全和安全生产等重点领域，持续纵深开展监督检查，及时消除流域水利风险隐患。指导地方修编淮河干流、南四湖等重要跨省河湖"一河（湖）一策"方案，指导推动流域河湖生态环境复苏。研究制定水利监督向流域管理机构"授权赋能"实施方案，优化提升水利监管和水行政执法效能，流域依法治水管水能力持续提升，治理管理成效进一步显现。

新征程上，淮委将始终贯彻习近平总书记"节水优先、空间均衡、系统治理、两手发力"治水思路和关于治水重要论述精神，锚定推动新阶段水利高质量发展目标，坚持问题导向，坚持底线思维，坚持预防为主，坚持系统观念，坚持创新发展，夯实流域治理管理基础，推动新阶段淮河保护治理实现新突破，为以中国式现代化全面推进强国建设、民族复兴伟业贡献淮河力量！

（刊载于《中国水利报》，2024年4月3日1版）

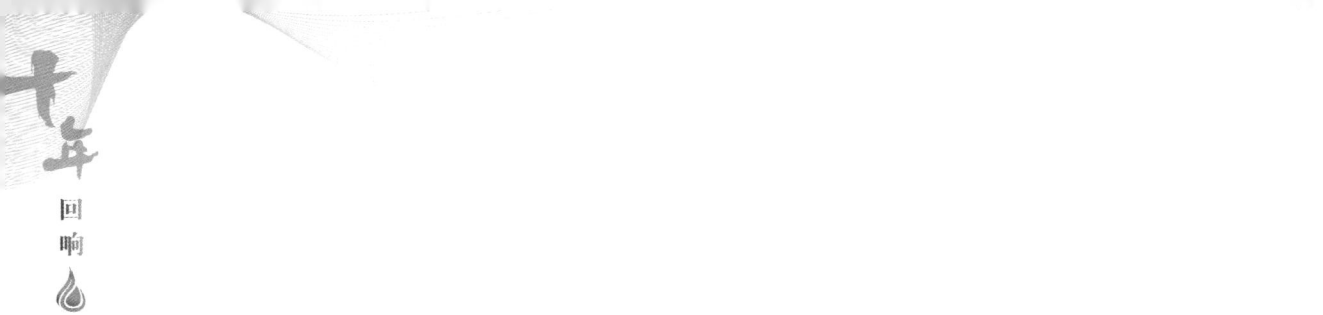

灯塔引航程　海河绘新卷

□ 本报通讯员　王丽叶　记者　薛　程

草长莺飞，水清岸绿，永定河两岸春意盎然；碧波微漾，水鸟翩飞，白洋淀生机萌动……一幅山水相依、蓝绿交织的生态新画卷正在海河流域铺展开来。

习近平总书记提出治水思路十年来，水利部海河水利委员会充分履行流域管理机构职能，聚焦海河流域水灾害、水资源、水生态、水环境等新老水问题，破解了一个又一个制约流域水利高质量发展的难题。如今的海河，正逐步向着造福流域人民的幸福河蝶变。

筑牢防洪安全屏障

海委始终心怀"国之大者"，坚持人民至上、生命至上，充分认识近年来水旱灾害趋多趋频趋强趋广的严峻形势，从严从细从实抓好水旱灾害防御全过程、各环节。聚焦新形势、新任务，启动新一轮流域防洪规划修编，将治水思路和"两个坚持、三个转变"防灾减灾救灾理念贯穿其中，对流域防洪进行总体布局规划；聚焦完善流域防洪工程体系建设，加快实施永定河等骨干堤防治理和卫河干流治理等多项重大水利工程建设，统筹蓄滞洪区防洪工程和安全建设，有效应对"23·7"流域性特大洪水、"16·7"暴雨洪水、台风"安比""利奇马"引发的多次流域重大汛情及2021年流域百年罕见夏秋连汛。

2023年，在那场海河流域60年来最大场次洪水防御过程中，海委全力筑牢流域雨水情监测预报"三道防线"，持续强化防洪"四预"，统筹"拦、分、蓄、滞、排"措施，科学实施"一个流量、一方库容、一厘米水位"的精准调度，会同流域各地及时妥善解决重大险情，累计减淹城镇24个、耕地751万亩，避免了462.3万人转移，最大程度减轻了灾害损失。汛后，海委统筹谋划京津冀灾后水利恢复重建提升防灾减灾能力建议方案，明确重点推进项目清单，指导支持地方扎实开展重点水利项目建设，加快完善流域防洪工程体系，进一步提升防洪减灾能力。

协同治水硕果累累

海河流域作为京津冀协同发展战略实施的承载地，肩负着保障水安全的重要职责。

多年来，海委携手京津冀地区，先后编制《京津冀协同发展水利专项规划》《京津冀协同发展六河五湖综合治理与生态修复总体方案》等重要规划，科学系统推动京津冀协同发展水安全保障体系建设；多措并举保障雄安新区、北京城市副中心水安全，组织编制大清河流域综合规划并逐年编制雄安新区起步区安全度汛方案，积极开展洪水风险区划并协助推进重大水利工程建设，雄安新区起步区 200 年一遇防洪保护圈基本形成，北京城市副中心达到 100 年一遇防洪标准；全力保障京津冀供水安全和生态安全，将雄安新区纳入南水北调东线工程受水范围，编制雄安新区水资源保障方案、北京冬奥会水资源保障方案，推动签署《关于共同推进雄安新区水安全保障合作框架协议》，协同推进白洋淀补水、治污、防洪"三位一体"，组织实施永定河综合治理与生态修复。

2023 年 11 月 17 日，海委与北京、天津、河北 3 个省（直辖市）水利（水务）厅（局）共同签订《服务保障京津冀协同发展战略水安全合作协议》，京津冀协同发展的水安全保障合作再度拓展升级。

水资源调配格局持续优化

海委坚持"节水优先"，落实"四水四定"，持续强化水资源刚性约束，严格水资源论证和取水许可审批管理，流域用水总量连续 10 年稳定在 370 亿立方米左右，其中地下水开采量从 232 亿立方米降至 129 亿立方米，地下水超采局面大为缓解；深入落实《国家节水行动方案》，开展节水型社会达标建设复核，北京、天津、河北、山西 4 个省（直辖市）提前完成"2025 年北方 60% 以上县（市、区）达标"的建设目标，年用水量 1 万立方米及以上工业和服务业用水单位计划用水管理实现全覆盖，万元地区生产总值用水量、万元工业增加值用水量等指标处于全国领先水平，其中北京、天津两市部分节水指标已达世界先进水平。

与此同时，海委持续优化流域水资源配置格局，扎实开展国家水网建设。大力推进南水北调东线后续工程规划建设，积极参与南水北调工程总体规划修编、东线"一干多支扩面"方案完善和东线二期工程可研论证深化等工作；科学开展地方水网建设和规划论证，指导编制省级水网建设规划，推进省级水网建设，全方位提升流域水资源优化配置能力；精细调度各类引调水工程，强化东线一期工程北延应急供水及漳河、引滦工程等直管工程水量调度，加强引黄入冀水量调度监测管理；历经十余年的流域跨省河流水量分配取得突破性成果，《海河流域跨省江河水量分配方案》印发实施。

截至 2023 年年底，南水北调东中线累计向京津冀地区安全供水 372 亿立方米，引黄入冀累计供水 187 亿立方米，引滦工程累计供水 461 亿立方米。

系统治理修复河湖生态

针对流域水生态问题，海委统筹开展母亲河复苏、河湖生态补水、地下水超采治理等工作，推动流域水生态治理与保护取得了一系列突破性进展。

大力开展母亲河复苏行动，积极协调多水源联合调度补水。2018 年试点补水以来，华北地区河湖生态补水范围已覆盖流域 7 个水系 50 余个河湖，累计补水 339 亿立方米，40 余条长期断流的河流实现水流贯通。京杭大运河于 2022 年实现百年来首次全线贯通，重现壮美运河千年神韵；永定河自 1996 年断流以来首次实现全年全线有水，再现"流动的河"。持续推动华北地区地下水超采综合治理，建成综合治理信息管理系统，动态跟踪评估"节、控、换、补、管"等措施进展成效，圆满完成阶段性治理目标，约 90% 区域初步实现了采补平衡，浅层地下水、深层承压水水位较 2018 年相比平均回升 2.25 米、6.72 米。

十年来，海委在做好流域水利工作的同时，流域治理管理能力也在稳步提升。始终坚持全流域"一盘棋"，强化流域治理管理"四个统一"，流域河湖安全保护专项执法行动及各项水利监督检查工作高效开展，省级河湖长联席会议机制及"流域管理机构＋省级河长办"协作机制落地落实，妨碍河道行洪突出问题排查整治等专项行动扎实落地，河湖库"清四乱"逐渐常态化规范化，流域内 25 个设区（市）183 个规模以上河湖实现暗访督查全覆盖，流域治理管理的体制机制不断优化，为治水工作提供了更加坚实的支撑与保障。

十年风雨兼程，十年砥砺奋进。站在新的起点，海委将持续深入贯彻落实习近平总书记治水思路和关于治水重要论述精神，锚定新阶段水利高质量发展"六条实施路径"，进一步强化流域治理管理"四个统一"，纵深推进流域水利高质量发展，为以中国式现代化全面推进强国建设、民族复兴伟业持续贡献海河力量。

（刊载于《中国水利报》，2024 年 4 月 4 日 1 版）

潮起珠江　奋楫前行

□ 本报记者　黄　昊　吴怡蓉　通讯员　黄丽婷

4月7日，珠江流域形成北江2024年第1号洪水和韩江2024年第1号洪水，为全国1998年有编号洪水统计以来最早。

水利部珠江水利委员会闻"汛"而动，在水利部指导下，迅速启动应急响应，会同广东、广西等省（自治区）水利部门细化落实各类防御措施，科学调度水库群拦洪、削峰、错峰。4月8日，北江韩江洪水均已出峰。

对于保障国家水安全来说，水旱灾害防御、防汛抗旱是绕不开的话题。闻"汛"而动、逆"水"出征的场景也如同十年长河中的浪花，成为珠江流域高质量发展乐章的一部分。

2014年以来，珠江委深入贯彻落实习近平总书记关于保障国家水安全的重要讲话精神，在水利部党组的坚强领导下，立足珠江流域这片热土，扎实推进新阶段水利高质量发展六条实施路径，全力提升流域水旱灾害防御能力、水资源节约集约利用能力、水资源优化配置能力、江河湖泊生态保护治理能力。

从珠江源头到粤港澳大湾区，春天的故事在幸福珠江的新图景中传唱……

以高水平安全护航高质量发展

十年来，珠江委坚持以规划为指引，以流域为单元，加快完善流域防洪工程体系，基本形成以堤防为基础，防洪枢纽为骨干，干支流水库、蓄滞洪区、河道整治等工程和非工程措施相结合的防洪减灾体系。

水是粤港澳大湾区建设的重要支撑和连接纽带。珠江委立足湾情水情，编制实施《粤港澳大湾区水安全保障规划》，推动构建大湾区供水保障网、防洪减灾网、绿色生态水网、智慧监管服务网"四张网"。连续20年成功组织实施枯水期"压咸补淡"调度，累计向澳门、珠海等地供水20亿立方米，为重大国家战略实施和"一国两制"方针行稳致远作出水利贡献。

2014年，大藤峡工程开工建设。2023年，大藤峡主体工程全面完工。近十年间，这座"大国重器"拔地而起，发挥流域"王牌"作用——将西北江三角洲重点防洪

保护对象的防洪标准由 50 年一遇提高到 100 ～ 200 年一遇；流域应急补水调度时间由 10 天缩短至 3 天；黔江通航由原来的 300 吨级提高至我国内河航运最高等级 3000 吨级。

十年来，珠江委统筹流域全局，强化"四预"措施，贯通"四情"防御，科学精细开展水工程调度，最大限度减轻水旱灾害损失，流域水旱灾害防御能力和水平显著提升，特别是成功防御北江 1915 年以来最大洪水，有力应对韩江东江 60 年来最严重干旱，为流域经济社会发展提供了坚实的水安全保障。

水资源节约集约利用全面加强

十年来，珠江委坚持节水优先，全方位贯彻"四水四定"原则，推动流域用水方式向节约集约转变。流域片 8 个省（自治区）2030 年和"十四五"用水总量指标全部分解到市、县，12 条跨省河流、75 条跨市河流、166 条跨县河流水量分配全部完成，流域片 108 个重点河湖生态流量保障目标全部印发，搭建起用水总量管控、水量分配、生态流量保障等水资源刚性约束指标体系的"四梁八柱"。

珠江委以统一管理标准、严格节水评价、强化监督检查等为抓手，推进国家节水行动在流域落地落实。严格"事前"节水准入，推动建立覆盖约 1.6 万项产品的流域用水定额体系；推进"事中"节水管控，推动流域近 5 万余家规模以上工业服务业用水户实现计划用水管理覆盖；强化"事后"节水监管，严格县域节水型社会建设复核，推动 249 个县（区）建成节水型社会建设达标县。

对标国际一流节水标准，珠江委创新实施大湾区国家级重点监控用水单位"监控—预警—核查—通报"全链条监管，有力提升监管效能。开发大湾区重点监控单位"一张图"智慧监管系统，自主研发工业用水计量快速校准技术、基于数字孪生的灌区信息化技术。

珠江委带头建成水利行业节水标杆，节水工作由点带面在流域全面铺开、蔚然成风。

水资源优化配置格局初步形成

珠江流域水资源总体丰富，但时空分布不均。十年来，珠江委坚持系统思维，加快构建区域水网布局，统筹推进国家水网重大工程立项建设，不断增强流域区域水资源统筹调配能力。

放眼珠江流域，珠江三角洲水资源配置工程全面通水，环北部湾广东水资源配置工程、环北部湾广西水资源配置工程等重大项目开足马力推进建设。当前，珠江委正加快推进闽西南水资源配置、昌化江水资源配置等重大工程前期论证，积极指导推进省、市、县级水网建设，为区域经济高质量发展注入强劲动能。

一项项重大引调水工程的兴建，对流域管理机构强化水资源统一调度管理工作提出了新课题。珠江委深入落实水资源刚性约束要求，以环北部湾水资源配置、广西平陆运河、深汕合作区引水等重大项目为切入点，开展规划水资源论证，从流域层面强化水资源统一配置。全面建立 12 条跨省河流水资源调度方案体系，全面开展跨省河流水资源统一调度，牢牢守住流域供水安全和生态安全底线。

随着《加强韩江流域水资源统一调度管理工作的实施意见》《珠江流域（片）水资源调度管理实施细则》等一系列文件落地实施，流域水资源调度管理机制不断健全，将最大限度发挥水资源调度的综合效益。

河湖生态保护治理态势巩固向好

十年来，珠江委从生态系统完整性和流域系统性出发，充分发挥河湖长制平台作用，统筹推进河湖管理保护，让越来越多的河湖成为造福人民的幸福河湖。

搭平台、架桥梁、聚合力，珠江委积极探索健全流域协作机制，牵头建立珠江流域省级河湖长联席会议等协作机制，统筹推进流域上下游、左右岸、干支流、省际共治共管。2018 年以来，珠江委共查处河湖库"四乱"问题 1556 个，指导流域各地累计清理问题 5.2 万余个，整治妨碍河道行洪突出问题 1338 个。

珠江委坚持推进山水林田湖草沙一体化保护和系统治理。2013 年以来，珠江流域（片）累计治理水土流失面积近 6 万平方千米；2023 年年底，北部湾地区浅层、深层地下水水位较 2018 年同期分别上升 1.28 米、7.08 米，地下水降落漏斗中心水位上升 19.16 米，沿海地区海水入侵情况大幅改善。

水利治理能力和水平有力提升

十年来，珠江委坚持政府作用和市场机制"两手发力"，强化流域统一规划、统一治理、统一调度、统一管理，健全涉水法律法规制度体系，加快推进数字孪生珠江建设，不断提升水利治理能力。

柳江等 8 条重要干支流综合规划全部获批，率先在省级层面建立"水行政执法＋检察公益诉讼"协作机制，启动建设全国水利行业首家数字孪生水利工程——数字孪生大藤峡，探索成立红水河珍稀鱼类保育中心，筹建水利部粤港澳大湾区水安全保障重点实验室……

十年来，珠江委在中国式现代化道路上阔步前进，越来越多的河湖展现出水清

岸绿的新面貌，一批批重大项目从规划变成现实。

勇立潮头敢争先。站在新的历史起点上，珠江委将坚定不移贯彻习近平总书记"节水优先、空间均衡、系统治理、两手发力"治水思路，充分运用好"六个必须坚持"的宝贵经验，扎实推动新阶段珠江水利高质量发展，为中国式现代化建设作出珠江贡献。

（刊载于《中国水利报》，2024年4月10日1版）

为东北全面振兴筑牢水安全保障

□ 本报通讯员　刘艳艳　记者　种立博

盛世治水，十年阔步。悠悠松花江、辽河水蜿蜒流淌，奏响了十年治水实践的华美乐章。

十年来，水利部松辽水利委员会沿着习近平总书记指引的方向，积极践行习近平总书记"节水优先、空间均衡、系统治理、两手发力"治水思路和关于治水重要论述精神，在水利部党组坚强领导下，扎实推进新阶段水利高质量发展六条实施路径，强化流域治理管理，踔厉奋发、勇毅前行，为东北全面振兴筑牢水安全保障。

践行人民至上　守牢水旱灾害防御底线

松辽流域降水年际变化较大，水旱灾害多发频发。松辽委坚持人民至上、生命至上，坚决扛起水旱灾害防御天职，牢牢把握防汛主动权。

松辽委以流域为单元，持续优化防洪工程布局，扎实推进松花江、辽河流域防洪规划修编和中小河流治理总体方案编制工作，推动关门嘴子水库、辽河干流防洪提升工程，以及月亮泡、胖头泡蓄滞洪区等工程建设，基本形成"水库＋堤防＋蓄滞洪区"的流域防洪工程布局。

坚持"预"字当先，松辽委持续强化"四预"措施，完善水库调度、洪水防御等方案预案30种，辽河防汛抗旱总指挥部成立，丰满、白山水库防洪联合调度方案获批，雨水情监测预报"三道防线"加快构建，流域防汛抗旱综合能力实现质的跃升。

松辽委着眼流域整体，把握洪水发生和演进规律，科学精细调度骨干水库，高效拦蓄洪水、削峰错峰，成功防御2016年图们江流域特大洪水，缓解2019年流域旱情，应对2020年松花江流域性较大洪水，以及2021年嫩江、黑龙江大洪水，战胜2023年松花江流域部分支流超实测记录洪水，牢牢筑起守护人民群众生命财产安全防线。

坚持节水优先　推动水资源节约集约利用

松辽流域地处东北平原地区，水资源禀赋条件差，刚性需求强。松辽委深入贯彻落实节水优先，推动用水方式由粗放向节约集约转变。

松辽委坚持合理分水，按照"确有需要、生态安全、可以持续"原则，建设水网"骨干动脉"，织密"毛细血管"，积极推进辽东半岛水资源配置工程、黑龙江粮食产能提升重大水利工程、引绰济辽工程、东台子水库等工程建设步伐，着力构建水资源要素与流域经济发展相适配、与水生态系统保护相协调的水资源配置格局。

坚持管住用水，松辽委多层面强化取用水监管，推动构建覆盖流域和省、市、县三级行政区的用水总量和用水效率控制指标体系，流域18条重要跨省江河水量分配方案全部获批，并印发实施水资源调度方案，14条跨省江河年度水资源调度工作有序开展，水资源统一调度体系逐步形成。

松辽委还加强用水定额管理，推进节水型社会建设，推动建立全国节水型社会示范城市、县域节水型社会达标县，各类节水载体示范效应充分发挥，流域万元国内生产总值、工业增加值用水量实现双下降，农田灌溉水利用系数稳步提升，流域节水潜力得到充分挖掘。

夯实水利基础　构建流域水网工程体系

松辽委聚焦支撑东北维护国家"五大安全"重要使命和东北全面振兴等战略实施，扎实推进水利工程建设，强化技术审查和运行管理，着力构建流域水网工程体系。

松辽委加快构建流域现代化水利基础设施网络，以联网、补网、强链为重点，全力推动流域水网高标准建设，深度参与流域水利工程建设管理，严把重大水利工程前期技术审查审核关，推动吉林西部供水工程、引洋入连工程等国家重点水利工程建设，流域现代化水利基础设施网络体系基本建立。

松辽委以构建"大监督"格局为抓手，紧盯薄弱环节，全力开展农村饮水安全监督检查和靶向核查，保障农村饮水安全，助力脱贫攻坚；强化小型水库、病险水库、水闸、中小河流治理、侵蚀沟治理、农村水电、山洪灾害防御等监督检查，确保水利工程发挥最大综合效益。

松辽委全面完成省界断面水资源监测站网、大江大河水文监测系统建设，完善委属基建项目管理机制，积极推进尼尔基、察尔森水库标准化管理，建立害堤动物防治长效机制，启动构建现代化水库运行管理矩阵，委属基础设施建设和委管水库工程管理水平持续提升。

聚焦人水和谐　复苏流域河湖生态环境

松辽委实施江河湖泊系统治理和水生态修复，绘就人水和谐共生的生态画卷。

坚持保护与治理同行，流域河湖生态持续复苏。松辽委积极推进流域水生态保护修复，指导协调开展西辽河干流、洮儿河等母亲河复苏行动。实施 18 条主要跨省江河生态流量保障方案，多次实施生态补水，全力推进地下水超采治理。科学实施西辽河脉冲式生态调度，干流连续实现有水目标，西辽河生态环境逐步复苏。

坚持机制与管控并举，全力打造幸福河湖。松辽委建立省级河湖长联席会议机制、流域省（自治区）河长办协作机制并发挥作用。加强河湖库"四乱"问题源头管控，严格涉河建设项目管理，强化水域岸线空间管控和河道采砂管理，推进河湖库"清四乱"常态化、规范化，河湖面貌焕然一新。

坚持防治与监管联动，有效保护黑土资源。松辽委全力推进东北黑土区坡耕地、侵蚀沟等水土流失综合治理，连续 8 年实现部管生产建设项目监管全覆盖。开展国家级重点防治区水土流失年动态监测，监测面积达 88.87 万平方千米，实现水土流失面积强度"双下降"，有效保护了黑土资源。

强化"四个统一"　提升流域治理管理能力

松辽委坚持以流域为单元，以系统思维统筹水的全过程治理，不断强化流域统一规划、统一治理、统一调度、统一管理。

坚持顶层设计引领，松辽委统筹推动流域水网建设规划，完成松辽流域"十四五"水安全保障规划、河道岸线保护与利用规划、河道采砂规划等多项规划成果，"综合与专项、流域与区域、长远与阶段"相得益彰的流域规划体系逐步形成。

松辽委强化依法治水护航，全面建立流域省级层面水行政执法与检察公益诉讼协作机制，部署开展河湖安全保护专项执法行动，维护流域和谐水事秩序。深入落实中俄合理利用和保护跨界水联合委员会工作部署，推动构建中俄防洪合作机制。探索建立流域水土流失联防联控联治协作和水资源联席会议制度，推动形成流域治理合力。

松辽委推进数字孪生流域建设，全力提升流域信息获取和模拟演练能力，搭建"松辽委水利一张图"，迭代更新防洪、水资源、河湖管理、水土保持等业务数据与底图，建设全景数字嫩江平台和防洪"四预"应用系统，数字孪生嫩江和数字孪生尼尔基建设初见成效，并在 2023 年防洪实战中得到良好应用。

长河泱泱，利泽万方。十年回首，步履铿锵。

展望未来，松辽委将按照习近平总书记擘画的治水蓝图，锚定全面提升流域水安全保障能力总体目标，勇立潮头、奋楫笃行，谱写松辽流域治水兴水的崭新华章。

（刊载于《中国水利报》，2024 年 4 月 12 日 1 版）

奋力推动太湖流域水利高质量发展

□ 本报通讯员　邵潮鑫

江南最美是春色。阳春三月，走进太湖流域，太湖烟波浩渺，流域河网密布，岸边繁花似锦，处处生机盎然。

太湖流域水系发达，因水而兴，是我国大中城市最密集、经济发展最具活力的地区之一。十年来，水利部太湖流域管理局坚持以习近平总书记治水思路和关于治水重要论述精神为指引，全面加强流域防洪、供水、水生态、水环境"四水"安全保障，为太湖流域高质量发展注入强劲的发展动能。

坚持节水优先，积极探索丰水地区节水之路

太湖流域地处南方丰水地区，但流域水资源供需矛盾仍然突出。

太湖局以农业、工业、城镇为重点，加强水资源节约集约利用。积极推进中型灌区改造与高标准农田建设，因地制宜发展高效节水灌溉，提前完成国家节水行动方案明确的任务；积极推进工业绿色转型升级，加快实施节水技术改造，深入推进工业节水载体建设；有序实施城镇公共供水管网更新改造，公共供水管网漏损率降至 9% 以下，节水器具推广普及率提高至 98% 以上。

高标准建设节水型社会，太湖局联合江苏、浙江、上海出台指导意见，努力打造南方丰水地区节水型社会标杆。2023 年太湖流域片 149 个县（区）完成节水型社会达标建设，县域节水型社会建成率达 68%。

太湖局持续完善节水制度政策，健全流域片用水定额标准体系，探索长江三角洲示范区一致性用水定额标准体系建设，强化用水定额在优化水资源配置、提升社会用水效率、推动用水方式转变中的约束引导作用。

加强刚性约束，促进水资源优化均衡配置

太湖流域经济发达、人口密集，实现经济社会发展与水资源相互均衡是一项重要命题。

太湖局会同流域省（直辖市）立足于流域水资源禀赋条件，坚持因水制宜、量

水而行，把水资源、水生态、水环境承载能力作为刚性约束，加强水资源优化均衡配置——

合理配置水资源。在太湖等重点河湖全面实施取水总量控制，制定太湖流域、新安江流域年度水量分配方案和调度计划并严格管理，印发太湖、淀山湖、元荡等跨省河湖生态流量（水位）保障实施方案。

从严从细加强取用水管理。开展太湖流域片取水工程核查登记、取用水管理专项整治行动，实现取水户登记管理全覆盖。在建设项目水资源论证、取水许可审查审批、延续取水评估等环节严把总量关、定额关，指导取用水单位转变观念。

提升水资源水环境容量。科学实施引江济太水资源调度，不断扩大引江济太受益范围；因地制宜开展江河湖库水系连通，构建现代化水网体系；强化水生态空间管控，依法划定河湖管理和保护范围。2024 年 1 月，《太湖流域重要河湖岸线保护与利用规划》经国务院同意并由水利部印发。

强化综合治理，绘就人水和谐生态画卷

在经济社会快速发展过程中，太湖流域水环境、水生态曾经问题凸显。问题表现在水里，但根子在岸上。太湖局会同流域省（直辖市）实施综合治理、系统治理、源头治理，加快复苏流域河湖生态环境。

太湖局和苏浙沪团结协作、密切配合，积极推进流域水环境综合治理骨干工程建设。目前，环湖大堤后续工程等 18 项工程已建成或基本建成，吴淞江工程正在加快建设，望虞河拓浚、太浦河后续工程前期工作取得重要进展，流域防洪、水网工程体系逐步完善，防洪减灾和水资源调控能力逐步提高。

太湖局还积极推进流域水环境综合治理工作，加强水源地建设与保护、水生态保护与修复，扎实开展太湖湖体、主要入太湖河道、太湖重要水源地水质监测分析，强化太湖蓝藻监测及预报，指导地方做好蓝藻防控工作。与 2007 年相比，太湖流域河湖水环境质量明显改善，太湖湖体富营养化趋势得到有效遏制。

创新体制机制，提升流域治理管理效能

太湖局持续健全完善流域协商协作平台机制，提升流域治理管理能力和水平，努力实现流域内各地区、各行业涉水效益共赢。

在探索创新涉水体制机制方面，太湖局推动太湖流域片率先全面建立河湖长制工作体系，建立完善太浦河水资源保护省际协作等一批长效协作机制，有效协商解决太湖治理管理重点、难点问题。同时，搭建太湖流域水环境综合治理信息共享平台，

实现了水利、生态环境部门涉水信息跨区域、跨行业在线共享，为流域一体化水管理创造了有利条件。

在持续提升水利现代化水平方面，太湖局按照"需求牵引、应用至上、数字赋能、提升能力"要求，推进数字孪生太湖建设，建成"智慧太湖1.0"。持续完善省际边界水体、重要河湖"天空地"一体化监测体系，形成了集水量、水质、淹涝、蓝藻等多个模型高度耦合的太湖流域模型群，实现了多要素、多维度、多时空尺度的仿真模拟。基本建成数字孪生太浦河、太浦闸先行先试项目并投入运用，打造流域多目标统筹调度"四预"一体化系统，在水旱灾害防御和供水保安全实战中发挥重要作用。太湖局还会同有关科研单位共同建设太湖流域水科学研究院，联合筹建太湖流域水治理重点实验室，聚焦流域治理管理关键科技问题开展攻关，形成了一批水利科技成果。

在发挥市场配置作用方面，太湖局积极推动地方进行试点探索。促成淳安县、建德市完成千岛湖水权交易，指导推进湖州市安吉县用水权改革，开展农村集体水库山塘用水权改革试点，盘活农村山塘水库资源，拓宽了绿水青山与金山银山的转化通道，有效助力乡村振兴。

砥砺奋进，勇毅前行。太湖局将继续坚持以习近平新时代中国特色社会主义思想为指导，积极践行"节水优先、空间均衡、系统治理、两手发力"治水思路和关于治水重要论述精神，落实落细流域治理管理重点任务，加快推动新阶段流域水利高质量发展，为长三角一体化高质量发展和中国式现代化建设提供更加坚实的水利支撑。

（刊载于《中国水利报》，2024年4月13日1版）

守护大国重器　谱写发展新篇

□　本报通讯员　许安强

2021 年 5 月 14 日，习近平总书记在河南南阳主持召开推进南水北调后续工程高质量发展座谈会并发表重要讲话，系统阐释了继续科学推进实施调水工程的一系列重大理论和实践问题，为推进南水北调后续工程高质量发展指明了方向、提供了根本遵循，为新时代治水擘画了宏伟蓝图，引领中国南水北调集团有限公司进入高质量发展快车道。

3 年来，南水北调集团始终把学习贯彻习近平总书记"5·14"重要讲话精神作为首要政治任务，坚决守住南水北调工程安全、供水安全、水质安全，加快推进后续工程高质量发展，加快构建国家水网，延长水产业链条，提升水网基础设施全生命周期综合效益，谱写南水北调和国家水网事业高质量发展新篇章。

守牢南水北调"三个安全"

2023 年 7 月 28 日至 8 月 1 日，海河流域发生流域性特大洪水，南水北调中线一期工程黄河以北段防汛安全面临严峻考验。

危急之际，南水北调集团坚持极限思维、底线思维，科学研判，会商部署，严格按照预案落实各项措施。广大干部职工始终坚守在工程急难险重部位，筑起一道道坚强堡垒。

在水利部和有关各方大力指导支持下，南水北调中线一期工程经受住了严峻"大考"，取得了防御海河"23·7"流域性特大洪水重大成果。

3 年来，南水北调集团从守护生命线的政治高度，着力补短板、强监管、防风险，开展安全管理年、工程建设质量提升和重大事故隐患专项排查整治等行动，有效防范各类风险隐患。扎实做好干渠水质监测、藻类防控等重点工作，加快推进水质监测信息平台和水质监控预警中心建设，健全水质信息共享及水质安全保障会商机制，南水北调"三个安全"防线不断筑牢。2023 年 7 月，南水北调集团与河南省召开首次南水北调河湖长联席会议，建立健全有效解决南水北调沿线重大问题的协作平台。

战台风、斗严寒、抢大险，3 年来，南水北调集团在历次应急抢险中不断总结、不断改进、不断完善，守牢大国重器，确保一渠清水安全北上。

工程运行管理提质增效

南水北调工程是首批数字孪生流域建设先行先试工程。南水北调集团以数字化场景、智能化模拟、精准化决策为路径，加快推进已建工程数字化转型升级，统筹推进后续工程与数字孪生工程同步规划、同步设计、同步建设、同步运行。

如今，数字孪生南水北调中线 1.0 版本已形成了跨流域多目标联合调度、长距离明渠输水工程水质保护、冬季输水安全保障等多个智慧应用场景，在工程运行管理中发挥着重要作用。中线公司管理人员在千里之外就能可视化分析全线重点建筑物安全风险变化过程，实现各类调度工况工程运行状态的安全复核。东线公司数字孪生北延应急供水工程先行先试项目具备了调水一张图、水量调度方案编制、水情监测与水量计量管理、工程实时调度、水量调度评价管理等功能。

引江补汉工程开工以来，江汉水网公司以数字孪生建设为抓手，推动"面向数字化交付的工程建设管理系统"成功入选水利部数字孪生典型案例，构建起安全、质量、进度、投资 4 大业务管控场景，实现流程化、数字化、无纸化管理，实现了"能看、能管、能预测、能预警、能提醒、能追溯"目标。

数字孪生技术进一步增强了南水北调工程综合保障能力，工程运行管理如虎添翼，综合效益充分发挥。截至 5 月 13 日 8 时，东、中线一期工程累计调水 720 亿立方米，沿线 7 个省（直辖市）超 1.76 亿人从中受益，提升了 40 多座大中城市经济社会高质量发展空间，助力美丽中国建设，为国家重大战略实施提供了有力的水资源支撑和水安全保障。

推进后续工程高质量发展

南水北调工程事关战略全局、事关长远发展、事关人民福祉。

3 年来，南水北调集团努力在推进南水北调后续工程高质量发展和加快构建国家水网上取得重大突破，在国家发展和改革委员会、水利部指导下，统筹推进《南水北调工程总体规划》评估修编，科学推进东线一期效能提升、二期可研论证和中线引江补汉工程、中线沿线调蓄体系规划建设、西线工程规划和一期工程可研工作。

目前，南水北调集团已经完成中线沿线调蓄体系研究，有序推进雄安等调蓄库立项建设，基本完成东线北延巩固提升可研编制，多轮次组织开展东线二期可研深化和分期方案研究；西线一期工程前期工作正全力推进，力争尽快实现开工目标。

引江补汉工程是全面推进南水北调后续工程高质量发展、加快构建国家水网主骨架和大动脉的重要标志性工程。2022 年 7 月 7 日，引江补汉工程正式开工。2024 年 1 月 9 日，南水北调国家水网工程建设全国引领性劳动和技能竞赛在引江补汉工程现场启动，吹响了"南水北调开新局、国家水网立新功"的集结号、冲锋号。截至 5 月 8 日，引江补汉工程主隧洞实现进洞 1686 米，工程累计评定验收约 1.38 万个单元工程，合格率 100%，优良率 97.3%。

提供水网建设"南水北调集团方案"

3 年来，南水北调集团深入实施"通脉、联网、强链"总体战略，制定印发贯彻落实《国家水网建设规划纲要》实施意见，系统谋划参与国家水网建设的方向路径措施，积极参与构建国家水网。

南水北调集团全面对接国家区域协调发展战略、区域重大战略等，科学谋划区域布局、产业布局，扎实推进骨干网、区域网、地方网建设，一批重大项目正加速落地实施。集团与 20 多个省（自治区、直辖市）人民政府签订战略合作协议，在合作省份落地项目 100 多个。水务投资公司更名为水网水务投资公司，浙江开化水库、河南新乡南水北调配套、安徽省九华河下游段综合治理等多个水网项目建设有序推进。

南水北调集团积极探索国家水网开发建设新模式，在工程沿线积极探索"水能融合、以电补水"模式。安徽省凤凰山水库项目形成了从"水源凤凰山"到"终端供水户"的捆绑特许经营模式，安徽淠史杭灌区项目以 BOT（建设—经营—转让）方式建立了"灌区 + 农业"发展新模式。海南定安"水管家"模式在全省推广。

3 年来，南水北调集团充分发挥国资央企优势，聚焦国家水网重要控制节点、战略性输水通道，积极主动作为，大力推进水网建设运营体制机制创新，围绕建管体制、水价、筹融资机制等提供水网建设"南水北调集团方案"。

提升水网基础设施综合效益

《国家水网建设规划纲要》要求推进国家水网安全发展、绿色发展、智慧发展、融合发展。

南水北调集团积极拓展涉水主业，大力推进水网与新型城镇化战略、乡村振兴战略、区域协调发展战略以及现代农业、生态环保、清洁能源、文旅、航运等产业

协同融合发展，先后成立多个专业子公司，通过"调水+"创新水网建设运营模式，加快融合发展，积极提升水网基础设施全生命周期综合效益。

3年来，南水北调集团进一步壮大综合实力，组建了中原区域总部、青海公司、水网发展研究公司，控股渤海公司，并购京水公司。各专业子公司全力开拓市场，以新的业绩不断延长水产业链条……

路虽远行则将至，事虽难做则必成。南水北调集团将继续以习近平总书记"5·14"重要讲话精神为指引，立足"调水供水行业龙头企业、国家水网建设领军企业、水安全保障骨干企业"战略定位，全面推进南水北调后续工程高质量发展，加快构建国家水网，为强国建设、民族复兴伟业贡献南水北调力量。

（刊载于《中国水利报》，2024年5月15日1版）

长江委及 3 省 5 市创新建立并不断深化联席会议机制，持续开展执法协作，坚决扛牢守好一库碧水使命责任——

十年执剑护碧水　创新协作开新局

□ 本报记者　岳　虹

丹江口库区及其上游流域是南水北调中线工程的水源地。守好一库碧水，事关首都和工程沿线 1.08 亿人供水安全、水质安全，事关战略全局、事关长远发展、事关人民福祉。

习近平总书记高度重视南水北调中线工程水源地保护，亲自考察丹江口水库，了解情况，部署工作，强调"要从守护生命线的政治高度，切实维护南水北调工程安全、供水安全、水质安全"。

牢记殷殷嘱托，水利部长江水利委员会和陕西、湖北、河南 3 省 5 市创新机制破瓶颈，强化执法除顽疾，坚决扛牢守好一库碧水的使命责任。

2024 年 6 月 14 日，丹江口库区及其上游流域水行政执法联席会议召开，相关各方共商大计，共谋良策。随着新制度表决通过、新队伍授牌成立、新行动明确方案，坚持流域一盘棋、守好一库碧水的法治协作，掀开崭新一页。

创新实践　画好护水"同心圆"

丹江口水库是亚洲最大的人工淡水湖，总库容达 319.5 亿立方米，库区及其上游流域跨陕西、湖北、河南 3 省。如何消除行政区划限制和行业壁垒，画好护水"同心圆"？

6 月 14 日，长江委行政楼 16 楼会商室内座无虚席。在 60 余位相关部门负责人和多家媒体记者见证下，水利部政策法规司司长陈大勇向副总队长向继红授牌，标志着长江委汉江流域水政监察总队正式成立。就在不久前，为提升流域治理管理能力，一家正局级单位——长江委汉江流域治理保护中心挂牌成立。

新机构，新队伍，汉江流域依法治水工作打开新格局。

时针拨回到 2014 年 11 月，长江委发出通知，建立丹江口水库（包括上游河道）水行政执法联席会议制度，又称"1+3+5"联席会议，其中"1"是长江委，"3"是

陕西、湖北、河南3省水利厅，"5"是陕西汉中、安康、商洛以及湖北十堰、河南南阳等5市政府，搭建起南水北调中线水源地水行政执法协作基本框架。

十年来，9家成员单位召开8次联席会议，协商解决重大问题，部署联合执法行动，通报省际重大涉水案件，持续深化流域与区域相结合的水行政管理机制。

十年来，体制机制创新竞相涌现，河湖长制成为协作新途径。长江委河长办组织陕西、湖北、河南3省河长办以及汉江集团、南水北调中线水源有限责任公司，建立"丹江口水库及上游地区跨省河流联防联治工作机制"；中线水源公司先后与库区6县（市、区）政府建立试点，充分发挥公司技术、资金优势和地方政府属地管理和行政执法优势，在河湖长制框架下，建立"县—乡—村"网格化政企协同管理机制。

十年来，跨部门法治协作不断深化。长江委与农业农村部长江流域渔政监督管理办公室、生态环境部长江流域生态环境监督管理局分别建立战略协作关系，在长江"十年禁渔"以及流域综合监测、突发水污染事件联防联控等领域积极合作。中线工程水源区水生态环境保护联席会议、环丹江口水库环境资源审判协作等机制相继建立。

十年来，相关立法工作不断推进。《中华人民共和国长江保护法》正式施行，突出强调要保障丹江口库区及其上游水质稳定达标，加强丹江口库区等重点库区消落区生态环境保护修复……《丹江口水利枢纽安全保卫规定》《陕西省汉江丹江流域水污染防治条例》《河南省南水北调饮用水水源保护条例》等一批地方性法规修订、出台，配套法规体系逐步完善。

携手并肩，共护碧水。相关各方以体制机制法治创新为先导，共同画好护水"同心圆"。

制度升级　支撑流域高质量发展

"请联席会议成员或代表对新修订的丹江口库区及其上游流域水行政执法联席会议制度举手表决。"会上，长江委副主任胡甲均说。随着联席会议成员、代表一致举手同意，新制度顺利通过。

"丹江口水库水行政执法联席会议制度成立至今已有十年。其间，党的理论不断创新，水行政执法形势发生较大变化，流域经济和科技水平显著提升，迫切需要我们顺应时代发展，进行制度升级，将党的最新理论成果应用于实践，进一步加强跨部门、跨行业联合，加强执法监督信息化建设。"长江委政法局局长滕建仁说。

修订后的联席会议制度新增"指导思想"一章，将习近平生态文明思想、习近平法治思想，以及习近平总书记"节水优先、空间均衡、系统治理、两手发力"治水思路等作为指导思想，进一步提高政治站位。

修订后的联席会议制度在"主要职责"中增设了新增成员单位机制和推进水行政执法的横向协同等内容，补充了其他部门的参与机制，以及水行政执法与刑事司法、与检察公益诉讼协作衔接机制等内容，为联席会议制度向更多部门拓展、向更广区域延伸，做好顶层设计。

修订后的联席会议制度明确提出建立"丹江口库区及其上游流域水行政执法信息管理平台"。2023年9月，"数字孪生丹江口"上线试运行，实现了水—库—坝全息实时映射与"四预"（预报、预警、预演、预案）智能应用。各成员单位将在此基础上全力建设水行政执法信息管理平台，汇集多领域、多来源、多维度信息，构建高效畅通的信息获取渠道。

在充分了解制度修订情况、认真听取联席会议成员单位对执法协作工作的意见、建议后，水利部副部长朱程清就做好新阶段执法协作工作提出要求：要充分发挥长江委的流域统筹作用，推动联席会议向深向广拓展，不断壮大执法协作"朋友圈"；要加大对相关政策和法律法规、典型案例的宣传力度，推动形成全民关注、共护中线水源地的良好氛围。

持之以恒　强力推进专项执法行动

2024年7月，一场涵盖陕西、湖北、河南3省46县（市、区）的专项执法行动——2024年丹江口库区及其上游流域水质安全保障专项执法行动即将启动。水利部、生态环境部、农业农村部3部门的派出机构，将瞄准影响水质安全各类问题开展联合执法。

依据会议审议通过的方案，执法行动将按照动员部署、线索排查、案件查处、现场调研、总结提升等步骤依次实施。

自"1+3+5"联席会议制度建立以来，执法行动持续开展，从未停歇。

从"打非治违""回头看"，到"守好一库碧水"专项行动，再到去年的河湖安全保护专项执法行动，在水利部统筹部署下，各级水利部门频频"亮剑"。

2015—2023年，联合开展执法行动21次，发现并基本完成对264个问题项目的整改……长江委与陕西、湖北、河南3省水利厅合力出击。

湖北省总河湖长签发总河湖长令，开展幸福河湖共同缔造行动；河南省水利厅开展河湖安全"百日攻坚"专项执法行动；陕西省安康市开展保护汉江"利剑行动"……一场场行动，一次次重拳出击，有力维护了水事秩序。

执法行动驰而不息，要靠一线执法者执行到位。截至 2023 年年底，丹江口库区及其上游流域共有水政监察人员 900 余人。2024 年 3 月，水利部同司法部联合发布《关于提升水行政执法质量和效能的指导意见》，聚焦重难点问题，为各地加强执法能力建设提供权威指导。在陕西、在湖北、在河南，一场场培训、一次次研讨，一项项资金落实，一批批执法装备到位……在地方机构改革加速推进的背景下，水利部及长江委、相关各地多措并举，加强队伍建设，全力确保水行政执法有人干、干得好。

十年执剑护碧水，创新协作开新局。"长江委将深入贯彻落实习近平总书记重要指示批示精神，凝聚各方力量，共同推进丹江口库区及其上游流域水行政执法联席会议制度走深走实、见行见效，打造流域执法协作样本。"长江委党组书记、主任刘冬顺说。

（刊载于《中国水利报》，2024 年 6 月 20 日 1 版）

点滴汇聚 润泽京华

□ 本报记者 许 睿 张雅丽 通讯员 单 杰

十年开源节流，十年优化配置。十年间，北京市全年地区生产总值已突破 4 万亿元，经济稳步跑出"首都速度"的同时，全市万元地区生产总值用水量由 17.21 立方米下降至 9.62 立方米，"一增一减"之间见证了首都水资源节约集约利用水平的大幅提升。

十年来，北京市水务工作坚持以习近平总书记治水思路和关于治水重要论述精神为指引，落实"节水优先"方针，将节水放在优先位置，实行最严格水资源管理制度，"全面节水"制度体系基本建立，用水方式从粗放型向集约型转变，首都节水型社会建设迈入崭新阶段。

谋篇布局 掷地有声

北京市水务综合执法总队延庆分队队员胡益豪最近多了"新身份"，成为节水普法专员。他日前来到北京市延庆区儒林街道悦安居社区，向居民宣传《北京市节水条例》，讲解节水妙招。

胡益豪与同事们尝试打造"田间地头小课堂"，定期深入乡、镇、村开展节水普法培训，为基层培养"水务村长""水务店长"。先后有 1000 余名懂法规、会节水、善宣传的"水务村长""水务店长"经培训合格后上岗。

不少像胡益豪一样的首都水务人结合各自岗位职责，大力宣传"节水优先"。

2023 年 3 月 1 日起，《北京市节水条例》正式施行。"条例将用水计划管理、非居民用水超定额累进加价、居民用水阶梯水价、水效标识、高耗水产业目录等相关实践经验，以法规形式固定下来，从观念、意识、制度、措施上全面贯彻落实节水优先。"北京市水务局法制处负责人张亮介绍。

"节水工作是一盘关乎全过程、全行业、全社会的'大棋'，既要有顶层机制引领，又要有切实可行的政策举措，更要确保末端执行环节落地有声。"北京市节水办负责人张欣欣介绍。

十年来，北京始终坚持节水优先、量水发展，深入推进"两田一园"高效节水灌溉，加强用水精准计量，强化水资源全过程协同监管，全市 16 个区全部建成节水型区，近 2000 个村完成农业水价综合改革，连续 22 年保持"全国节水型城市"称号。

精打细算　点滴珍惜

早春时节，北京城市绿心森林公园内，静谧湖面之下"藏着"现代化城市公园的"节水秘笈"。

"绿心公园是一块天然的'海绵'，可以吸收雨水，需要时再'吐'出来。公园东南角的福泽湖就是存蓄雨水的'主力军'。"北京市通州区海绵城市建设领导小组办公室负责人陈博介绍。

福泽湖位于绿心公园的最低洼处。"每逢雨季来临，雨水可以沿着公园里随处可见的雨水花园、植草沟等'小海绵'快速下渗，再顺着溢流管网全部汇集到福泽湖。"工作人员说，大大小小的"海绵"形成联动，园区每年可以"喝"下 600 万立方米雨水。如此一来，这些"喝下的水"还可以满足公园浇灌等需要。

大兴国际机场，这座国际化超大型航空港也因地制宜打造了自然积存、自然渗透、自然净化的"海绵机场"，从高耗水大户变身节水标杆。

整个机场 27 平方千米的面积被划分为 140 个区域。每一个区域均建设透水路面、下沉绿地等集雨设施。从空中俯瞰，机场金色的屋面被打造成虹吸式排水系统，与航站楼下两座雨水调蓄设施相连接。机场能源与环境管理相关负责人王颖佳介绍，这两座调蓄池每半年可以集满 6000 立方米雨水，经过净化处理后，用作空调冷却水补给。机场南北两侧的两座景观湖，同样发挥着留住"天上水"的重要作用，汛期可贮存 50 万立方米雨水，用于机场绿地灌溉、喷洒道路等。

在"渗、滞、蓄、净、用、排"等一系列海绵措施的综合作用下，大兴机场四年来累计拦蓄利用雨水超 4000 万立方米。

变废为宝　循环利用

在北京四环外的凉水河畔，坐落着一座出产高品质再生水的现代化水厂——小红门再生水厂。来自北京西南部城区的生活用水在这里经过十余道净化工序，"变身"为高品质的再生水，满足差异化用水需求。

2023 年，小红门再生水厂"出品"的再生水，27% 用于北京经济技术开发区高新技术产业生产，6% 用于电厂循环降温，65% 用于河湖生态补水，2% 用于市政路面降尘、绿地浇灌——城市"废水"摇身一变，成为润泽京城的新水源。

作为一座严重缺水的超大型城市，北京要想牵住节水这个"牛鼻子"，全力"挖潜"非常规水利用势在必行。

2023 年，朝阳区东坝郊野公园的 9 眼绿化用地下水机井被关停，取而代之的是一条再生水输水管线。水源置换后，每年可压采地下水 58.15 万立方米。2014 年至今，北京市持续推进公园绿地灌溉用再生水替代工作，实现了污水治理、资源化利用和环境美化的有机结合。

北京市水务局污水处理与再生水管理处负责人付朝臣介绍，十年来，首都再生水年利用量从 8.6 亿立方米增加到超 12 亿立方米，已成为首都稳定可靠的"第二水源"。

标杆引领　宣传先行

漫步在北京建筑大学校园，草坪上一个个浇灌喷头将水喷洒，升腾起层层薄雾。北京建筑大学后勤与基建处负责人吴建国介绍，这是学校采用的节水型绿地微喷设施，通过自动化程序定时浇灌。

节水进校园，为节水宣传教育树起了标杆。北京建筑大学作为京内唯一的建筑类高校，50% 以上的专业与用水密切相关。依托学科优势，学校已开展节水相关课程 70 余门，并连续五年组织北京市大学生节能节水低碳减排社会实践与科技竞赛，让节水惜水的种子在广大师生心里落地生根，进而辐射带动社会形成节约用水的自觉行动。

"水资源虽不可或缺，却也因随处可见而易被忽视。如果用水观念不转变，再多的水也不够用。"张欣欣说，首都水务系统坚持不懈做好节水宣传，掀起全民节约用水高潮。

2023 年，北京市水务部门组织人员深入全市多个行业和各区，开展《北京市节水条例》培训解读，并开展节水进电影节、电影院等主题活动，参与活动的市民群众超过 30 万人次。节水，正在成为首都的文明风尚。

（刊载于《中国水利报》，2024 年 4 月 16 日 1 版）

书写新时代治水兴水广东答卷

□ 本报记者　张家欣

绿色碧道景色宜人，串联起舒适生活；水网建设加快推进，优化城市水资源配置格局⋯⋯

习近平总书记发表"3·14"重要讲话十年来，广东深入落实习近平总书记治水思路和关于治水重要论述精神，奋勇当先，只争朝夕，书写新时代治水兴水的广东答卷。

坚持节水优先，提升水资源节约集约利用水平

以占全国 6.6% 的水资源量，保障全国 8.9% 人口的用水需求，支撑全国 10.9% 的经济总量，广东是如何做到的？

广东坚持节水优先，出台一系列法规制度，统筹推动工业、农业、城镇生活等各领域节水；累计建成 62 个节水型社会达标县区、77 所节水型高校、60 个节水型标杆企业、13 个节水型标杆园区，重点高耗水行业节水型企业 262 家。

十年来，广东综合用水效率明显提升，全省用水总量和年人均综合用水量分别下降到约 400 亿立方米和约 316 立方米。经济综合用水和工业用水效率明显提升，万元地区生产总值用水量和万元工业增加值用水量分别下降到约 30 立方米和约 15 立方米。农田灌溉亩均用水量下降到约 719 立方米，农田灌溉水利用系数提高到约 0.535。城乡居民人均生活用水量下降到约 167 升每天，城市公共供水管网漏损率下降到约 7.1%。非常规水源利用量增加到约 13 亿立方米，海水直接利用量超 500 亿立方米，长年居全国第一。

坚持空间均衡，加快推进广东水网建设

推进中国式现代化要把水资源问题考虑进去。2023 年 4 月，习近平总书记考察国家水网骨干工程——环北部湾广东水资源配置工程，强调广东要把水资源优化配置抓好，加快全面推进水资源配置工程建设，推动解决区域发展不平衡问题，尽早造福广大人民群众。

广东牢记殷殷嘱托，推动落实空间均衡，系统谋划广东水网建设，水网高质量发展迈出坚实步伐。

在粤港澳大湾区，实施珠江三角洲水资源配置工程，优化水资源配置格局；在粤东地区，实施粤东水资源优化配置工程，解决人多水少问题，让粤东人民喝上优质的韩江水；在粤西地区，实施环北部湾广东水资源配置工程，解决粤西地区水资源调蓄能力薄弱特别是雷州半岛苦旱问题……广东通过统筹推进水网建设，全面提升全省21个地市水资源调配能力，在更高水平上保障广东高质量发展行稳致远。

目前，珠江三角洲水资源配置工程已通水，环北部湾广东水资源配置工程和粤东水资源优化配置二期工程加快建设，珠中江水资源一体化配置工程前期工作压茬推进，全省水资源优化配置格局正逐步形成、发挥显著效益。

坚持系统治理，打造绿美碧带建设幸福河湖

广东全面落实河湖长制，切实改善水生态环境，坚持系统治理，以建设造福人民的幸福河湖为统领，高质量推进万里碧道建设，谋划打造绿美碧带。

近年来，广东省完成广州市南岗河全国首批幸福河湖建设项目，推动汕头市莲阳河入选全国第二批幸福河湖建设项目，谋划部署省级幸福河湖建设，发挥示范引领作用，推动河湖长制"有能有效"。

截至2023年年底，全省已累计建成碧道6278千米，出台《广东万里碧道总体规划（2020—2035年）》，印发关于高质量建设万里碧道的意见，制定了一套完善的政策和技术标准体系，顺利实现"三年见雏形"的规划目标。广东全省河湖水体变清、水面变净、环境变美，"水清岸绿、鱼翔浅底、水草丰美、白鹭成群"的美丽画卷在南粤大地徐徐展开，万里碧道已经成为广东一张亮丽的生态名片。

2024年，广东在碧道规划建设的基础上，还将升级打造绿美碧带，通过统筹实施水域治理、岸线整治、道路建设等重点工作，因地制宜植绿造林，拓展生态生活空间，推动绿色水经济发展，进一步增强人民群众的幸福感、获得感。

坚持两手发力，助力广东水利高质量发展

2023年，广东水利投资规模再创新高，水利建设投资首次突破千亿元，水利建设财政投入和市场投融资分别占51%、49%。市场投融资方面，地方政府专项债241亿元、银行贷款130.6亿元、社会资本118.1亿元，分别较上年增长5.2%、228%、119%。

2024年3月，广东省人民政府办公厅印发《关于推进"两手发力"助力广东水

利高质量发展的意见》，进一步作出具体部署。

广东通过"两手发力"抓好项目储备、重大工程建设、银企合作融资、新业态培育四项任务落实，目前已储备总投资规模超 3000 亿元的成熟水利项目，为进一步扩大水利有效投资奠定坚实的项目基础。

（刊载于《中国水利报》，2024 年 4 月 17 日 1 版）

闽水流深　幸福流淌

□ 本报记者　张智杰　通讯员　龚　玉　何菁锦

　　十年前，习近平总书记发表关于保障国家水安全的重要讲话。十年来，在治水思路引领下，福建水利赓续红色基因，长施治水之策，奋力书写"一河一网一平台"兴水新篇章，全省水利高质量发展迈出坚实步伐。

一场履责于行的水安全保障"攻坚战"

　　水利领域投融资改革取得重大突破，水利基础设施建设蹄疾步稳，最严格水资源管理考核跻身全国优秀行列，全力打造"丰水"地区节水特色……十年来，一场水安全保障"攻坚战"在福建打响！

　　以"稳"定调，落脚水安全坚实保障。

　　水利投资从 2015 年突破 300 亿元，到 2023 年达到 574 亿元创历史新高；水利前期经费从财政投入 3 亿元，到创新设立 5 亿元"规划合作贷"，"资金池"越做越大……福建以水利项目建设为牵引，基本构建起政府、市场"两手发力"的资金筹措体系，实现了从水利小省到投资大省的转变，推动水利建设跑出"加速度"。

　　长泰枋洋水利枢纽工程建成投用，"一闸三线"工程全线通水，罗源霍口水库工程下闸蓄水，白濑水利枢纽工程进度过半……一张分区配置、三水并举、南北相接、纵横相济的"大水网"在福建有序铺展开来。十年来，福建共完成水利投资 300 多亿元，新增大中型水库 26 座、库容约 15 亿立方米。

　　高标准、高强度、高质量建设"大水网"，福建水旱灾害防御、城乡供水能力持续提升。十年来，福建成功抵御了 159 场暴雨、71 个台风侵袭；新增、恢复灌溉面积 31.73 万亩，改善灌溉面积 446.84 万亩。

　　坚持节水优先，夯实水资源有力支撑。探索推广合同节水，集中连片打造福州大学城节水型高校示范区；创新推进厦门、平潭全国水资源节约集约利用先行示范区建设，莆田湄洲岛入选全国典型地区再生水利用配置试点；创新发行"节水贷"，探索推进水权交易实现零的突破，累计交易水量 1889.09 万立方米；开展节水青年志愿服务三年专项行动……福建把节水工作贯穿经济社会发展全过程各领域，强化水

资源节约集约利用，构建起"激活闲散水、循环再生水、共饮优质水"三管齐下的节水格局。十年来，福建累计建成县域节水型社会 43 个，提前 3 年超额完成水利部下达的任务。

以"通"促融，共叙一家亲美好情缘。"2018 年 8 月 5 日，清冽的晋江水穿过 27.93 千米长的管线，奔向金门，23 年前的承诺终于兑现……"

转眼间，福建向金门供水工程通水已近 6 年，累计输送优质原水 3000 多万吨，帮助金门县战胜了 50 年来最严重干旱，让金门同胞喝上了清洁水、安全水、生态水。2023 年，福建向金门供水工程荣获中国水利工程优质（大禹）奖，成为两岸深化融合发展的样板工程。目前，福建正以金门供水水源保障工程开工建设为新节点，在深入推进两岸融合发展中不断展现水利担当作为。

一条增添福祉的水利建设"奋进路"

一根根输水管道连接组建，一片片供水管网紧密相连，幸福之水穿山越岭，流进千家万户，润泽百姓心田。

2019 年，福建全域推进城乡供水一体化建设，农村饮水安全得到有力保障，一条增添福祉的民生水利建设"奋进路"延伸开来！

福建重点推进大水源、大水厂、大管网建设，连片推进规模化供水，精准攻坚单村供水，基本实现城乡供水同质同服务，构建起"建管一体、全域覆盖、以城带乡、城乡融合"的供水新格局。

截至目前，全省 73 个城乡供水一体化任务县（市、区）全部启动建设，累计建成集中式农村供水工程 1.52 万处，完成投资 345 亿元，全省农村自来水普及率达 93.55%、规模化工程覆盖率达 66%，2492 万农村人口用上与城市居民一样的自来水，实现了从"有水喝"向"喝好水"转变。

福建还持续实施安全生态水系建设等"为民办实事"项目，打造库区移民后扶示范区，推进水美乡村建设，助力乡村全面振兴。

一幅全域发力的水生态治理"新画卷"

昔日浊水荒山，今朝草木葱茏。十年来，从全国水土流失重灾区到国家生态文明建设示范县，"长汀经验"在福建落地生根，打造了水土流失治理的生动样板。

系统治理、精准治理、深层治理，福建水土流失治理实现从浊水荒山到绿水青山、再到金山银山的"三级连跳"，迈入"进则全胜"发展新阶段。十年间，全省共治理水土流失面积 2300 多万亩，水土保持率从 2011 年的 90.05% 提升至现在的

92.79%，"绿色音符"跃动在青山碧水间。

水土流失治理取得决定性胜利的同时，福建河湖生态环境也得到了系统性改善，一幅全域发力的水生态治理"新画卷"妙笔绘就。

在厦门筼筜湖，白鹭飞、绿荫落，谁能想到这座"城市会客厅"曾是人鸟稀至的"臭水湖"？

在莆田木兰溪，十里风光、丹荔流香，见证了其"变害为利、造福人民"的生动实践。

福州"闽都水城"、泉州"清新水域"、漳州"五湖四海"、南平"水美城市"……一批批特色鲜明的河湖治理示范样板不断涌现，折射出福建河湖治理的非凡历程。

2014 年，福建在全省推行河长制。2017 年以来，福建采取"更新理念、更实举措、更高标准、更好机制"，打造党政主官挂帅，社会各界参与，省、市、县、乡四级联动的河长制"升级版"，出台全国首个幸福河湖评价省级地方标准、首个幸福河湖实时评价系统、首个省级全域性幸福河湖评价报告……福建以创新为引领，"闽"出诸多"全国首创"金字招牌，河湖长制做实、走深、有能有效，连续 6 年获得国家正向激励。

一首由治及兴的水利改革发展"交响曲"

福建水利秉承新思路、新理念，深化重点领域改革，奏响了一首由治及兴的水利改革发展"交响曲"。

福建依法治水步伐全面提速，率先在城乡供水、河湖长制、水利风景区建设等方面取得立法突破，水资源条例等 9 部法规、规章颁布实施；全国首个《河湖（库）健康评价规范》等地方标准健全完善，主要涉水领域基本做到有法可依……

福建积极引入金融"活水"助力治水兴水，大胆尝试"水生态银行""融水贷"；率先开展水土保持项目碳汇交易，水土保持碳汇价值首次以"真金白银"的方式量化体现；采取债贷融合方式，累计发行地方债券 29.49 亿元，获金融机构授信 416.9 亿元……

福建还持续利用数字技术赋能水利事业发展，先后完成了河湖管理、水库运管、水土保持、水利督察等主要业务的数字化监管工作；整合搭建运行数字水利"一平台"，基本实现全行业"一屏管水"、全社会"一屏看水"；首个部省共建的水土保持科教园开工建设；入选水利部首批数字孪生试点的项目全部通过验收……

踏上新征程，福建水利人将耕耘不辍、治水兴水，让江河安澜、山川秀美、民生添福。

（刊载于《中国水利报》，2024 年 5 月 8 日 1 版）

三晋兴水正当时

□ 本报记者　王鹏翔　王秀芳

春去夏来，三晋大地上风光正好。

一道道灌渠为广袤田野送去"生命之水"，一条条河湖焕发勃勃生机，一座座水库在绿水青山中守护安澜。

这些，离不开山西省委、省政府贯彻落实习近平总书记"节水优先、空间均衡、系统治理、两手发力"治水思路和关于治水重要论述精神的创新实践，离不开山西水利人行长久之策、谋务实之举，奋力谱写三晋治水兴水新篇章的坚实行动。

记者日前走进山西，近距离感受三晋大地上水利高质量发展的强劲脉动。

顶层设计有高度　搭建水利改革发展"四梁八柱"

党的十八大以来，习近平总书记 4 次到山西考察调研，每次都对水利工作作出重要指示。2023 年 5 月 16 日，习近平总书记在运城盐湖考察时强调，要坚持把保护黄河流域生态作为谋划发展、推动高质量发展的基准线。

牢记嘱托，勇毅前行。山西省委、省政府沿着习近平总书记指引的目标坚定向前，按照任务目标逐步推进，立规划、定方案，高位推动、合力落实，将治水兴水任务贯穿到推动经济社会高质量发展的全过程统筹考虑。2023 年 5 月，山西省人民政府批复《山西省现代水网建设规划（2021—2035 年）》，为今后一个时期山西水网建设制定"路线图"；7 月，山西省委十二届六次全会将全力做好治水兴水大文章作为进一步加快转型发展的六大基础支撑之一；12 月，山西省委十二届七次全会把坚持"四水四定"治水兴水作为大力实施黄河流域生态保护和高质量发展战略的重要任务之一……

2023 年，山西完成水利建设投资首次突破 200 亿元，新增和恢复水浇地面积 60 万亩，巩固提升 473 万农村人口吃水条件，压采地下水 7512 万立方米，治理水土流失面积 589 万亩……水利改革已经成为山西推动高质量发展不断取得新成效的有力抓手，全省团结治水兴水的共识更加凝聚、落实更加有力。

2024 年，对照为谱写中国式现代化山西篇章提供水安全保障的职责使命，山西需要如何谋划新时期的治水工作？

答时代之问，应民生之需。2023 年年底，由山西省水利厅牵头起草的《关于做好治水兴水大文章助推全省高质量发展的实施意见》经省委办公厅、省政府办公厅印发实施，配套起草的《关于做好治水兴水大文章助推全省高质量发展专项行动方案（2023—2027 年）》经省政府办公厅印发实施。

"结合省政府此前出台的《山西省加强新时代水土保持工作实施方案》《加强水库安全管理工作的意见》《关于强化河湖长制建设幸福河湖的意见》等 7 个文件，山西治水兴水政策体系日渐完善，搭建起了水利改革发展的'四梁八柱'。"山西省水利厅厅长龚孟建说。

一张蓝图绘到底，山西水利改革发展的脉络逐渐清晰：到 2025 年，初步构建现代水网格局，现代化治水兴水体系初步确立；到 2030 年，治水兴水体制机制进一步健全，基本形成与山西高质量发展需求相适应的水安全保障体系。山西水利人的"兴水事业"正在奔向新征程。

"四水四定"有力度　变"水瓶颈"为"水支撑"

山西之长在于煤，山西之短在于水。如何将有限的水资源高效合理利用，走上转型发展、绿色发展之路，是摆在山西面前的一道"时代命题"。

2023 年 5 月，《山西省现代水网建设规划（2021—2035 年）》明确提出，构建"三纵九横、八河连通、纵贯南北、横跨东西、集约高效、调控有序"的山西现代水网；2023 年 8 月，万家寨引黄北干支线开工建设，晋北区域经济发展新布局将迎来新的水源支撑；2023 年 9 月，大同市入选全国第一批市级水网先导区，为推进省、市、县水网协同融合提供典型经验。这 3 个镜头，能看到山西水利面对转型发展"必答题"作出的坚定回应：坚持"四水四定"，构建现代水网，强化水资源优化配置，变高质量发展中的"水瓶颈"为"水支撑"。

连日来，在阳泉市龙华口调水工程施工现场，车来车往，建设者正在抢抓工期进行隧洞衬砌及泵站施工。

龙华口调水工程连接黄河与海河流域，是山西大水网"第二横"忻州—阳泉线的重要组成部分。2024 年，工程将完成 2.9 千米隧洞衬砌及泵站主体工程建设，力争年底前具备试通水条件。

水网牵引，上下联动。山西水利举全系统之力，全面加快水网工程建设。"省水利厅将择优高质量建设山西省水网先导区，力争用 3 ~ 5 年时间探索一批典型经验，

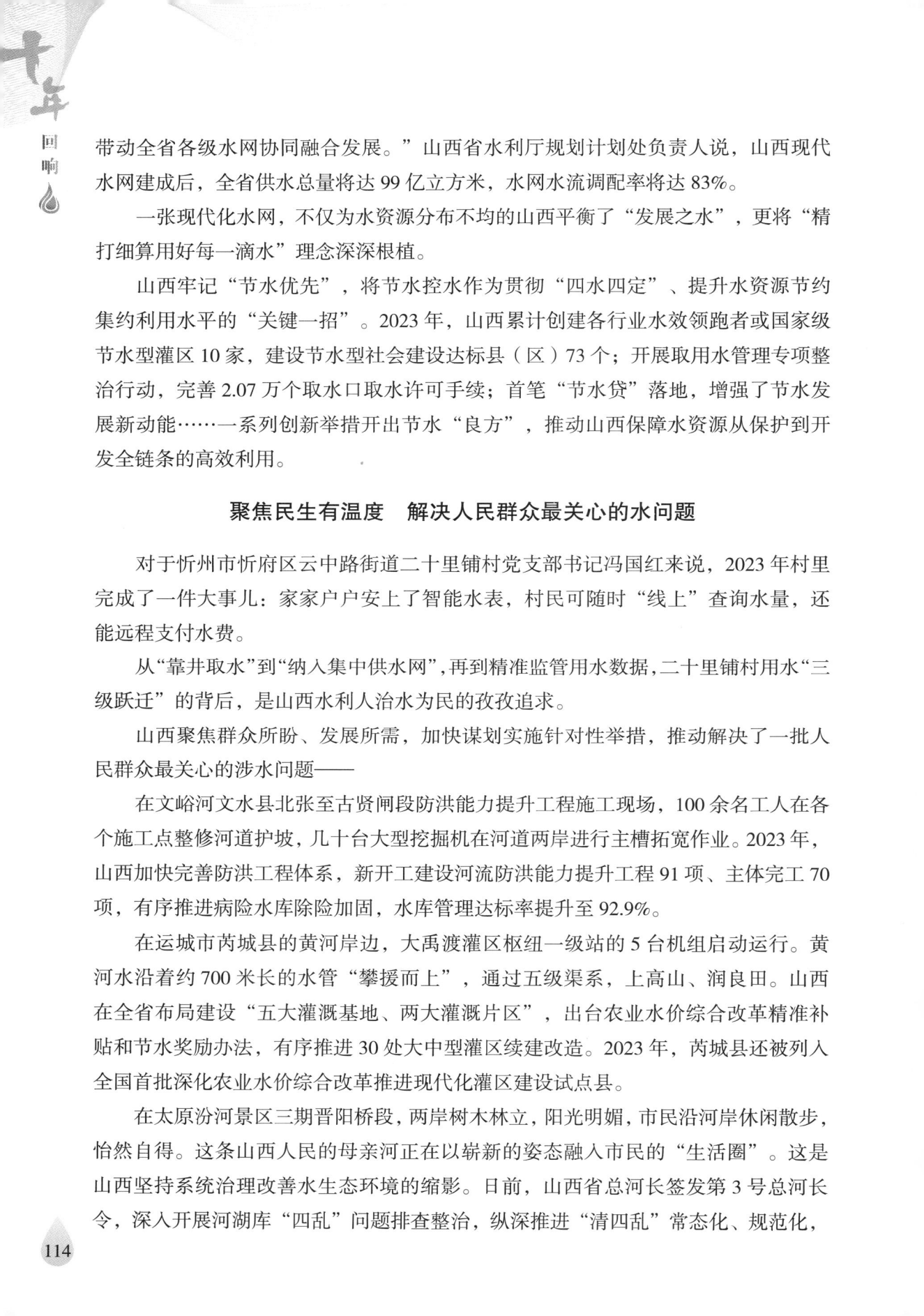

带动全省各级水网协同融合发展。"山西省水利厅规划计划处负责人说，山西现代水网建成后，全省供水总量将达 99 亿立方米，水网水流调配率将达 83%。

一张现代化水网，不仅为水资源分布不均的山西平衡了"发展之水"，更将"精打细算用好每一滴水"理念深深根植。

山西牢记"节水优先"，将节水控水作为贯彻"四水四定"、提升水资源节约集约利用水平的"关键一招"。2023 年，山西累计创建各行业水效领跑者或国家级节水型灌区 10 家，建设节水型社会建设达标县（区）73 个；开展取用水管理专项整治行动，完善 2.07 万个取水口取水许可手续；首笔"节水贷"落地，增强了节水发展新动能……一系列创新举措开出节水"良方"，推动山西保障水资源从保护到开发全链条的高效利用。

聚焦民生有温度　解决人民群众最关心的水问题

对于忻州市忻府区云中路街道二十里铺村党支部书记冯国红来说，2023 年村里完成了一件大事儿：家家户户安上了智能水表，村民可随时"线上"查询水量，还能远程支付水费。

从"靠井取水"到"纳入集中供水网"，再到精准监管用水数据，二十里铺村用水"三级跃迁"的背后，是山西水利人治水为民的孜孜追求。

山西聚焦群众所盼、发展所需，加快谋划实施针对性举措，推动解决了一批人民群众最关心的涉水问题——

在文峪河文水县北张至古贤闸段防洪能力提升工程施工现场，100 余名工人在各个施工点整修河道护坡，几十台大型挖掘机在河道两岸进行主槽拓宽作业。2023 年，山西加快完善防洪工程体系，新开工建设河流防洪能力提升工程 91 项、主体完工 70 项，有序推进病险水库除险加固，水库管理达标率提升至 92.9%。

在运城市芮城县的黄河岸边，大禹渡灌区枢纽一级站的 5 台机组启动运行。黄河水沿着约 700 米长的水管"攀援而上"，通过五级渠系，上高山、润良田。山西在全省布局建设"五大灌溉基地、两大灌溉片区"，出台农业水价综合改革精准补贴和节水奖励办法，有序推进 30 处大中型灌区续建改造。2023 年，芮城县还被列入全国首批深化农业水价综合改革推进现代化灌区建设试点县。

在太原汾河景区三期晋阳桥段，两岸树木林立，阳光明媚，市民沿河岸休闲散步，怡然自得。这条山西人民的母亲河正在以崭新的姿态融入市民的"生活圈"。这是山西坚持系统治理改善水生态环境的缩影。日前，山西省总河长签发第 3 号总河长令，深入开展河湖库"四乱"问题排查整治，纵深推进"清四乱"常态化、规范化，再次筑牢山西河湖库安全保护屏障。

从田间地头到百姓心头，从湖库岸边到群众身边，山西水利人将民生水利工程落实到群众可见可感的变化中，将一件件群众关心的水利"关键小事"办成了谋划长远发展的"民生大事"。

行走在三晋大地，记者感受到治水兴水新篇章正在挥笔书写。"2024年，山西水利将抓住一切有利时机，利用一切有利条件，求真务实、真抓实干，全力做好治水兴水大文章，为山西高质量发展提供有力的水安全保障，为谱写中国式现代化山西实践作出水利贡献！"龚孟建说。

（刊载于《中国水利报》，2024年5月18日1版）

治水促发展　兴水惠黔贵

□ 本报记者　刘珊宇

治水兴水，功在当代，利在千秋。十年来，贵州认真践行"节水优先、空间均衡、系统治理、两手发力"治水思路，立足流域整体和水资源空间均衡配置，把破解工程性缺水问题、保障水安全作为推动经济社会高质量发展的基础性战略性支撑，全力推进各项水利工作落实落细，取得了丰硕成果。

用力写好"节水文章"

2024年1月24日，兴业银行贵阳分行通过线上审批形式为贵州联智讯科技有限公司授信500万元，首笔放款114万元，成为首单在贵州省落地的"节水贷"业务。

"'节水贷'资金是'及时雨'，保障了我们的合同节水项目正常实施。"凭"一纸合同"拿到了银行500万元授信额度，联智讯公司负责人王爱群感慨万分。

2023年11月，贵州省水利厅与中国人民银行贵州省分行联合印发《关于在全省范围内开展"节水贷"融资服务工作的通知》，完善了贵州"节水贷"支持的项目类型、优惠政策、申请程序等细则。

"下一步，我们将加强各级水行政主管部门、人民银行各市州分行及金融机构联动，鼓励有节水项目融资需求的企业（单位）积极申报，力促'节水贷'业务在贵州遍地开花，助力全省经济绿色低碳发展。"贵州省水利厅节水处处长马荣宇说。

贵州不断细化节水载体类型，加大创建力度，着力在节水制度、节水技改、节水管理等方面补短板、强弱项，提高各类节水型载体覆盖率，倒逼用水方式向节约集约转变。

贵阳市深入挖掘工业企业、机关学校、医院酒店等社会单元节水潜力，通过"管理节水"和"技术节水"的"双节水"机制，推动城市社会单元共建共治共享。

遵义医药高等专科学校引入合同节水模式节能减排，以技术促节水，全面修复漏损管网，新建供水管网远程监控与管理系统、智能保修平台，对供水系统终端进行了节水优化升级。

十年来，贵州共创建7070个节水载体，46个县（市、区、特区）先后被水利部命名为节水型社会达标县（区），2023 年全省万元地区生产总值用水量 44.6 立方米、万元工业增加值用水量 19.3 立方米，相比 2014 年分别下降 56.7%、78.2%。

用心保障水安全

新时代新征程，增强水资源调控能力和水资源供给能力，保障经济社会高质量发展，必须加快构建水资源配置的网络格局，推进水网建设。

2023 年 5 月，《贵州省水网建设三年攻坚行动方案（2023—2025 年）》发布，贵州省力争用 3 年时间，完建 316 个骨干水源工程，实施 102 个水网连通工程及一批农村供水保障工程，新增水利工程设计供水能力 13 亿立方米，有效保障供水需求。

2024 年以来，贵州水利系统以"开局就是决战、起步就是冲刺"的劲头，锚定目标、开足马力，抢抓机遇、抢抓时间、抢抓进度，加快推进节后复工复产、工作计划制定、新建项目开工、投资入库入统等工作，逐项目梳理，逐问题研究，多部门会商，上下级联动，合力攻坚，一季度完成全口径水利投资近 90 亿元，实现首季"开门红"。

水利是农业的命脉。贵州的气候特点和基本水情决定了农业丰产丰收离不开灌溉保障。

清理大坝上的杂物、脱模具、焊钢筋……来到玉屏侗族自治县新店镇丙溪村与皂角坪街道铁家溪村交界处的大洋溪水库项目建设现场，只见一派繁忙景象。

大洋溪水库是以灌溉、供水为主的中型水利工程，建成后将解决周边区域 1.3 万人饮用水问题，同时解决沿线灌区 5600 多亩灌溉用水问题。

2024 年 4 月，黔东南苗族侗族自治州镇远县青溪镇中型灌区续建配套与节水改造工程破土动工。工程总投资为 2200 万元，项目完工后预计新增灌溉面积 0.12 万亩，恢复灌溉面积 0.15 万亩，同时还将改善 0.13 万亩农田灌溉条件。

2014 年以来，贵州累计开工建设骨干水源工程 477 个，新增设计供水能力 51 亿立方米，先后实施 10 个大型灌区和 89 个中型灌区续建配套与节水改造工程，完成新增、恢复、改善耕地灌溉面积 181.2 万亩，农田灌溉水利用系数提高到 0.498。

用情护好水生态

4 月 16 日中午，黔东南州天柱县蓝田镇凤鸣村党总支书记、村级河长陆世标像往常一样沿河而行，认真查看河道生态环境。"河虽小，但管护不能少，我一有时间就到河边走走。"陆世标说。

"村里这条河有人看管，比以前干净多了，都能看见水里的小鱼虾。"村民杨桂红说。

青山、绿水、蓝天、白云，一栋栋房屋错落有致点缀其中，犹如山水画卷。

全面推行河湖长制以来，贵州省 4697 条河（湖）落实五级河湖长两万余名，从省到村的五级河长、从省到乡的四级"双总河长"组织体系全面建立，全省河湖面貌得到明显改善。

地处乌江岸边的遵义市湄潭县，既是长江上游重要的生态屏障，也曾是国家级水土流失重点治理区。

经过多年探索，湄潭走出了一条水土流失治理的破题之路：加强制度建设，先后出台水土保持相关的 13 项规范文件；实施小流域治理项目，治理水土流失面积 256.5 平方千米；修建渠道 29.11 千米、蓄水池 112 口，每年减少侵蚀量 48 万吨，每年增加蓄水 481 万立方米……2023 年，湄潭县水土流失治理和生态文明建设取得显著成效，被评为"国家水土保持示范县"。

曾经跑水、跑土、跑肥的"三跑田"，如今变身为保水、保土、保肥的"三保田"，湄潭县茶叶种植面积从 2003 年的 2.8 万亩发展到 2023 年的 60 万亩，连续 4 年获得"中国茶业百强县"第一名。

好茶也能保好水。茶树根系发达，能够有效固定土壤，涵养水源。这场好水与好茶的"双向奔赴"，让当地百姓的日子越来越红火，成为"绿水青山就是金山银山"在贵州的生动实践。

贵州统筹推进山水林田湖草沙一体化系统治理，十年来实施水土流失综合治理面积达 2.77 万平方千米，水土流失实现面积和强度"双下降"，水土保持率逐年提升。

兴水利，惠民生。踏上新征程，贵州水利将踔厉奋发、笃行不怠，全力保障防洪安全、城乡居民饮水、产业供水、灌溉和生态用水，为奋力谱写中国式现代化贵州实践新篇章提供水安全保障。

（刊载于《中国水利报》，2024 年 5 月 21 日 1 版）

白山松水展新篇

□ 本报记者　边　境　郭吉丽

五月的吉林，江河碧波荡漾，万物蓬勃生长。莫莫格湿地鸟儿翩翩起舞，松花江两岸绿意盎然……一幅人水和谐的生态画卷徐徐展开。

十年踔厉奋发，十年砥砺前行。十年来，吉林省水利系统深入贯彻落实习近平总书记"节水优先、空间均衡、系统治理、两手发力"治水思路和关于治水重要论述精神，紧紧围绕新时代水资源保护利用重点任务，聚焦为拉动经济增长、保障粮食安全、建设生态强省、增进民生福祉作出"四个贡献"和守牢安全、廉洁"两条底线"，为新时代吉林全面振兴提供强劲动能。

统筹推进节水型社会建设

习近平总书记强调，要深入开展节水型城市建设，使节约用水成为每个单位、每个家庭、每个人的自觉行动。

十年来，吉林省深入落实最严格水资源管理制度，加快用水权初始分配，稳步推进水资源重点领域改革，全面推进节水型社会建设。吉林省建立了19个省直部门为成员单位的省节约用水工作协调机制，出台吉林省节水行动实施方案、节水型社会建设"十四五"规划等，明确节水型社会建设总体要求、主要任务和保障措施。

目标明确，路径清晰，节水型社会建设加快推进。截至2023年年底，吉林省建成省级节水型企业98个、节水型灌区5个、节水型高校42所，48个县级行政区节水型社会标准化建设通过水利部认定，节水型社会标准化建设达标率为80%，建成137家水利行业节水型单位，水利行业节水型单位建成率为100%。

吉林省水利厅节水办负责人介绍，党的十八大以来，全省年用水总量从129.82亿立方米下降到105.36亿立方米，2023年万元地区生产总值用水量较2012年下降53%，万元工业增加值用水量较2012年下降81%，全省用水效率有效提升。

奋力书写幸福河湖建设答卷

夏日，东辽县辽河源镇安北村，东辽河畔绿树环绕。不少游客行走在观光步道，

感受自然的美好。

这里是东辽河源头，受源头区水源涵养能力退化等影响，东辽河流域水生态环境一度令人担忧，城市河段水体黑臭、支流污染严重……

为了打好打赢污染防治攻坚战，吉林省系统谋划实施水环境治理、水生态修复、水资源保护、水环境监管等4大类195个项目，出台《吉林省辽河流域水环境保护条例》，编制东辽河流域"一河一策"治理保护规划……一系列配套管理措施健全完善，辽河全方位全流域综合整治和保护工作全力推进。

治一渠活水，成一处风景，惠一域民生。

在吉林省西部地区，河湖连通工程的实施，让西部地区8个县（市、区）203个湿地、湖、泡、水库贯通"血脉"，构建起引、蓄、灌、排、堤相结合的河湖连通工程体系。曾经风沙、盐碱、干旱的聚集之地，变成了一幅河湖互济、渔兴牧旺、草茂粮丰、人水和谐的美好生态图景。

十年来，吉林省建立了省、市、县、乡、村五级河长体系；先后出台《吉林省河湖长制条例》《吉林省河道管理条例》，为河湖管理提供了更切合吉林实际的工作依据；全省持续推进水环境质量巩固提升行动，统筹实施水生态、水环境、水资源"三水共治"，实行"一河（湖）一策""一断面一策"精准治理，打通治水"最后一公里"。

牢牢守住水旱灾害防御底线

吉林省水旱灾害频发，尤其是有"八百里瀚海"之称的吉林省西部地区十年九旱，却又年年防洪。1998年抗洪、2010年抗洪、2013年抗洪……吉林人记忆中那些惊心动魄的抗洪场景，几乎都发生在这里。

如何破解难题？十年来，吉林省水利系统坚持人民至上、生命至上，坚决筑牢水旱灾害防御生命线。目前，吉林省基本完成松花江、嫩江、东西辽河治理以及月亮泡蓄滞洪区、西部河湖连通等重大水利工程建设，全省已建成水库1331座，5级及以上堤防7919千米。

随着一道道抵御水旱灾害的坚实防线建成，吉林省成功战胜图们江流域超百年一遇特大洪水、中东部地区局地特大洪水以及多次暴雨侵袭，有效应对局地严重干旱，最大限度减轻了水旱灾害影响和损失。

十年来，吉林省各类水利工程累计拦蓄洪量542.67亿立方米，累计减免淹没城镇462个，减免受灾人口1504.23万人，减免农田受灾1904.64千公顷，减少经济损失达866.6亿元，为促进全省经济社会高质量发展、建设社会主义现代化新吉林提供了强有力的水安全保障。

全面夯实高质量发展水利基础

2020 年 6 月，吉林省汪清县罗子沟镇规模化供水工程竣工通水。至此，这里彻底告别了喝水难、用水难的历史。

这是吉林省水利系统以保障农村饮水安全助力脱贫攻坚、乡村振兴的一个缩影。十年来，吉林省各级水利系统坚决筑牢农村饮水安全网，农村自来水普及率达 97.8%，基本实现全覆盖。

"饮水"之变，不仅体现在饮水，也体现在广阔的田野里。5 月，吉林西部田野里一片生机盎然。条条水渠、道道水闸遍布乡间，完善的灌排渠系纵横交错，旱可灌、涝能排，成为农业生产的有力支撑。

前郭灌区红光农场种植户谢金良望着万亩稻田，喜上眉梢，他说："水利设施改造完成后，每公顷产量比原来提高了 3000 斤。今年注定又是一个丰收年。"

保障粮食安全，水利是命脉。十年来，吉林水利系统围绕千亿斤粮食产能提升行动、盐碱地综合利用试点建设等重大部署，以引调水工程、大中型灌区新建改造等为重点，谋划了总投资约 1202 亿元的 11 项水利保障工程，为全省农业生产提供了更加坚实的水利保障。

江河奔流不息，奋斗永无止境。站在新的起点，吉林省水利系统将持之以恒坚持践行治水思路，让幸福之水环绕千家万户，在白山松水间勾画出更加绚丽多彩的人水和谐新画卷。

（刊载于《中国水利报》，2024 年 5 月 30 日 1 版）

治水兴水润荆楚

□ 本报记者　孟　梦　通讯员　任昱源　艾红霞

湖北是拥有长江岸线最长的省份，也是三峡库区、南水北调中线工程水源地丹江口库区所在地，治水兴水是关乎湖北发展的重要课题。

十年来，湖北省水利系统坚持以习近平总书记"节水优先、空间均衡、系统治理、两手发力"治水思路为根本遵循和行动指南，坚持不懈提升水安全保障能力，牢牢守住水安全底线，为推动湖北高质量发展和长江大保护提供了有力的水安全保障。

护江河安澜　提升水旱灾害防御能力

湖北是长江的行洪走廊，每年承纳的过境客水流量达 6000 多亿立方米。

防汛历来是湖北"天大的事"。湖北水利部门坚持底线思维、风险意识，科学研判雨情、水情、旱情趋势，及时调度水库预泄预排、削峰错峰、调水补水，防灾减灾成效显著，有力保障了人民群众生命财产安全。

2020 年，在全省梅雨期降雨总量超过 1998 年和 2016 年、江、河、湖、库频频告急的情况下，湖北水利部门科学调度水利工程"拦、分、蓄、滞、排"，确保江河干堤安然无恙，大小湖库安全度汛，因灾损失较 1998 年和 2016 年大幅下降；面对 2022 年发生的 1961 年有完整实测资料以来最严重长时间气象水文干旱，湖北水利部门及时调度水库放水、泵站提水、涵闸引水，有效保障农业灌溉和群众生产生活用水。

湖北省有水库 6921 座，水库安全度汛历来是防汛的重点。

突出"防"字。十年来，湖北先后完成 8 批次 4470 座病险水库除险加固工作，完成 4629 座水库安全鉴定，基本做到了应检尽检；升级"荆楚水库"监测平台，充分发挥水库在防汛中的"王牌"作用。

突出"建"字。2020 年，湖北基本完成所有水库雨水情测报和重要大中型水库大坝安全监测设施建设。2021 年，湖北启动水库安全监测设施升级改造。

突出"管"字。湖北 5 个县获水利部深化小型水库管理体制改革样板县，3 座水库通过水利部标准化管理工程评价，131 座大中型水库和 50 个小型水库样板县通过省级评价。

蓄滞洪区被称为洪水防御的"底牌"，与两岸堤防、水库群一起被誉为长江防洪的"三大法宝"。

十年来，湖北谋划、建设蓄滞洪区工程8个，累计完成投资约88亿元。同时，湖北重点推进汉江及长江其他主要支流堤防加固工程、中小河流治理工程、三峡后续工作长江中下游影响处理湖北段河道整治工程，累计完成投资近500亿元。

目前，湖北境内长江、汉江干流重点河段防洪标准达100年一遇，大中型泵站、灌区全面提档升级，排灌综合能力显著提升。

保护水生态　绘就人水和谐新图景

初秋时节，在武汉市东湖、南湖岸边，市民们休闲赏景，乐享河湖。

十年来，湖北坚持以创新促改革、以改革促发展，全面推行河湖长制，全面建立最严格水资源管理制度，让一条条江河成为惠泽百姓的幸福河。

长效护水，河湖面貌焕然一新——

湖北水域总面积2706平方千米，列入省级名录保护的湖泊755个、规模以上河流4230条。

如何让"千湖之省"碧水长流？湖北全面建立河湖长制体系，组织实施7个碧水保卫主题行动。目前，全省3.8万名河湖长纳入河湖长制责任链，已排查整治河湖库"四乱"问题7000余个。

十年来，湖北开展斧头湖、梁子湖、洪湖、汈汊湖、长湖五大湖泊退垸（田、渔）还湖，共计还湖245平方千米；通过截污治污、江湖连通、河湖清淤、湖水置换等措施，实施东（湖）沙（湖）连通，鲩子湖、黄石磁湖等湖泊水生态环境治理与生态修复工程。2023年10月，湖北印发《关于加强湖泊综合治理的指导意见》，提出围绕五大重点任务，系统推进湖泊治理，加强功能保障，保护改善湖泊生态功能。

保护生态，守护绿水青山——

水土保持是江河保护治理的根本措施，是生态文明建设的必然要求。

十年来，湖北以丹江口库区、三峡库区、大别山区、武陵山区等国家级水土流失防治区为重点，重点抓好水土流失治理项目建设。截至2023年年底，全省水土流失面积已下降到2.99万平方千米，水土保持率达83.91%，水土流失面积强度"双下降"趋势持续巩固。

以山青、水净、村美、民富为目标，湖北因地制宜大力推进生态清洁小流域建设，发展培育秭归脐橙、随县油茶等特色产业，先后建成蕲春龙泉庵、夷陵墩子河、

远安鹿苑河等国家级水土保持示范工程。

高效节水，精打细算用好水——

十年来，湖北坚持节水优先，全力实施国家节水行动，纵深推进节水型社会建设，全省 38 个县（市、区）被水利部命名为节水型社会建设达标县（区），县级行政区建成率达 35% 以上。

用水少了，效益高了。湖北万元地区生产总值用水量由 2012 年的 129 立方米降至 2022 年的 65 立方米，万元工业增加值用水量由 2012 年的 115 立方米降至 2022 年的 50 立方米。

清水润民心　乡村振兴注入"水"动能

小小一滴水，关乎大民生。

从"有水喝"到"喝好水"，湖北农村饮水安全工程实现从"面的覆盖"迈向"质的提升"，成为受益人口最多的民心工程。

湖北先后实施农村饮水安全工程、农村饮水安全巩固提升工程、农村安全饮水提标升级工程，总体实现现行标准下省域 4300 多万农村人口饮水安全全覆盖。

近年来，湖北加快推进农村饮水安全向农村供水保障转变，全力推进农村供水规模化发展。全省农村自来水普及率、规模化工程供水人口比例分别为 95.8%、81%。

"有收无收在于水"，水利为粮食连年丰收作出重要贡献。

灌排保障体系不断完善。"十四五"期间，湖北共有 10 处大型灌区、83 处中型灌区现代化改造与新（扩）建项目纳入全国"十四五"大型灌区续建配套与现代化改造实施方案。预计项目改造后，将新增恢复灌溉面积 222 万亩，改善灌溉面积 788 万亩，新增节水能力 10.62 亿立方米，新增粮食产量 6.1 亿千克。

工程管护水平不断提升。湖北出台省级农田水利工程建后管护的指导意见、监管指南，定期开展暗访抽查，建立完善的管护制度和省、市、县三级全覆盖的监管体系，小型农田水利工程的管护效果明显改善。目前，湖北农田灌溉水利用系数提升至 0.537，用水效率显著提高。

（刊载于《中国水利报》，2024 年 8 月 28 日 1 版）

治水兴赣　足音铿锵

□ 本报记者　朱燕红

3700 多条大小河流，襟三江而带五湖……水，是江西的发展之要。十年来，江西全面贯彻落实习近平总书记"节水优先、空间均衡、系统治理、两手发力"治水思路和关于治水的重要论述精神，奋勇当先，真抓实干，全力以赴推进江西水利高质量发展。

织密水网护佑江河安澜

赣南，江西首个山地丘陵地区大型灌区——梅江灌区，总干渠已具备通水条件，汩汩清泉沁润革命老区；鄱阳湖畔，长江中下游防洪体系重要组成部分康山蓄滞洪区安全建设工程分洪闸基础工程施工现场，机械轰鸣，施工人员向着 10 月底分洪闸具备挡水条件冲刺；赣东北，乐平水利枢纽开工即开跑，开挖基槽，平整土方，各项基础工作扎实推进……

十年来，江西水利投入持续增长，防洪安全、供水安全、生态安全保障体系基本完善。截至目前，全省已建成各类水利工程 160 余万座（处）。其中，堤防 1.3 万余千米、水库 1.06 万座、水电站 3704 座、大中型灌区 317 处、集中供水工程 1.45 万处。

江西坚持人民至上、生命至上，有序开展长江干流江西段崩岸应急治理、鄱湖安澜百姓安居工程建设，实施三年防汛能力提升工程，完成鄱阳湖区 99 座万亩圩堤加固整治，接续启动病险水库除险加固、蓄滞洪区安全建设、山塘整治等工作，不断健全全省综合防洪工程体系，成功应对 2014 年台风"麦德姆"、2020 年鄱阳湖流域超历史洪水等水旱灾害"非常态"挑战，实现大涝大旱之年无大灾。

十年来，江西从全局高度通盘优化水资源配置格局，有序推进一批水利工程建设。峡江水利枢纽、浯溪口水利枢纽、四方井水库、花桥水库等建成；廖坊灌区二期工程建成通水；袁惠渠、锦北、赣抚平原、白云山等大型灌区续建配套与现代化改造工程完工；鄱阳湖水利枢纽前期工作加快推进，梅江灌区、赣抚尾闾工程提速建设；全省农村自来水普及率达 90%，规模化供水工程覆盖农村人口比例达 77.2%。

当前，江西正抢抓国家首批省级水网先导区建设机遇，全力推进防洪排涝减灾、水资源配置和供水保障、水生态保护治理、数字孪生水网建设4类57个重大项目。其中，省级水网先导区建设37个项目已开工，20个项目前期工作正提速推进。

奏响河湖保护治理动人乐章

盛夏，鹰潭市龙虎山风景名胜区水上音乐会吸引众多游客；初秋，永修县白莲湖畔，碧水之上波光闪闪……这些青山绿水并非"天生丽质"。

改变，从系统治理开始。

十年来，江西始终坚持以水生态文明建设为统领，先后制定出台加快推进水生态文明建设的指导意见、水生态文明建设五年行动计划、推进新时代水生态文明建设五年行动计划等，以河湖长制为抓手打造水美乡村，综合推进水土流失治理，美丽中国"江西样板"呈现出新气象。

十年来，特色鲜明的河湖面貌在赣都大地生动呈现。江西全面建立省、市、县、乡、村5级河湖长组织体系，形成"党政齐抓、上下共管"的大格局，落实河湖长2.5万余人，累计开展巡河巡湖286万余人次，推动解决河湖问题4.4万余个；持续在全省范围内实施以"清洁河湖水质、清除河湖违建、清理违法行为"为重点的"清河行动"，纵深推进河湖库"清四乱"，长江干流及五河干流水质稳定保持在Ⅱ类；打造抚河流域生态治理、百里昌江、南昌赣江风光带等一批示范流域、河段，涌现出宜黄宜水、湘东萍水河等幸福河湖"江西样板"。

江西连续五年获评全国水土保持规划实施情况考核评估优秀等次，生态底色不断厚植。全省构建形成党委领导、政府主导、水利牵头、部门配合、社会参与的水土保持工作大格局，开展97条生态清洁小流域治理，打造赣州水土保持高质量发展先行区建设试点，探索出崩岗治理"赣南模式"和废弃矿山修复"寻乌经验"，培育和发展了一大批特色产业，助力3.65万名群众脱贫致富。

释放水利改革发展澎湃动能

8月，绿水青山环绕着希望的田野，抚州市宜黄县龙和村种粮大户万进良正给晚稻灌水。

"以前灌水，我要守在田里，生怕没水，有时半夜得去争水。自从搞了农业水价综合改革，只要打开闸门，水就流到田里，再也不用担心水的问题了。"万进良说。

在新余市西坑水库灌区，工作人员孔祥通过数字灌区App（应用程序）放水，水立即通过管道流向了田间，省时、精准、高效。

改革为江西水利发展注入澎湃动力。十年来，江西持续以强劲的势头，深挖改革潜力，谋求发展跃升。

持续推动水利投融资体制机制创新。江西在加大水利财政投入的同时，充分发挥市场机制作用，积极争取地方政府专项债券、政策性开发性金融工具支持，推进水利基础设施 PPP（政府和社会资本合作）运行模式，吸引大型水利企业参与项目建设。

稳步推动农业水价综合改革。江西探索建立"以县域为单元、以灌区为主体、以考核为抓手、以创新为动力"的农业水价综合改革路径，形成多个可复制、可推广的江西经验。截至 2023 年年底，全省 3055.935 万亩农田改革面积任务全面实施；截至 2024 年 6 月底，江西通过国家和省级交易平台累计完成水权交易 332 宗，交易水量 1.2 亿立方米。

探索科学高效的治水管水路径。江西加快构建数字孪生流域、数字孪生水网、数字孪生工程，6 项任务入选水利部数字孪生建设先行先试名单；大力推进现代化水库运行管理矩阵试点建设，开展小型水库安全监测能力提升试点建设，逐步提高水库运行管理信息化水平。

十年来，江西坚持不懈在创新中提升行业发展能力。持续加强水利科研创新平台建设，实施学科引路人计划及重大水利科技问题攻关和科技成果转化应用，聚力促进科普与科技创新协同发展。

十年回望，江西水利奋进足音铿锵。从"新"出发，江西水利前程壮阔。

（刊载于《中国水利报》，2024 年 8 月 31 日 1 版）

兴水为民　水润江淮

□　本报记者　王春夏　吴晓珺

安徽省地处南北地理分界线、南北气候过渡带，境内河流水系众多，降雨时空分布极不均衡，水旱灾害易发、频发，水患曾经是江淮儿女的心腹之患。

党的十八大以来，习近平总书记站在实现中华民族永续发展的战略高度，明确了"节水优先、空间均衡、系统治理、两手发力"治水思路，确立了国家"江河战略"。安徽省委、省政府深入学习贯彻习近平总书记重要讲话重要指示精神，统筹推进水旱灾害防御、水利工程建设、水资源节约保护、农村供水保障、河湖管理等工作，用全国占比 2.61% 的水资源量保障了全国占比 4.24% 人口的用水需求，为全省经济社会高质量发展提供了坚实的水利支撑，治水兴水的奋进乐章在江淮大地奏响。

第一乐章——江河安澜

2020 年汛期，长江、淮河、新安江、巢湖同期发生了罕见大洪水，安徽省上下众志成城，夺取了防汛抗洪的全面胜利——没有发生重大人员伤亡事件，重要堤防没有出现损毁，国家重要基础设施没有受到冲击，经济社会发展重点工作没有受到影响。

江淮何以安澜？

2012 年，长江支流青弋江分洪道工程开工，总投资 28 亿元；2013 年，进一步治淮项目淮河干流蚌埠至浮山段行洪区工程开工，总投资 56 亿元；2016 年，重大引调水项目引江济淮工程开工，安徽段工程总投资 875 亿元……水利工程项目投资纪录不断刷新！

安徽省委、省政府谋划实施"双十双千亿"工程，迈出治水新步伐。长江华阳河蓄滞洪区，长江马鞍山河段、芜湖河段、安庆河段整治，淮河流域重要行蓄洪区，巢湖十八联圩生态湿地蓄洪区，淮河干流王家坝至临淮岗段、正阳关至峡山口段行洪区调整等一大批工程陆续开工建设。

截至目前，安徽省累计建成 5 级以上堤防 1.8 万千米、水库 5300 多座、泵站 2 万多座、规模以上水闸 4200 多座，防洪减灾体系逐步完善，江淮安澜的梦想照进现实。

第二乐章——水网贯通

2024年5—6月，引江济淮工程两次实施跨区域调水，累计调水约2.2亿立方米入淮河，有效保障了城乡供水安全和夏种关键期灌溉用水。

引江济淮工程作为国家水网主骨架和大动脉的重要组成部分，惠及5100多万人，改善灌溉面积1800万亩。长江水从凤凰颈枢纽和枞阳枢纽出发，流经巢湖、翻越江淮分水岭后进入淮河，四路北上至皖北及豫东地区。工程贯通菜子湖、巢湖、瓦埠湖三大湖泊和淮北平原骨干水系，盘活了新老水源，激活了新老水系，是改变全省水资源配置格局、守住用水安全底线的战略性工程。

引江济淮工程也是水利与水运深度融合、借水行舟的典范，形成了平行于京杭大运河的我国第二条南北水运通道，并与京杭大运河组成我国第一个"井"字形高等级内河航道网络，贯通南北，连接东西，辐射四方。

在蓄水工程方面，下浒山、月潭、江巷等大型水库，粮长门、扬溪源等中型水库陆续建成。安徽还对2座大型水库、28座中型水库、2300多座小型水库进行除险加固。全省水库总库容超200亿立方米。

汩汩清泉润民心。安徽实施皖北地区群众喝上引调水工程，目前已实现第一批13个县（区）地下水水源替换的阶段性目标。全省建成农村集中供水工程7100余处，惠及5000多万人，农村自来水普及率达97%。

2022年，安徽淮河以南地区发生了50年一遇的特大干旱，通过蓄、引、提、调科学调度，全省水利工程向城乡居民和农业灌溉供水约209亿立方米，实现了大旱之年粮食丰产，保障了城乡供水安全。

第三乐章——水佑粮丰

2023年8月19日，淠史杭工程迎来开工65周年纪念日。

从1958年起，历经14个春秋的奋战，依托大别山水库群，安徽建成新中国成立后建设的全国最大灌区——淠史杭灌区，有效灌溉面积达1060万亩。

如今，淠史杭灌区以不到全省1/7的耕地，贡献了全省1/5的粮食，使昔日贫瘠之地变成了全省乃至全国的重要粮仓。同时保障了全省1/3以上地区生产总值的用水需求。

2012—2020年，安徽（包括淠史杭灌区在内）实施了7处大型灌区、119处中型灌区续建配套与节水改造项目，累计新增、恢复和改善灌溉面积2000万亩。"十四五"期间，安徽再投资50亿元，接续实施7处大型灌区、93处中型灌区续建配套与现代化改造。

安徽积极依托重要水源工程新建大中型灌区，开工建设港口湾水库灌区工程，设计灌溉面积52万亩；建设怀洪新河灌区工程，设计灌溉面积343万亩，可年增粮食产量近10亿斤。

目前，安徽拥有灌溉面积30万亩以上的大型灌区11处，合计灌溉面积1991万亩；灌溉面积1万～30万亩的中型灌区462处，合计灌溉面积1833万亩。大中型灌区覆盖了全省46%的耕地面积、70%的水田面积，全省有效灌溉面积达6913万亩，农田灌溉水利用系数达0.53，为江淮粮仓增产增收、保障粮食安全提供了重要"水支撑"。

第四乐章——水清岸绿

安徽深入贯彻落实习近平生态文明思想，加快推进水生态修复与保护，建设水清岸绿景美的生态画廊。

河湖长制推动河湖长治。安徽省共设立省、市、县、乡、村五级河湖长5.29万名，覆盖全省江河湖泊，推动系统护水管水。目前，安徽已建成新安江、明湖等一批富有徽风皖韵的幸福河湖。

水生态空间管控日益规范。安徽完成1000平方千米以上河流、常年水面面积1平方千米以上湖泊管理范围划界，以及国家重要饮用水水源地保护区等空间划定。全面开展跨市河流水量分配，全力推动生态流量管控工作。

水生态修复与保护方兴未艾。安徽深入开展水环境综合治理、水系连通及水美乡村、水生态文明城市等试点建设。加强河湖管护，深入推进"清四乱"常态化、规范化，着力推进河道采砂综合整治。河湖面貌明显改善，水生态环境持续向好。

党的十八大以来，安徽新增水土流失治理面积6202平方千米，全域水土流失面积、强度实现"双下降"，水土保持率达到91.6%。

当前，安徽正处于厚积薄发、动能强劲、大有可为的上升期、关键期。在全面建设现代化美好安徽的新征程中，水安全保障至关重要。安徽将进一步锚定水利现代化建设目标，扎实做好水安全有力保障、水资源高效利用、水生态明显改善、水环境有效治理等各项工作，集中力量抓好办成一批群众可感可及的水利实事，推动安徽水利高质量发展走在前列。

（刊载于《中国水利报》，2024年9月25日1版）

绘就治水兴湘新画卷

□ 本报记者 翟文峰 王 琳 通讯员 奉永成

治水是一道"必答题"。近年来，湖南以习近平总书记"节水优先、空间均衡、系统治理、两手发力"治水思路为引领，推动全省水利事业实现跨越式发展。治水惠民，一幅人水和谐的新画卷正在三湘大地徐徐铺展……

节水优先，用好用活水资源

2023 年 9 月，在北京举行的第 18 届世界水资源大会上，湖南亮出的"节水账"得到与会专家、代表的点赞。

湖南落实全面节约战略，出台节约用水激励政策，建立全省用水定额体系和节水型灌区、公共机构、医院、节水型企业、园区等评价标准，形成"点、线、面"相结合的节约用水格局。

湖南将节约用水工作纳入省政府真抓实干督查激励，实施最严格水资源管理制度考核。全省按流域完成主要流域、主要一级支流水量分配工作，按区域将"十四五"用水总量和用水效率指标分解到省、市、县三级，明确流域区域水资源开发利用上限。

衡阳、常德、益阳、郴州成功创建国家节水型城市，55 个县（市、区）建成县域节水型社会达标县。全省万元地区生产总值用水量、万元工业增加值用水量较 10 年前分别下降 49.8%、57.2%，农田灌溉水利用系数从 0.487 提高到 0.56。

空间均衡，以水定需构建现代水网

湖南水资源丰富，但时空分布极不均匀。在时间分布上，一年中，湖南汛期降雨占全年的 70% 以上；在空间分布上，东南山区降水偏多，中部丘陵区及北部洞庭湖区降水偏少。

湖南按照"以水定城、以水定地、以水定人、以水定产"原则，构建现代水网，推进水资源空间均衡发展。2014 年以来，全省累计投入资金超 3533 亿元，构建"四纵三横、一圈两带"现代水网。水利工程供水能力从 2014 年的 292.66 亿立方米提高

到 2023 年的 528.7 亿立方米，现代水网主骨架大动脉已具雏形。

在"大动脉"带动下，灌区"中枢血管"和直达田间地头"毛细血管"更畅通。湖南对 207 处大中型灌区实行配套改造和现代化改造，累计增加有效灌溉面积 433 万亩，水资源优化配置能力进一步增强。2023 年，湖南 6 部门联合发文，开展小型农业水利设施建设和管护三年行动，为助力乡村振兴和新一轮千亿斤粮食产能提升提供"水保障"。

系统治理，人水和谐万象新

2018 年 4 月 25 日，习近平总书记考察岳阳市君山华龙码头，嘱托湖南"守护好一江碧水"。

湖南坚持"一江一湖四水"系统联治，深入推进山水林田湖草沙一体化保护和系统治理。

湖南建立省、市、县、乡、村五级河长体系，实现"从区域到流域、从大江到小河"所有河湖全覆盖。一大批河湖顽疾得到整治，越来越多的河湖成为造福人民的幸福河湖，湖南河湖长制工作连续四年获得国务院真抓实干督查激励。

治水理念大跃升，江湖万里水云阔。湖南水环境质量大幅改善，全省国考断面水质优良率提升至 98.6%，"水美湘村·移民美丽家园"美不胜收，水土保持质效提升，水电绿色发展成色十足。

护江河安澜、保旱涝无虞是湖湘儿女最大的期盼。湖南全面落实"两个坚持、三个转变"防灾减灾救灾新理念，强化"四预"措施，贯通"四情"防御，牢牢守住水旱灾害防御底线。近 10 年，累计除险加固病险水库 9567 座，完成涔天河水库扩建、黄盖湖防洪治理等工程，统筹推进灌区、涝区、中小河流、山洪灾害防治等工程建设。

两手发力，深化改革兴水利

2023 年，"湖南水权交易大厅"平台正式上线，全年交易水量 1308 万立方米。长沙县桐仁桥灌区结算回购节余灌溉用水权 664 万立方米，实现了政府、供水单位和农户"多赢"。

湖南坚持政府和市场两手发力，大力推进水利改革，激活"一江一湖四水"。

以"政府之手"促发展。全省水利系统把准定位，在履行好水行政管理职能的同时，优化涉水政务服务事项审批流程，政务服务事项时限再压缩、审批大提速。全面加强水利法治建设，《湖南省水利工程管理条例》《湖南省湘江保护条例》《湖南省河道采砂管理条例》等相继出台，为水治理搭建起"四梁八柱"。

以"市场之手"添活力。湖南充分发挥市场在资源配置中的决定性作用，全省水权水市场、投融资等重点领域改革向"深水区"挺进。当地通过扩大专项债券、金融信贷和社会资本，吸引更多市场主体投入水利项目建设，财政资金、金融信贷、社会资本共同发力的水利投融资格局初步形成。

三湘大地因水而灵动，一江碧水浩荡奔涌新征程。

（刊载于《中国水利报》，2024年9月28日1版）

十年治水兴水　绘就汉江新卷

□ 本报通讯员　代　敏　记者　李　聪　罗崇书　欧阳丽娜

大江奔腾，风华正茂。

十年前，习近平总书记提出了"节水优先、空间均衡、系统治理、两手发力"治水思路，把水安全上升为国家战略。十年来，作为丹江口水利枢纽工程的运行管理单位，汉江水利水电（集团）有限责任公司坚持以治水思路为根本遵循，致力于流域水旱灾害防御和综合治理开发，确保南水北调中线一泓清水永续北送，在推进中国式现代化新征程上绘就汉江新画卷。

节水优先　全力推进节水行动

汉江集团公司始终将节水放在优先位置，全方位构建上下贯通、一体推进的节水格局，十年来实现了节水建设、管理、宣传"全覆盖"。

汉江集团公司严格执行水利部年度水量调度计划，实施汉江流域水工程联合调度，最大限度提高水资源利用效率。全面开展工业水效提升建设，强化水资源节约集约利用，集团所属制造业企业用水效率显著提升，万元工业增加值用水量明显下降。同时，加强顶层设计，"节水机关建设＋节水单位建设"两步走、齐发力，汉江集团公司在 2021 年完成节水机关建设的基础上，2022 年全部完成集团所属单位节水型单位建设工作并通过验收。

汉江集团公司加大节水宣传教育，营造节水氛围。深入库区周边的县市区、村镇、学校，扎实推进水法规普法宣传；以"世界水日""中国水周"等为契机，持续推进节水进机关、进企业、进社区，营造浓厚节水氛围。

空间均衡　优化资源配置格局

南水北调工程是优化我国水资源配置、保障国家水安全的重大战略性基础设施。作为南水北调中线一期工程水源地，十年来，丹江口水库为实现水资源的空间均衡贡献了重要力量。

在做好水库工程水旱灾害防御工作的同时，汉江集团公司主动谋划、科学利用洪水资源实施汛末提前蓄水，2021年、2023年，丹江口水库两次蓄水至170米正常蓄水位，为确保南水北调中线工程和汉江中下游供水安全奠定了坚实基础。

汉江集团公司始终科学精细做好流域水资源分配工作，不断优化水资源配置，保证供水安全。自南水北调中线一期工程正式通水以来，丹江口水库已向北方安全优质供水超624亿立方米，直接受益人口超1.08亿人，丹江口水库的水已成为北方受水区的主力水源。

系统治理　筑牢绿色生态屏障

十年来，汉江集团公司以系统观念统筹推进生态环境保护，为高质量发展筑牢绿色屏障。

汉江集团公司携手中线水源公司连续多年开展增殖放流活动，积极配合水利部长江水利委员会开展汉江中下游梯级联合生态调度，改善鱼类繁殖环境；连续5年成功实施丹江口—王甫洲生态调度试验，促进了汉江水域生态功能的持续改善。

汉江集团公司持续提升运管水平，加大安全监测与巡查力度，全面完成所属水库工程白蚁隐患普查，常态化开展白蚁防治，维护水库大坝安全与库岸稳定；通过开展水库工程标准化管理建设，水库工程运行管理水平显著提升；积极履行对库区水域、岸线及陆域涉水空间的监管职责，保护库区绿水青山。

十年来，汉江集团公司大力发展清洁能源，以水电为主，致力于汉江流域水能资源梯级开发，为国家经济社会绿色发展提供了强劲动能；投资新建的潘口抽水蓄能电站项目等一批绿色低碳项目相继落地并加快推进，为发展新质生产力蓄势赋能。

两手发力　充分发挥国企优势

十年来，汉江集团公司充分发挥国有企业在推动水利高质量发展中的重要作用，为新时代治水兴水注入了"汉江"活力。

汉江集团公司科学研究、统筹规划更为顺畅高效的丹江口水库运行管理体制机制，努力实现水库综合效益最大化；积极配合水利部、长江委实施丹江口水库水流产权确权试点，探索建立归属清晰、权责明确、监管有效的水流产权制度；与中线水源公司、库区地方政府等协同联动，开展库区管理与保护，建立健全库区齐抓共管长效机制，水事秩序持续向好。

近年来，汉江集团公司深入研究水利基础设施建设投融资政策，探索开展水利基础设施投资信托基金工作，助推水利基础设施建设。

顺应数字化发展浪潮，汉江集团公司数字化转型工作也取得积极成效，"智

慧汉江"建设加快推进。由汉江集团公司承担的数字孪生汉江先行先试任务已圆满完成，并在 2023 年汉江流域秋汛防御中首次应用，为枢纽安全稳定运行提供了科技保障。

华章已启，共赴新程。展望未来，汉江集团公司将持续践行"节水优先、空间均衡、系统治理、两手发力"治水思路，切实维护好丹江口工程"三个安全"，为保障国家水安全贡献"汉江力量"。

（刊载于《中国水利报》，2024 年 10 月 12 日 2 版）

矢志不渝守护蜀水安澜

□ 本报通讯员 杨雅莎

2014 年 3 月 14 日，习近平总书记在中央财经领导小组第五次会议上就保障国家水安全发表重要讲话，提出"节水优先、空间均衡、系统治理、两手发力"治水思路，为系统解决我国新老水问题、保障国家水安全提供了根本遵循和行动指南。

十年来，在习近平总书记领航掌舵和治水思路的科学指引下，四川解决了许多长期想解决而没有解决的水利难题，办成了许多事关战略全局、事关长远发展、事关人民福祉的水利大事要事。伴随着老百姓的日子越来越美、生活越来越安逸，四川现代水网体系加速构建，掀起了"大兴水利、大办水利、办大水利"的高潮热潮。

改革向纵深推进　大型灌区发展水平持续提升

大型灌区是四川省粮食产量的重要"战场"，也是经济社会高质量发展的重要支撑。近年来，伴随"六化"（一体化、信息化、标准化、规范化、企业化、半军事化）建设的深入推进，作为四川省 6 个省直大型灌区之一的武引灌区，软硬件条件显著改善。

特别是 2023 年以来，武引灌区"事企分开"关键一步基本完成，"智慧武引"建设扎实推进，武都水库标准化管理顺利通过省级验收和水利部专家组现场评价……随着一系列改革落地见效，一个现代化大型灌区正阔步走来。

与此同时，挂牌运行后的四川省升钟水利工程运管中心和四川省青衣江乐山灌区运管中心全面落实大型灌区一体化管理改革要求，着力推进"六化"建设任务，灌区工程承载能力、供水保障能力、经济发展能力和管理规范水平不断提升。

针对大型灌区下放管理体制的突出矛盾，四川省水利厅按照"省牵头、市参与、一体化、增质效"原则，收回武都、黑龙滩等六大灌区，优化龙泉山灌区，收管向家坝和亭子口两大在建工程，全面完成 9 个大型灌区一体化管理改革。如今，四川大型灌区面貌焕然一新。

都江堰灌区建成信息化设施 3000 余处，都江堰数字孪生"智水"方案入选四川数实融合创新实践优秀案例，灌区创建成为国家级标准化管理灌区。

截至目前，四川大型灌区共落实续建配套与现代化改造项目资金 40 余亿元，争取国债资金约 18 亿元，通过"两手发力"落地资金 21.27 亿元。

"一体化"攥指成拳，"六化"纵深发力。通过深化改革，2023 年，四川 6 个省直大型灌区有效灌溉面积近 2000 万亩，占全省灌溉面积的 43%；供水人口 3400 万人，占全省总人口的 41%；年供水量 100 亿立方米，占全省供水量的 38%。作为四川现代水网主骨架、大动脉，大型灌区对地方经济社会高质量发展的支撑保障作用显著增强。

体制机制创新取得突破 农村供水能力整体跃升

2023 年春节前夕，绵阳市梓潼县许州镇甘滋村、牛蹄山村等 8 个村的 3400 余名村民喝上了许州水厂的自来水。新建成的许州水厂是当地着力打通农村供水"最后一公里"的代表性工程。2021 年，梓潼县入选四川省首批乡村水务试点县（市、区）名单。截至目前，梓潼县农村集中供水户达 8.8 万户，自然村通水率达 85%，水质达标率达 100%。

四川省水利厅近年来巩固拓展脱贫攻坚成果同乡村振兴有效衔接，深入开展乡村水务百县建设行动，3 批 66 个示范县累计落实资金 227 亿元，新建集中供水工程 493 处、规模化供水工程 260 处，改善 1370 万人生活用水条件，农村供水规模化率达 67%。

"通过试点建设，全省农村供水能力实现整体跃升。"四川省水利厅相关负责人介绍，在 2022 年夏天遭遇极端高温干旱天气情况下，首批试点县（市、区）的规模化供水工程保持了高效运转，成为保障农村饮水安全的"顶梁柱"。

想要确保供水工程持续运行，既要解决好"有人管"的问题，也要回答好"钱从哪里来"的问题。泸州市泸县作为首批乡村水务试点县（市、区），创新采取"政府投入 + 银行融资 + 企业自筹"的多元化投入方式，充分发挥国有水务平台公司在乡村水务投融资中的核心作用，仅在 2021 年，就融资贷款 5.5 亿元用于全县共饮长江水项目建设。

目前，四川省初步构建起县级主体、省市支持、企业平台、多方筹资、共同发力的推进机制，全面建立以地方行政首长负责制为核心的农村供水保障"三个责任"体系，22 个试点县（市、区）建起乡村水务公司，全省农村供水保障水平在政府和市场"两只手"的协同推动下持续提升。

严控用水总量　重点领域节水成效显著

十年来，四川省地区生产总值实现翻番，用水总量仅增加约 14 亿立方米。"四川通过节水达到控制用水总量目的，节水成效显著。"四川省节约用水办公室相关负责人介绍。

用水总量大体稳定，得益于重点领域用水量的大幅下降。2023 年，四川省万元地区生产总值用水量和万元工业增加值用水量相比"十三五"末分别下降 14%、20%，特别是农业和工业等重点领域节水成效明显。

根据四川省 2024 年节约用水工作要点，在农业领域，2024 年四川大中型灌区渠首和干支渠口门将基本实现取水计量；在工业领域，国家、省、市三级重点监控用水单位名录中的高耗水行业将 100% 建成节水型企业，规模以上工业水重复利用率将达 93%。

"多年来，我们通过强化水资源刚性约束，推进农业节水增效、工业节水减排、城镇节水降损等。现在，四川用水方式已由粗放向节约集约转变。"四川省水利厅相关负责人表示。

创新水利投、建、管、运一体化机制；创新水利工程建设"全过程、全方位"大质量管理；创新推进新时代县域城乡水务一体化；创新大型灌区一体化管理；创新流域调度一体化机制……十年来，四川水利人在防汛抗旱、城乡供水、农业灌溉、水生态保护等方面持续发力，为全省经济社会高质量发展、城乡融合发展、生态文明建设作出积极贡献。

回望过去，沧桑巨变；展望未来，信心满怀。四川水利将以更加坚实有力的步伐，在新征程上奋力谱写中国式现代化四川新篇章。

（刊载于《中国水利报》，2024 年 10 月 23 日 1 版）

河湖复苏　生机重现

□ 本报记者　吕　培

十年河湖换新颜，万顷碧波绘新卷。2014年3月14日，习近平总书记就保障国家水安全发表重要讲话，提出"节水优先、空间均衡、系统治理、两手发力"治水思路。十年来，河北省水利部门深入践行治水思路，统筹推进上中下游、山上山下、地表地下整体治理，让河流恢复生命，流域重现生机，水生态环境实现根本性改善。

以河为基，全面落实河湖长制

"戴河古城村拦截网处拦截了一些漂流下来的枯枝萎叶，你们抓紧来打捞一下。"近日，秦皇岛市北戴河区戴河古城村段村级河长秦宝军巡河时发现问题，随即联系工作人员处理。

河北省以河湖长制为抓手，依法管控水域空间，严格保护水资源。2018年以来，河北构建了省、市、县、乡、村五级河湖长体系，全省共设立河湖长4.6万余名，累计巡河巡湖2108万余次。不少市（县）还设立了督查长、民间河长、企业河长、巡河护河员等，河湖保护队伍不断壮大。

卫星遥感监测、视频监控、现场检查、信息平台监管……河北建立完善的督查体系，对问题集中河段倒查河长履职，并将河湖长制考核纳入地方党政领导班子考核指标体系。河北省河湖长制工作推进力度大、成效明显，连续两年获国务院督查激励。

2024年年初，河北省委书记、省级总河湖长倪岳峰，省长、省级总河湖长王正谱共同签发2024年第1号总河湖长令，要求各地纵深推进河湖库"四乱"清理整治。2018年以来，河北省聚焦河湖突出问题，铁腕整治"四乱"顽疾，共排查整治河湖"四乱"问题4.8万余个，实现了清存量、遏增量、动态清零；严厉打击非法采砂，推广利用河道砂石资源开采权换取河道治理模式；清理整治生态补水河道，疏浚河槽5200余千米。

以水为脉，全面实施生态补水

滹沱河被誉为石家庄的"母亲河"。自20世纪70年代以来，滹沱河常年断流，植被稀少，砂坑遍布，生态环境日渐脆弱。得益于生态补水，滹沱河重现"一鞭晓色渡滹沱，芳草茸茸漫碧波"的生态美景，为石家庄构筑拥河发展经济带提供了生态支撑。

2018年以来，河北省水利厅千方百计调配水源实施生态补水，一批重点河湖恢复生命、重现生机。

永定河于2021年实现时隔25年的全线通水，成为京津冀协同发展的标志性成果；京杭大运河于2022年实现近一个世纪以来首次全线通水，其中河北境内补水河长占黄河以北补水总河长的53%；白洋淀2018—2023年累计补水入淀55.37亿立方米，水质提升到Ⅲ类，进入全国良好湖泊行列。

以山为源，全面加强水土保持

水土保持是江河保护治理的根本措施，是生态文明建设的必然要求。2014年以来，河北省坚持预防为主、保护优先，科学推进水土流失综合治理、严格水土保持监管，不断筑牢水安全水生态屏障，取得明显成效。

以雄安新区上游、燕山—太行山贫困地区以及坡耕地相对集中区域为重点，河北十年来投入省级以上水土保持建设资金45.41亿元，统筹相关部门资金和社会资本，新增水土流失治理面积2.22万平方千米，项目区水土流失治理度70%以上，减沙70%以上，坡耕地生产能力提高两成以上。监测数据显示，2023年全省水土流失面积3.88万平方千米，较2011年减少17.7%，中度以上侵蚀面积减少93.3%，实现清水下山、净水入河。

以地为库，全面治理地下水超采

在邢台市经济开发区东汪镇沟头泉，300亩天然湖泊浮光跃金，湖东侧游园里草木葱茏，游人络绎不绝。

邢台素有百泉之称，曾被誉为"鱼米小江南"。然而，20世纪80年代，随着城市生活和工业用水增加，邢台地下水超采导致泉群干涸。河北省大力推进地下水超采综合治理，如今，邢台市地下水水位持续回升，重现"水涌百穴，甘露争溢"

美景。

地下水是看不见的大水库，是保障可持续发展的战略水源储备。2014 年，国家在河北省启动地下水超采综合治理试点。十年来，河北省通过"节引调补蓄管"综合施策，地下水开采量减少了 47.2%，占总用水量的比例由 73.7% 下降至 40.2%，基本实现了采补平衡，地下水水位实现了止跌回升的历史性转折。

数据显示，2023 年年底，河北省超采区深、浅层地下水水位较 2019 年同期相比，分别回升 9.67 米、3.72 米，有力提高了水资源水环境承载能力。

（刊载于《中国水利报》，2024 年 10 月 25 日 2 版）

小浪底：以实际行动践行"国之重器"使命担当

□ 本报记者 叶子洁 通讯员 陶 健 王鹏程

十年春华秋实，砥砺奋进。10 年来，水利部小浪底水利枢纽管理中心坚持以习近平总书记"节水优先、空间均衡、系统治理、两手发力"治水思路和关于治水的重要论述精神为引领，锚定新阶段水利高质量发展六条实施路径，以实际行动践行"国之重器"使命担当，有力服务黄河流域生态保护和高质量发展。

坚决守卫黄河安澜

小浪底水利枢纽是黄河中下游的关键控制性工程。"我们深知，管好'国之重器'，守卫黄河安澜，是党和人民赋予我们最重要的使命。"小浪底管理中心党委书记、主任孙长安说。

2021 年，黄河中下游发生历史罕见秋汛，3 场编号洪水前后叠加，小浪底水库水位达到历史最高水位 273.5 米。面对严峻汛情，小浪底管理中心严格执行黄河防总调度指令，下足"绣花功夫"，精细运行调度枢纽，共拦蓄、调节洪水 33.4 亿立方米，削峰率 57%，成功避免了下游滩区 140 万人转移和 399 万亩耕地受淹。

这场秋汛防御战的胜利，是小浪底人牢记嘱托、勇担使命的一个缩影。10 年来，小浪底管理中心始终心怀"国之大者"，以实际行动践行"人民至上、生命至上"的理念。

精细化做好枢纽维护，确保关键时刻用得好、顶得住；持续提升防汛队伍能力，确保汛情面前拉得出、打得赢；完善防汛制度机制，确保应急处置责任明、效率高……面对一次次汛期"大考"，小浪底人的信心更强、底气更足，枢纽连续 24 年实现安全度汛。

10 年来，小浪底管理中心持续加强与上游水库协同联动，科学实施调水调沙，使下游河道主河槽平均下切 1.5 ～ 2.0 米，最大过洪能力从不足 1800 立方米每秒增大到 5000 立方米每秒，千年来"善淤、善决、善徙"的治黄难题得以破解，人民群众生命财产安全得到更有力的保障。

数字赋能高质量发展

2023 年 6 月 20 日，水利部在小浪底水利枢纽管理区召开数字孪生水利建设现场会。在观摩环节，小浪底管理中心工作人员熟练点击鼠标，一场在 2021 年黄河秋汛基础上量级放大 10% 的洪水，即刻在"数字空间"生成。利用数字孪生小浪底系统，工作人员现场进行防洪形势分析、水库调度计算、库区淹没预演和大坝安全综合研判等，快速生成相关预案。

"10 年前，这样的推演模拟几乎是无法完成的。"数字孪生小浪底实施工作组成员崔培介绍，"通过数字孪生系统，水利枢纽运行管理有了更加前瞻性、科学性、精准性、安全性的决策支持。"

作为数字孪生水利工程先行先试首批试点单位，小浪底管理中心持续强化数字孪生小浪底算据、算法、算力建设，全面完成先行先试任务，组建数字孪生集控中心，率先推动防汛调度、枢纽安全、泥沙冲淤等数字孪生小浪底成果应用于大型水利枢纽运行管理。

以数字孪生水利为代表的新技术、新手段、新方法在小浪底持续实践，为枢纽运行管理持续提升精准化、信息化、现代化水平赋予了更多可能——

成立大坝安全监测中心，深化双频测深仪、多波束测深设备等先进技术应用，安全自动化监测体系建设持续加强；大力推进"安全监管+信息化"，持续加强"六项机制""双控"体系建设，坚定不移统筹发展和安全；有序推进现代化水库运行管理矩阵试点建设和测雨雷达建设，小浪底和西霞院水利枢纽顺利通过水利工程标准化管理现场评价……

以"智水"赋能"治水"。10 年来，小浪底管理中心以数字孪生水利建设为先导，持续提升枢纽数字化、信息化、智能化运行管理水平，努力为新阶段水利高质量发展提供更有力的支撑。

全力守好一库碧水

小浪底水利枢纽库区总面积 278 平方千米，涉及河南、山西 2 省 8 个县（市、区）29 个乡（镇）。

"10 年前，库区曾存在大量网箱、围网和拦河网养鱼等情况，'四乱'问题时有发生。"谈起变化，小浪底库区管理中心工作人员张建峰感受颇深，"如今，库区水质更加清澈，行洪安全也更有保障。"

10 年来，小浪底管理中心多措并举，持续强化库区保护与治理，维护库区水事秩序，全力保障水库防汛和正常蓄水运用安全。

法治"守护"。深入贯彻落实《中华人民共和国黄河保护法》，充分发挥河长制平台作用，持续加大库区监督执法力度，促进法律制度优势转化为库区治理效能。

科技"智护"。打造卫星遥感、无人机巡查与现场巡查相结合的"空天地湖"一体化库区动态监控体系，将传统人工巡查模式升级为"点穴式"精准执法。

协作"共护"。健全完善跨区域联动、跨部门联合、与刑事司法衔接、与检察公益诉讼协作水行政执法四项机制，协同推动"清四乱"专项行动，完成69个"四乱"突出问题集中清理整治并建立长效机制。

10年来，在小浪底人的全力守护下，库区安全稳定运行，山清水秀、河畅岸绿的黄河生态画卷铺展开来。

绘就绿水青山新画卷

蓝天白云下，小浪底水利枢纽管理区鸟鸣阵阵，一片生机盎然。

"这是开工建设前小浪底周边光秃秃的山头。"从事小浪底生态与环境工程工作的高级工程师段文生指着一张老照片介绍，"现在的小浪底，植被葱绿，黄河湛蓝。"

水土保持是江河保护治理的根本措施，是生态文明建设的必然要求。作为全国绿化模范单位、国土绿化突出贡献单位，10年来，小浪底管理中心坚定践行绿水青山就是金山银山的理念，大力推进水土保持工作。坚持开展植树造林生态涵养，优化种植150万株乔灌木，总体林草覆盖率近60%，水土保持控制率近100%。统筹做好小浪底坝后保护区、翠绿湖等生态保护系统建设，200多种野生鸟类在此"安家"，人与自然和谐共生的"交响曲"在黄河沿岸奏响。

十年耕耘不辍，小浪底管理中心先后入选河南省首批"美丽河湖优秀案例"和"国家水利风景区高质量发展典型案例"。

星光不问赶路人，江河眷顾奋楫者。展望未来，小浪底管理中心将始终贯彻习近平总书记"节水优先、空间均衡、系统治理、两手发力"治水思路和关于治水的重要论述精神，在新时代新征程上，奋力书写新阶段水利高质量发展的小浪底篇章。

（刊载于《中国水利报》，2024年10月26日1版）

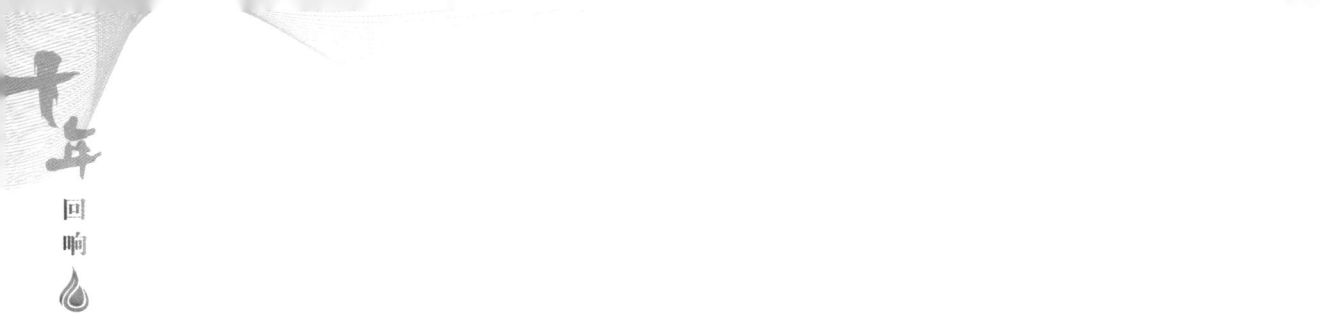

八桂兴水步伐铿锵

□ 本报记者　骆远柱

十年兴水步伐铿锵，水润八桂碧韵悠长。

十年来，在习近平总书记"节水优先、空间均衡、系统治理、两手发力"治水思路的科学指引下，广西壮族自治区水利系统攻难点、破梗阻，办成了许多事关长远发展、事关人民福祉的治水大事要事，推动水资源保障坚强有力，应对旱涝灾害更显从容，让河湖换了新颜，山川添了秀色，以水为笔描绘了一幅新时代治水兴水的宏阔画卷。

护佑江河安澜更有底气

十年来，广西水利部门扛牢防汛天职，打好"工程牌"，运用"组合拳"，坚决守护江河安澜，护佑百姓安宁。

这十年，广西结合区情水情，不断完善流域防洪工程体系，成功抵御了 125 次洪涝灾害，有效应对了 17 次干旱灾害，拦蓄洪量 238 亿立方米，累计减少受灾人口 824 万人，减淹耕地 75.8 万公顷，防洪减灾效益达 192 亿元，抗旱效益累计 49 亿元，水旱灾害防御工作取得显著成效，最大限度保障了人民群众生命财产安全。

一组组数据，见证了广西防汛的"硬实力"。"软实力"发挥的作用同样不容小觑。

十年来，广西建立了以山洪灾害预报预警、防汛抗旱态势分析、水库群联合调度为主的系统平台，实现对卫星云图、气象雷达、实时降雨、预报降雨、江河水情和旱情的实时监控。

目前，广西已在山洪危险区和山洪影响区水库设置近 1 万个自动雨量、水位监测站，形成了山洪灾害风险预警、预报预警、气象预警、监测预警、态势预警"五预警"体系；实现自治区、市、县、乡、村五级水情预警信息服务全覆盖；中小河流预警预见期平均延长 5 小时，大江大河预警预见期平均延长 11 小时，护佑江河安澜有了更多底气。

密织江河水网更有动能

初冬，八桂大地上，高筑的水坝、挺立的塔吊、轰鸣的机器、忙碌的建设者，一幅热火朝天的治水兴水场面。

2023 年，总投资约 280 亿元的环北部湾广西水资源配置工程开工建设。作为国家水网骨干工程，环北部湾广西水资源配置工程是广西投资最大、受益人口最多、综合效益最显著的水资源配置工程，对服务"一带一路"、粤港澳大湾区、西部陆海新通道等国家战略实施，筑牢我国南方生态安全屏障具有重大意义。

当前，环北部湾广西水资源配置、驮英水库及灌区、大藤峡水利枢纽灌区、龙云灌区、下六甲灌区等重大工程建设如火如荼，一张张施工图正化作实景图，"两横八纵、六河连通"的广西水网主骨架加速构建。

十年来，广西水利建设项目落实中央资金约 532 亿元，吸纳就业人数超 26 万人，其中吸纳农村劳动力人数超 19 万人。2023 年，广西落实全口径水利建设投资 369.9 亿元，完成投资 306.5 亿元，创历史新高。

2022 年，广西入选全国第一批省级水网先导区，也是西部地区唯一入选省份。2024 年，广西印发《广西水网建设总体方案（2023—2035 年）》《广西水网先导区建设方案（2023—2027 年）》，进一步推动广西水网建设高质量发展。

润泽万亩良田更有保障

舒水脉，浇良田。广西全盘布局，科学规划，做足水文章，助力乡村振兴。

2022 年 6 月，总投资 80 亿元的大藤峡水利枢纽灌区工程开工建设；同年 8 月，总投资 52.78 亿元的玉林市龙云灌区工程开工建设……十年来，广西下达投资 35.75 亿元，相继实施了 11 个大型灌区和 70 个中型灌区续建配套与现代化改造项目。

围绕自治区六大农业主产区，广西重点打造桂中盆地、南流江三角洲、浔郁平原、右江河谷、桂北、桂西南 6 个区域灌溉网。同时，在水网先导区实施期内建设龙江河谷灌区、黑水河现代灌区、屏山水库及灌区等大型灌区，推进左江沿边灌区、右江沿边灌区、浔江南岸灌区等一批大型灌区前期工作，夯实粮食及糖料蔗等主要农产品生产安全基础。2023 年年底，全自治区农田灌溉水利用系数达 0.525，比 2011 年提高了 23.8%，累计开展农业水价综合改革面积 2001.35 万亩。

今天的广西，条条渠道护绿田，座座水库映蓝天，汩汩清泉进万家，为巩固拓展脱贫攻坚成果同乡村振兴有效衔接注入源源动力。

厚植民生福祉更有担当

拧开自来水龙头,舒舒服服洗把脸,隆安县都结乡陇选村村民李日良感慨良多:"现在一拧开水龙头就能用上清澈干净的自来水,这是我们几代人的梦想。"

陇选村所在的大石山区曾是广西饮水安全保障程度最低的地区。缺水,就像一把"枷锁",锁住了大石山区群众脱贫振兴之梦。

广西下大力气啃下"硬骨头",2019年打响了大石山区农村饮水安全巩固提升工程建设大会战,累计投资22.12亿元,建成集中供水工程4599处,解决了116.94万人的饮水安全问题,千家万户喝水无忧的心愿一朝梦圆。

自2005年开始,广西连续19年将农村饮水安全工程建设作为自治区为民办实事项目。2014—2023年,共完成农村饮水安全工程建设投资179.23亿元,2514.98万人受益。2023年年底,广西农村自来水普及率达88%,规模化供水工程覆盖农村人口比例达35.2%,供水质量和水平显著提高,农村饮用水条件显著改善。

呵护河湖健康更有手段

人不负青山,青山定不负人。十年来,广西牢固树立绿水青山就是金山银山的理念,把治水和兴水有机结合,江河湖泊面貌显著改善,良好生态源源不断释放出澎湃动能,成为高质量发展的有力支撑。

从河湖长制到河湖长治,从"政府治水"到"全民治水",广西水利治理管理能力实现系统性提升。这十年,河湖长制全面推行,广西建立由各级党政主要领导担任总河长的"双总河长制",以及行政区域与流域水系相结合的五级河湖长制组织体系,共落实2710名总河长、2.6万名河湖长,建立"河湖长+警长""河湖长+校长"等工作机制,构建"流域统筹、区域协同、部门联动、公众参与"的河湖管理保护格局;与相邻4省建立跨省界河湖联防联控联治机制,跨市、县河流建立河长联席会议机制,共护一方碧水。

河湖长制全面建立以来,广西全面完成河湖划界,建成349条(段、个)美丽幸福河湖;河湖水环境质量持续领跑全国,2020年和2022年河湖长制工作两次获国务院督查激励;2023年,广西共有9个设区(市)进入全国城市地表水环境质量前30名榜单。

中流击水正当时,长风破浪向未来。八桂儿女赓续鼎新、踔厉奋发、笃行不怠,广西水利事业正向着高质量发展迈出坚实步伐。

(刊载于《中国水利报》,2024年11月15日1版)

云岭山河阔　兴水惠民生

□　本报通讯员　陈俊廷

一池池湖水，碧波荡漾；一条条河流，蜿蜒流淌；一项项工程，拔地而起；一汪汪清泉，润泽山川。河与湖纵横交织，山与水交相辉映，云岭大地处处可见十年治水兴水带来的惠民利民成效。

云南省水利厅坚决贯彻落实习近平总书记"节水优先、空间均衡、系统治理、两手发力"治水思路，组织编制完成《云南省水网建设规划》，构建以六大水系为基础、滇中引水等重要引调水工程为通道、调蓄工程为结点、智慧调控为手段，集水资源优化配置、水生态保护治理、流域防洪减灾等功能于一体的立体综合水系。规划建设项目1万余件，总投资1.85万亿元，云南省着力构建"高山筑源、引水进坝、调水上山、长渠串谷"的高原立体水网新格局。

围绕系统治湖，云南全面推进九大高原湖泊保护治理"三治一改善"（治污水、治农业面源污染、治垃圾，改善湖泊水生态）三年行动，总投资399亿元，实施224个项目，严格落实25项任务清单。云南坚持"退、减、调、治、管"五字工作思路，推动"两线"（湖滨生态红线、湖泊生态黄线）和"三区"（生态保护核心区、生态保护缓冲区、绿色发展区）空间管控物理标识全部落地，重要河湖水质水生态动态监测和保护治理全面加强，九大高原湖泊水质稳中向好。2023年，阳宗海全湖平均水质达Ⅱ类，滇池连续6年保持Ⅳ类水质；六大水系出境、跨界主要断面水质100%达标，全省优良水体比例为94.1%。

云南坚持政府与市场两手发力，以引入社会资本为重点，充分发挥政府投资引导带动作用，鼓励引导"政府＋企业""企业＋农户""企业＋农民用水合作社"等多种形式参与农田水利建设和运营。围绕高效节水灌溉项目"市场有需求、投资有主体、融资有途径、水价有基础、民生有保障、项目有效益、运行可持续"的基础和前提，完善政府与市场经营主体合作方式，通过市场经营主体强化项目全生命周期运营管理，提升供水保障水平，推动工程实现良性可持续运行。全省累计完成农业水价综合改革面积3156万亩，累计实施农田水利改革项目922个，总投资222.7亿元，其中引入社会资本111.7亿元，占比50.2%，惠及群众1000余万人。

民生水利建设，为民润民惠民。云南恪守"民生水利"的初心和使命，全力推进总投资208亿元的农村供水保障三年专项行动，启动实施城乡供水一体化三年行动，建设项目407个，提升2041万人供水品质。目前，农村供水保障三年专项行动投资完成率97%，城乡供水一体化三年行动累计开工61个县。项目建成后，全省城乡供水将实现"农村供水城市化、城乡供水一体化"目标，构建起"同源、同网、同质、同价、同服务"的"五同"供水格局。云南还谋划新元、会泽等31个大型灌区建设项目，总投资1600亿元，建成后将新增和改善灌溉面积1500万亩以上，着力提升粮食安全水利基础。目前，全省已建成大型灌区14个、中型灌区347个，灌溉面积达3184万亩，高效节水灌溉面积达1396万亩。

云南创新提出"112+"的"水库保姆"新模式，即"一套制度（小型水库物业化管理制度）、一个平台（县级小型水库安全运行监管平台）、两支队伍（专业巡查队伍、专职养护队伍）"，初步建立政府主导、多方参与、市场运行的小型水库专业化管护机制。全力构建现代化水库运行管理矩阵，云南完成小型水库除险加固242座、维修养护4937座、监测设施建设1903座、安全鉴定583座，实现111座大中型水库标准化管理。

站在新的起点上，云南水利必将沿着习近平总书记指引的方向阔步前行，提升管水治水兴水能力，不断夯实水利在经济社会高质量发展中的基础保障作用。

（刊载于《中国水利报》，2024年11月16日2版）

扛牢"中华水塔"源头责任

□ 本报通讯员 景 鹏 记者 张 明

习近平总书记指出，保护好青藏高原生态就是对中华民族生存和发展的最大贡献。青海省坚决扛起守护"中华水塔"的重大责任，坚定不移贯彻落实习近平总书记"节水优先、空间均衡、系统治理、两手发力"治水思路，在兴水惠民促发展、治水除患保安全上走出了坚实步伐，取得了显著成效。

水资源节约集约利用成效显著

十年来，青海全面实施国家节水行动，强化水资源刚性约束，推动用水方式由粗放低效向集约高效转变。

青海建立节水管理联席会议制度，制定实施青海省"十四五"节水型社会建设规划等，不断完善节水制度；严格节水管理，建立覆盖省、市、县三级行政区的用水总量和强度双控指标体系，严格节水评价、计划用水、用水定额监督检查；拓展示范载体，建成 1705 家省级节水型公共机构、455 家省级节水型小区、46 家省级节水型企业、8 个节水型灌区等，西宁市成功创建国家级节水型城市。

据统计，青海省十年来累计节水 5.2 亿立方米，万元地区生产总值用水量由 114 立方米降至 63 立方米，农田灌溉水利用系数由 0.470 提高到 0.509，城市公共管网漏损率由 15% 降至 8.69% 以下。

水资源配置利用格局持续优化

十年来，青海始终坚持"四水四定"原则，以水资源承载能力优化城市空间布局、产业结构、人口规模，立足流域发展布局、水资源空间特点，科学推进水资源配置。

青海以完善水利基础设施建设优化水网空间布局。十年来，引大济湟工程全线通水，蓄集峡水利枢纽工程建成发电，那棱格勒河水利枢纽工程稳步推进……

青海强化水资源刚性约束，连续十年完成最严格水资源管理制度"三条红线"年度目标任务；注重民生水利建设，建成 2215 处集中式工程、3.36 万处分散式工程的供水保障体系，全省自来水普及率、供水保证率分别由 2014 年的 55.2%、78.5%

提升至目前的 83.0%、96.2%。全省建成 90 处中型灌区、1071 处小型灌区，初步形成了"蓄引提调"相结合的灌溉供水网络配置格局，累计发展高效节水灌溉面积 112.13 万亩，改善灌溉面积 302.87 万亩。

江河湖泊面貌实现历史性改善

十年来，青海坚持从生态系统完整性和流域系统性出发，统筹推进山水林田湖草沙冰一体化保护和系统治理。

持续深化河湖长制。纵深推进河湖库"清四乱"常态化规范化、黄河青海流域水资源保护、河湖安全保护专项执法、湟水流域水环境综合治理保护等系列专项行动，及时发现问题并推进整改。

实施系统治理保护。全省水利行业实施水土保持项目 439 项，治理水土流失面积 4065 平方千米；全省 35 个地表水国考断面 Ⅰ～Ⅲ 类水质达标比例达 100%；一体推进河湖健康评价与幸福河湖建设，已完成 17 条（个）幸福河湖建设。

复苏河湖生态。实施黄河源水电站拆除，以及拆除后上游扎陵湖、鄂陵湖消落区生态治理修复；落实湟水、格尔木河、隆务河生态流量保障实施方案，确定引水式水电站生态基流下泄标准；组织开展南川河、恰卜恰河、格尔木河母亲河复苏行动；制定实施《青海省重点流域生态保护补偿办法（试行）》，2023 年首次下达生态保护补偿资金 2.97 亿元。

强化防洪保安。加快完善黄河干流、中小河流和山洪沟治理等流域防洪工程体系；推进构建气象卫星和测雨雷达、雨量站、水文站组成的雨水情监测预报"三道防线"；完善水旱灾害防御汛期调度指挥工作制度，修编山洪灾害防御、在建工程度汛等各类预案 2449 个，水旱灾害防御"三大体系"建设取得积极成效。

水利高质量发展活力持续增强

十年来，青海积极完善顶层设计，推动体制机制创新，不断增强水利高质量发展活力。

青海省人民政府出台《关于加快推进新时代水利高质量发展的若干意见》，对推动青海水利高质量发展作出总体部署；印发实施《中华水塔水生态保护规划》，为"中华水塔"水生态保护提出顶层设计和行动策划；强化水行政执法与刑事司法衔接，推动水利"统筹督查"制度落地见效。

开创央地合作"新模式"。推动与中国南水北调集团有限公司战略合作框架协议落地，组建中国南水北调集团青海有限公司，推进引黄济宁、引通济柴、三滩引水、以及柴达木盆地水资源配置等重大引调水工程开发建设、运营管理。

探索水利投融资新机制。推进水利投融资体制机制改革，联合中国建设银行青海省分行，在水利项目资本金比例、贷款期限等方面出台优惠政策，为水利高质量发展提供更多资金保障。

增强科技支撑新动能。扎实推进水利信息化资源整合、水利综合监管服务平台、水库信息化等项目建成运行，全力推进湟水数字孪生流域建设，自动化监测、卫星遥感、无人机巡查等现代技术手段在水文测报、水保监测、河湖管护等领域得到广泛应用。

守护好"中华水塔"，筑牢国家生态安全屏障是青海人民的政治担当，更是青海水利人的使命所在。青海水利系统将进一步提高政治站位，坚决扛起源头责任，为全面建设社会主义现代化国家和现代化新青海作出更大贡献。

（刊载于《中国水利报》，2024 年 11 月 21 日 2 版）

扛牢责任破陇原水困

□ 本报通讯员　石福高

习近平总书记发表保障国家水安全重要讲话 10 年来，甘肃省水利系统深入学习贯彻习近平总书记关于治水的重要论述和对甘肃重要讲话重要指示批示精神，认真践行习近平总书记"节水优先、空间均衡、系统治理、两手发力"治水思路，坚决扛牢责任，解决"水"难题，做好"水"文章，推动全省水利工作取得新突破、跨上新台阶。

甘肃牢固树立"发展为要、项目为王"理念，深入实施以"抓续建、抓配套、抓更新、抓改造，打通最后一公里"为重点的"四抓一打通"项目，着力构建"四横一纵、九河连通，多源互济、统筹调配"全域供水格局，全省水资源调配格局不断优化。引洮供水工程全线建成通水，民勤红崖山水库加高扩建工程全面建成，黄河甘肃段防洪工程全面完工，阿克塞城乡供水、景电二期提质增效等工程开工建设……2014年以来，甘肃水利全口径共完成投资 1636.66 亿元，年均增速 8.8%，全省水利工程年供水能力达 153 亿立方米。

甘肃坚持节水优先、量水而行，落实最严格水资源管理制度，积极推进节水型社会建设，全省水资源节约集约利用水平不断提升。2023 年甘肃全口径用水总量115.8 亿立方米，万元地区生产总值用水量、万元工业增加值用水量较 2014 年分别下降 45%、66%，农田灌溉水利用系数从 2014 年的 0.5372 提高至现在的 0.5824。实施 12 个河西走廊地下水超采综合治理项目，整治违法违规取水项目 2.56 万个。累计创建节水型社会建设达标县 59 个，创建各类节水示范载体 5500 多个，基本覆盖了机关单位、企业、灌区等各类用水户。加快推进非常规水资源开发利用，制定《甘肃省非常规水源开发利用管理办法》，张掖市甘州区、临夏回族自治州临夏市入选全国典型地区再生水利用配置试点。

甘肃先后实施农村饮水安全项目、农村饮水安全巩固提升工程、饮水安全有保障冲刺清零及后续行动，综合采取新建、配套、改造、升级、联网等举措，推动农村供水体系不断完善，农村饮水安全问题得到历史性解决。深入实施省政府为民实事农村水利惠民工程，改造提升农村供水工程 54 处，新建水库（池）19 座，实施大中型灌区续建配套与现代化改造项目 25 处，累计完成投资 40.66 亿元，超额完成省政府确定的目标任务。创新开展星级水厂评定和水质提升专项行动，累计评定星级水厂 103 个，实施水质提升项目 115 个。建成集中供水工程 7372 处，千吨万人水厂 387 处，分散式供水工程 16.7 万处，供水管网总长达 50 万千米，全省农村自来水普及率达 90.5%，规模化工程覆盖人口比例达 64%。

甘肃全面推行河湖长制，建立省、市、县、乡、村五级河湖长体系，全省两万余名河长、1181 名湖长上岗履责，积极守好种好河湖"责任田"。深入推进河湖库"清四乱"常态化、规范化，累计整治河湖乱象问题 7939 个。立足河湖生态禀赋，因地制宜创建省（市）级幸福河湖 76 处。实施水生态保护建设、水土保持重点工程等项目，累计治理水土流失面积 9051.31 平方千米。通过有效修复水生态，疏勒河干流和支流党河"重逢"，干涸 300 余年的疏勒河终端湖"哈拉奇"碧波重现，石羊河下游青土湖水面面积扩大到 26.7 平方千米，周边旱区湿地面积达 106 平方千米。

围绕加快构建水旱灾害防御体系，甘肃实施流域面积 3000 平方千米以上 13 条江河主要支流 184 个单项治理工程，共治理河长 1759 千米，保护人口 302.9 万人、耕地 193.8 万亩。实施流域面积 200 ～ 3000 平方千米中小河流治理项目，共治理河长 4306 千米，保护 473.84 万人、341.8 万亩耕地免受标准内洪水侵袭。治理重点山洪沟道 70 条，保障 83 个乡镇 45.2 万人的生命财产安全。2023 年 7 月，全省多地发生 60 年一遇旱情，甘肃组织景电、引大、引洮等重点工程满负荷不间断开展引调提水，累计向水库、水池、塘坝补水 1.65 亿立方米，有力保障了用水需求。

甘肃坚持崇法善治，修订《甘肃省河道管理条例》等 5 个条例办法，出台《甘肃省水文管理办法》等 13 个规章制度。全面推进"放管服"改革，明确行政权力事项，深入推进"一网、一门、一次"改革。坚持"需求牵引、应用至上、数字赋能、提升能力"，加快推进数字孪生水利项目建设，构建以水旱灾害防御、水资源监管为主导的数字孪生水利应用体系。

（刊载于《中国水利报》，2024 年 11 月 27 日 2 版）

兴水利民润高原

□ 本报通讯员　杨立宇

习近平总书记发表保障国家水安全重要讲话十年来，西藏水利聚焦稳定、发展、生态、强边四件大事，奋进新征程、开创新局面，办成了许多事关长远发展、增进民生福祉的水利要事，谱写出新时代西藏水利事业高质量发展的新篇章。

水利基础设施建设取得重大进展

西藏坚持规划引领，科学谋篇布局，健全完善水利规划体系。50 条重点中小河流流域综合规划、以"一核四区协同、四江一河互济"为架构的水网建设规划先后获得批复，夯实了水资源开发利用与保护的规划支撑。十年来，西藏累计落实水利投资 764 亿元，充分发挥了水利有效投资在稳住经济大盘中的压舱石作用。

西藏坚持"项目为王"理念，一批重大水利工程取得积极进展：旁多水利枢纽工程建成并全面发挥效益，拉洛水利枢纽及配套灌区工程建成投产，湘河水利枢纽及配套灌区工程完工并成功上网发电，帕孜水利枢纽及配套灌区工程顺利开工建设，旁多引水工程开工建设并撬动 8.9 亿元社会投资，宗通卡、桑德等重大水利工程前期工作持续推进……水利支撑经济社会高质量发展作用不断增强。

防洪减灾工程体系日臻完善

西藏坚持人民至上、生命至上，加快完善水旱灾害防御工程体系。对雅鲁藏布江、怒江和澜沧江等 14 条重要河流重点河段进行治理，完成 220 个中小河流重点河段治理，实施 26 项重点城镇防洪工程建设，对 20 座小型病险水库开展除险加固，全自治区水文监测站点达到 1107 个，建成各类水库 141 座、总库容 43.8 亿立方米，建成各类堤防 4506 千米……大江大河干流洪水防御能力不断增强。

防洪减灾体系的日臻完善，让西藏有效应对超历史极值降水、局部洪涝、山洪灾害等，最大程度减轻了灾害损失，进一步提升了西藏水安全保障水平。

农村供水保障能力显著提高

西藏把解决农村饮水安全问题作为水利工作的底线任务和重中之重，西藏水利人翻山越岭、走村入户解决群众饮水难题是工作常态。近年来，西藏出台农牧区供水工程运行管理办法，建立合理水价形成机制和水费收取机制，健全农牧区供水工程运行管护长效机制，保持饮水安全问题动态清零，守住了农牧区饮水安全底线；围绕保障粮食安全，努力打通农田灌溉"最后一公里"，全自治区农田有效灌溉面积从 2014 年的 316.05 万亩提高到 2024 年的 423.83 万亩。

十年来，西藏建成农村供水工程 2.8 万余处，累计落实投资 72.48 亿元，农村饮水安全人口普及率达 100%，困扰众多农牧民祖祖辈辈的吃水难问题得到有效解决。

水资源节约集约利用水平提升

西藏坚持节水优先方针，坚决落实水资源刚性约束制度，健全区、市、县三级行政区用水总量和强度双控指标体系，多措并举强化水资源节约集约利用。西藏持续实施国家节水行动，开展用水总量和强度"双控"行动，建立了节约用水工作联席会议制度；认真贯彻以水定城、以水定地、以水定人、以水定产原则，建立实行最严格水资源管理制度体系、指标体系和考核体系，严格规划和建设项目水资源论证，加强取水许可管理，开展取用水管理专项整治行动，确定自治区地下水管控指标；强化取水口取水监测计量，加快实现非农业取水口和大中型灌区渠首取水口计量全覆盖，深入推进农业水价综合改革。

十年来，西藏用水方式由粗放低效向节约集约转变，用水效率和用水效益明显提升，全自治区用水总量、用水效率、水功能区限制纳污"三条红线"指标连续 10 年超额完成控制指标，2023 年万元地区生产总值用水量、万元工业增加值用水量较 2014 年分别下降 55.9% 和 76.59%。

江河湖泊面貌进一步改善

西藏深入贯彻习近平生态文明思想，坚定不移做"中华水塔"守护人。全面建立河湖长制体系，1.47 万名河湖长上岗履职；加强河湖水域岸线空间分区分类管控，完成 635 个河湖管理范围划定及 289 个河湖岸线保护与利用规划编制；强化采砂规划约束，重拳治理"四乱"问题；全面建立"河湖长 + 检察长 + 警长"协作机制，与青海、四川、云南等地建立起跨界河湖联防联控机制；开展 230 个河湖健康评价，河湖健康率为 100%；加大水土保持工作力度，水土流失综合治理面积 3227 平方千

米，水土保持率达 92.2%（不含冻融侵蚀）……一系列举措下，西藏河湖面貌得到进一步改善，主要江河、湖泊水质整体保持良好，国控及省控断面水质达标率均为100%。

兴水利民润高原，新程启航再出发。西藏水利人将继续踔厉奋发、笃行不怠，埋头苦干、勇毅前行，扎实推动新阶段西藏水利高质量发展，为全面建设社会主义现代化新西藏贡献水利力量。

（刊载于《中国水利报》，2024 年 11 月 28 日 2 版）

绘就新疆河湖安澜宏伟图景

□ 本报通讯员　张子扬

2014年3月14日，习近平总书记提出"节水优先、空间均衡、系统治理、两手发力"治水思路，为系统解决我国新老水问题、保障国家水安全提供了根本遵循和行动指南。十年来，新疆维吾尔自治区深入贯彻习近平总书记关于治水的重要论述和对新疆水利工作的重要指示精神，立足新疆实际，以实实在在的水利建设成效，绘就新疆河湖安澜宏伟图景。

提级管理　统一高效

建立水资源管理制度体系"四梁八柱"。新疆维吾尔自治区党委从政治上、战略上、全局上重视水发展、水安全，明确新时期新疆水利工作的思路、目标和重点，成立自治区党委水资源管理委员会和专家委员会，构建起南疆以塔里木河"九源一干"为重点，北疆以"六河一湖"为重点的水资源集中统一管理机制，从根本上打破水资源分割管理、多头管理格局。

始终坚持一盘棋思想。十年来，新疆维吾尔自治区与新疆生产建设兵团共同建成一批现代化大型水利枢纽工程，谋划重大引调水项目，开展山区水库替代平原水库调蓄布局方案研究，编制完成《新疆水网建设规划》等重要规划，携手共建新疆城乡一体、互联互通的水网体系。

水利基础设施建设不断完善。十年来，新疆完成投资2580.1亿元，水利基础设施短板正逐渐补齐，一批打基础、管长远、惠民生的水利项目落地见效，水利对新疆经济社会高质量发展的支撑保障作用明显增强。

河湖长制全面"见效"。十年来，新疆3355条河流、121个湖泊建立了兵地一体的五级河湖长制组织体系，分级分段设置了1.5万余名河湖长。2018年以来，新疆深入推进"清四乱"，实现"四乱"问题动态清零，河湖面貌明显改善。

节水优先　民生为上

水资源节约保护取得新进展。新疆积极探索"总量控制＋弹性配置"水资源管

理模式，制定并实施贯穿全年、统筹兵地、覆盖生活生态农业工业全口径供水计划。强化取水许可审批，严格执行规划和建设项目水资源论证、节水评价制度。加强取水口取水监测计量设施建设，地表水年许可水量 50 万立方米以上、地下水年许可水量 5 万立方米以上的工业、生活、服务业取水口和 5 万亩以上大中型灌区渠首取水口实现在线计量全覆盖。

全方位开展节水型社会建设。新疆累计完成县域节水型社会达标建设县 49 个，建成节水高校 25 所。自治区本级全部机关和 50% 以上事业单位建成节水型公共机构，全社会水资源利用效率、效益持续提升。

持续加强灌区建设。新疆推广应用水肥一体化面积 6800 万亩，实现节水、降本、增产。此外，新疆示范建设新时代"坎儿井"，开展适度增加微咸水利用试点。全自治区灌溉水利用系数由 2013 年的 0.506 提高到 2023 年底的 0.575。

筑牢农村饮水安全坚实防线。十年来，新疆共实施 2100 多个农村饮水安全项目，惠及 272 万农村人口。攻克难点，解决地处高山严寒、沙漠腹地的 67 个不通水村 7.7 万人的饮水安全问题，实现自来水入户；补齐弱点，实施饮水型氟超标防治工程，解决温泉县 7 个县（市）3.16 万农牧民饮水型氟超标问题。目前，新疆农村自来水普及率达 98.5%，位居全国前列。

多向发力　支撑发展

河湖生态环境治理成效持续巩固。新疆研究制定 15 条主要河流、5 个重点湖泊的生态基本水量和湖泊最低水位保障方案，不断增强生态输水的科学性、精准性和靶向性。连续 25 次向塔里木河重点胡杨林区生态补水、塔里木河下游生态输水，补水区植被覆盖度增加 4.3%，河湖生态持续向好。

水土流失面积和土壤侵蚀强度实现"双下降"。十年来，新疆共投入水土保持资金 8.75 亿元，实施水土保持重点工程 175 个，治理水土流失面积 1884.5 平方千米，水土流失面积由 2011 年 88.54 万平方千米下降到 2023 年 83.21 万平方千米。

创新水利投融资机制。2023 年以来，新疆先后与国家开发银行新疆维吾尔自治区分行等 7 家金融机构签订了战略合作协议，建立健全政银合作机制，推出支持水利的金融政策，不断拓宽水利基础设施建设融资渠道。

打造千亿产业集团。新疆整合重组新疆额尔齐斯河投资开发、伊犁河水利水电投资开发、新疆水利水电勘测设计研究院、新疆水利投资控股等企业和单位，成立新疆水利发展投资（集团）有限公司，对推动补齐新疆水利基础设施短板、解决制约可持续发展突出瓶颈、促进水利事业健康发展发挥龙头带动作用。

奋斗成就梦想，实干创造未来。当前，新疆正处于高质量发展的关键时期，做好水利工作使命如磐、重任在肩。新疆维吾尔自治区水利系统将完整准确全面贯彻新时代党的治疆方略，持续解放思想、转变观念、开拓创新、狠抓落实，不断推动新疆水利高质量发展取得新突破。

（刊载于《中国水利报》，2024 年 11 月 29 日 2 版）

"塞上江南"治水蝶变

□ 本报记者　孟砚岷

宁夏依黄河而生、因黄河而兴，水资源始终是宁夏高质量发展的核心资源、关键要素。

十年来，宁夏回族自治区水利系统认真践行"节水优先、空间均衡、系统治理、两手发力"治水思路，紧紧围绕黄河流域生态保护和高质量发展先行区建设使命任务，坚决打好全域"四水四定"主动仗，为现代化美丽新宁夏建设提供有力水安全保障。

精打细算用好黄河水

在盐池县冯记沟乡马儿庄村扬黄灌区，一排排黑色的滴灌带若隐若现。实施高效节水滴灌后，每亩地的灌溉用水由原来的 500 立方米降至 220 立方米，盐池县农业用水实现了由粗放低效向节约集约转变。

宁夏地处西北内陆，3/4 的地域为干旱半干旱区，人均可利用水资源量不足全国平均水平的 1/3，经济社会发展主要依靠过境黄河水。在持续推进高效节水工程的同时，宁夏以现代化生态灌区建设引领农业节水"蝶变"。四大扬水工程更新改造紧锣密鼓，青铜峡、固海扬水灌区续建配套与现代化改造等工程建设提速推进，宁夏引黄灌区超过一半的干渠直开口实现测控一体化，实现精准灌溉和高效用水管理。

为管好用好每一滴水，宁夏在全国率先开展"四水四定"先行先试。目前，宁夏 90% 的工业园区完成规划水资源论证，12 个园区开展区域评估，26 个中型灌区取水许可管理得到有效规范；实施深度节水控水行动，全自治区县域节水型社会建设达标率达到 64%，万元地区生产总值用水量、万元工业增加值用水量较 2020 年分别下降 22% 和 14%。

截至目前，宁夏高效节灌面积达到总灌溉面积的 54%，农田灌溉水利用系数达0.579，以水为定、量水而行的新发展格局正快速构建。

搭建现代水网格局

2023 年 11 月 10 日，国家 150 项重大水利工程之一的宁夏清水河流域城乡供水工程全线通水，与中南部城乡饮水安全工程实现联调联供"双水源"保障，构建了固原"北引扬黄水、南调泾河水、用好当地水"的水资源优化配置格局，有效解决了当地城乡饮水安全和地下水超采问题，维护区域生态安全。

2023 年，宁夏被确定为全国省级水网先导区，全年实施水利项目 534 个，完成投资 73.8 亿元，有效保障了 728 万城乡居民饮水无虞，为粮食生产"二十连丰"和生态、产业用水安全提供了坚实支撑。日益完善的防洪减灾体系，助力宁夏成功应对 129 场次暴雨洪水，实现了堤防不决口、水库不垮坝、人员无伤亡。

如今，一个南北互联、城乡一体、山川统筹、集约高效、绿色智能、循环畅通的现代水网体系正加速形成，宁夏农村自来水普及率达 97%，农村规模化供水工程覆盖农村人口比例达 91%。

筑牢西北生态安全屏障

绿色是宁夏高质量发展的鲜明底色。宁夏以钉钉子精神全面强化河湖长制，创新建立总河长问题交办机制，深化推进"河长＋检察长＋警长"工作机制，水生态环境持续改善。清水河、沙湖等重点河湖生态流量保证率达 100%，地表水国控断面优良比例稳定在 80%，黄河宁夏段水质连续 5 年保持 II 类进出。

宁夏坚持山水林田湖草沙一体化保护和系统治理，新增水土流失治理面积 960 平方千米，全自治区水土保持率达 77.3%；创新"水土保持＋产业融合"发展模式，率先在西吉、彭阳等地开展试点工作，引入社会资本发展农产品种植加工和乡村旅游等，带动项目区群众增收。过去随处可见的"秃头山"变成了硕果累累的"花果山"，一幅青山常在、绿水长流、生态富民的美丽新画卷正徐徐展开。

激发节水增效内生动力

吴忠市利通区境内沟渠交织纵横、灌排体系完备，灌区面积约 66 万亩，堪称宁夏引黄灌区的"鱼米之乡"。

利通区自开展自治区现代化灌区试点建设工作以来，推行特许经营模式，由宁夏水发集团有限公司全面接管灌区运维管理，形成社会资本和政府共同投资、建设、管理、服务的新机制。利通区以乡镇为单元整合组建了 14 家农业灌溉服务专业合作社，全灌域按照"水务局＋项目公司＋合作社"的模式开展运维。在"节水省钱、

超定额用水加价"制度及各种节水设施的支持下，群众总用水量下降，需要缴纳的水费也不增反降。

宁夏持续深入推进用水权改革，利通区被列入全国深化农业水价综合改革推进现代化灌区建设试点县，并且有两个灌区（灌域）入选全国数字孪生灌区试点。

（刊载于《中国水利报》，2024 年 11 月 30 日 2 版）

身边变化篇

· 十 年 回 响 ·

十年

回响

　　十年来，神州大地上，处处洋溢着治水兴水的喜人景象。回顾这十年，这些看得见、摸得着的变化就发生在你我身边，这些身边的变化最真切、最动人，也最能折射出水利十年的奋斗图景。《中国水利报》推出特别策划《十年回响·身边变化》，与读者一起从具体而微、可感可知的变化中，感悟这十年水利事业的蓬勃发展。

见证"智慧"成长

□ 黄河水利水电开发集团有限公司检修部自动室副主任　屈伟强

每天我到单位的第一件事便是打开电脑，登录数字孪生小浪底发供电设备状态监测系统，只需短短几分钟，就能对小浪底水利枢纽各重点发供电设备状态了然于胸。

而在十年前，要想获取这些设备的状态数据，我们必须前往现场实地查看，遇上极端天气，获取难度更是叠加升级。

十年前，习近平总书记就保障国家水安全发表重要讲话并提出"节水优先、空间均衡、系统治理、两手发力"治水思路。也正是这一年，我走出校门，成为一名小浪底水利枢纽检修工作者。我和同事们一起认真学习贯彻习近平总书记重要讲话精神，围绕"扩大设备感知范围、挖掘设备数据价值、做优设备故障诊断、探索设备状态评价"的思路，开启了建设小浪底发供电设备智慧化的探索之路。

前期调研、正式立项、攻克难点……我们完成大数据存储平台搭建，接入小浪底、西霞院两座水利枢纽发供电设备在线监测数据近 5 万条，系统初版上线运行，实现了发供电设备运行状态远程监视、分析和诊断。后来，我们又进一步挖掘数据价值，充分利用大数据平台，梳理出机组状态评价模型，再通过大数据算法对样本进行训练、调优。

历时两年，100 个模型样本，948 条算法……我们成功开发了机组状态评价功能。聚焦数字孪生水利建设的新要求，我们又持续强化"云存储、云计算"功能建设，数据底板和算法库不断丰富，设备运行状态和设备运行环境感知力进一步提升，状态评价、故障诊断和预警预测更加精准。

从人工数据采集到"智慧检修"的发展变化，正是这十年间小浪底管理中心大力提升枢纽智慧化运行管理水平、推进数字孪生小浪底建设的缩影。

在 2021 年，我们以"绣花功夫"精准调度水库，成功打赢新中国成立以来最严重的黄河秋汛防御阻击战。

在 2023 年防汛、调水调沙等工作中，我们顺利实现水沙调度方案推演、泥沙冲淤过程模拟仿真、枢纽监测数据预警等功能，给工程运行、防汛调度装上了"智慧

大脑"，数字赋能成为小浪底高质量发展的"新名片"。

　　展望未来，小浪底人将持续迭代优化数字孪生小浪底成果，大力推进智慧小浪底 2.0 版本建设，着力提升枢纽运行管理水平，加快推动小浪底各项事业高质量发展，在新阶段水利高质量发展的生动实践中展现新担当、新作为。

（刊载于《中国水利报》，2024 年 3 月 14 日 3 版）

激发水利科技创新的青春力量

□ 华北水利水电大学党委学生工作部部长　曹　震

作为一所以水利水电为特色的高校，十年来，华北水利水电大学深入贯彻落实习近平总书记"节水优先、空间均衡、系统治理、两手发力"治水思路，秉承"情系水利、自强不息"的办学精神，坚守治水兴国初心，将全面提升学生水素养贯穿立德树人全过程，引导学生把个人理想追求融入党和国家事业之中，积极投身水利事业，努力成为兼具家国情怀、水素养特色和专业能力的新时代华水学子。

以行践学"动"起来。学校动员全体师生积极创建节水型高校，节水水龙头在校园里随处可见，一年可节水 90 万吨；建设智慧节水管理平台，实时监测校园雨水、污水、再生水等数据，水管如果出现漏损情况，系统会立即预警，工作人员第一时间开展抢修；利用智慧节水控制仪，掌握区域用水情况、用水习惯，如发现用水量激增的情况，及时提醒相关工作人员；中水站每天将 1900 吨污水转化为中水，用于学校草坪自动化喷灌。华水学子还广泛参与到主题宣讲、巡河护河等社会实践中，水利学院"河小青"、水资源学院"华小禹"等学生志愿服务队伍，已成为保护母亲河的倡导者、践行者、示范者。

紧跟前沿"学"起来。学校通过优化课程设置、培育校园文化和充分利用学术资源等，引导学生不断强化学习认知。学校把《中华水文化》设为通识课，将水素养教育融入德育过程；每年"世界水日""中国水周"期间，积极开展节水主题教育、节水讲座等活动，营造"人人参与节水护水"的良好氛围；引导学生充分利用学术资源，积极了解水安全和水利科技热点与前沿进展，2023 年学校承办的中国水利学术大会，累计有 1 万余人次参与。

十年来，学校在落实立德树人根本任务、全面提升学生水素养方面取得了重要进展。近五年来，学校在全国大学生水利创新设计大赛中，获得特等奖 6 项、一等奖 5 项、二等奖 3 项、优胜奖 1 项，连续 4 年荣获"优秀组织单位"；在"挑战杯"全国大学生课外学术科技作品竞赛中，学校申报的水利相关项目逐年增长，2023 年已达 43 项；在中国国际"互联网＋"大学生创新创业大赛中，学校参与的涉水项目获得省级及以上奖项 44 项；在国家级大学生创新创业训练计划中立项 16 项。

　　展望未来，华北水利水电大学将牢记育人使命担当，继续将水素养教育融入立德树人全过程，不断推进水素养育人工作创新发展，形成具有华水特色的水素养育人体系，为推动水利事业高质量发展、培养更多优秀的水利人才贡献力量。

（刊载于《中国水利报》，2024 年 3 月 14 日 3 版）

把脉江河更智能

□ 江西省赣江上游水文水资源监测中心三级主任科员　曾　恒

2014 年，习近平总书记提出"节水优先、空间均衡、系统治理、两手发力"治水思路。十年来，江西水文坚持党建引领，立足行业特点和实际需要，护佑江河安澜，守护民生福祉，为保障江西水利事业及经济社会高质量发展提供了有力支撑。

江西地处长江中下游南岸，河湖密布，水系发达，共有 4521 条流域面积达 10 平方千米以上的河流，其中 94% 的河流经赣江、抚河、信江、饶河、修水五大河流汇入鄱阳湖，经调蓄后注入长江。根据最新统计数据，全省由水文部门负责运行管理的各类水文测站共有 6204 处。十年来，江西水文抢抓机遇，建立覆盖全面、精准高效、智能先进的高质量现代化水文站网，打造"天空地"一体化水文监测体系，为水文事业高质量发展奠定了坚实基础。

面对复杂严峻的汛情旱情，我们全力做好水文测报工作，为打赢水旱灾害防御硬仗提供了坚实支撑；持续为重要饮用水水源地水质监测、生态流量保障、实施最严格水资源管理等工作提供可靠的数据支撑；持续强化江河水质监测，对河湖开展健康评价，助力河湖长制工作；创新"水行政执法＋检察公益诉讼＋水文技术支持"协作机制，打造推动长江经济带高质量发展"流域＋区域"协作样本；常态化开展"河小青"巡河护河行动志愿服务，形成"河畅、水清、岸绿、景美"的生态保护格局；鄱阳湖水文生态科技园水利风景区成功创建国家水利风景区，开辟了水文与水利风景区有机结合的新发展模式。

（刊载于《中国水利报》，2024 年 3 月 16 日 2 版）

唱响汾河"蝶变之歌"

□ 山西省水利发展中心 魏永平

初春时节，山西省太原市汾河景区内，河水波光粼粼，成群结队的水鸟，时而在天空翱翔，时而在河里觅食，吸引了许多游人驻足观看。

"大约十年前，汾河常见的都是北方水鸟。如今汾河生态变好了，水鸟种类越来越多，白鹭、苍鹭都在此扎了根。"谈及汾河的变化，摄影爱好者胡文晋感受颇深。

十年来，太原市按照"两山七河一流域"生态保护布局，全面推进汾河流域生态保护与修复治理，从河道干涸到水量丰盈，从单一的生态景观到充满人文气息的观赏景观，汾河的蝶变令人惊叹。

汾河是黄河第二大支流，流经太原境内 188 千米，其中城区段 43 千米。曾经由于无序的采砂排污，汾河生态遭到严重破坏。

太原市近年来系统推进汾河治理，统筹抓好铁腕治水、生态调水、高效节水，让水量丰起来；统筹上下游、左右岸污染治理，减污与增水并重，让水质好起来；加强河道水系系统整治改造，实现河道景观化、河流生态化，让风光美起来。1998—2021 年，太原市先后分 4 期对汾河太原城区段进行治理美化，形成了全长 43 千米的绿色生态长廊。

"目前，汾河太原城区段总面积达 20 平方千米，其中绿地面积 8.5 平方千米，水面面积 11.5 平方千米，蓄水总量约 3000 万立方米。"太原市汾河景区管理委员会主任张平国介绍。

如此大面积的水面与绿地，对防洪排涝、净化空气、消除水污染、调节气温都产生了重要作用，太原市局部生态环境显著改善。

据了解，汾河流域自 2020 年 6 月全面消除劣 V 类水后，2021 年 21 个国考断面全部提升到 IV 类及以上水质，2023 年汾河流域国考断面优良水体比例达 80.9%，2023 年 8—12 月，汾河入黄口断面单月水质全部达到地表水 III 类优良标准。

太原市还把河道治理、环境保护、城市绿化、人文景观、历史底蕴进行有机结合。汾河两岸种植各类树木花卉 230 余种，实现了"三季有花、四季常绿"的景观效果；24 座大桥横跨汾河、贯通东西，造型各异、气势恢宏；85 千米的滨河自行车道打造出"一泓碧水穿城过，河畔彩带映春色"的美景；夜幕降临，遍布汾河两岸的各类灯饰和光带共同展现出色彩斑斓的景致。

"只要有朋友来太原，一定会带他们到汾河岸边走走，欣赏美景的同时，给他们介绍这里的人文历史和厚重的三晋文化，自己打心眼里也觉得自豪。"太原市民刘宇说。

（刊载于《中国水利报》，2024 年 3 月 21 日 2 版）

十年磨砺，击鼓催征

□ 黄河水利科学研究院水生态环境研究所高级工程师　韩　冰

十年来，习近平总书记"3·14"重要讲话时时萦绕在耳畔，激励黄河科研人不忘初心、牢记使命。

十年间，我们的脚步遍布黄河流域。在低温缺氧的黄河源头，在凌汛前的乌梁素海冰面，在暴雨后的下游河道，在补水期的河口三角洲，我们开展黄河干支流及重要湖库湿地常规与应急水生态监测，只为那珍贵的第一手水生态环境数据。目前，我们已经构建了黄河干支流和重要湖库湿地生态本底数据库，涵盖水沙、水质、水生生物、新污染物、有机碳等指标，为解决黄河流域生态本底不清的问题提供了数据基础。

十年间，我们持续开展黄河源区科学考察。围绕黄河源区生态格局与服务功能、径流变化与驱动机制、河流—湿地系统演变与生态响应等开展的系统研究取得了不少成果，构建的黄河源区水源涵养功能评估模型是目前唯一经过逐站验证的黄河源区高精度水源涵养功能评估模型，为黄河源区"四预"能力建设添砖加瓦。

十年间，我们致力于黄河流域生态调度效果评估。通过开展乌兰布和沙漠、库布其沙漠、乌梁素海、白洋淀等重点区域生态调度效果评估，以实现黄河流域水资源生态服务功能最大化为目标，结合生态需水、补水能力、防洪调度等需求，初步构建了黄河流域生态水量分配平台，力争打造出科学可靠的黄河流域生态调度可视化决策系统。

十年间，我们坚持开展水生态治理技术研发，构建了具有自主知识产权的草藻酶耦合生态修复技术体系。同时，通过不断挖掘、考察国内外生态修复技术的适用性、经济性、有效性，筛选出适宜于黄河流域的成熟水生态修复技术，纳入构建的黄河流域水生态治理技术平台，为流域系统治理提供智能化技术遴选决策服务。

十年坚守磨砺，黄科院水生态环境研究团队深入贯彻系统治理理念，实现黄河流域水生态环境本底数据从无到有，形成了涵盖基础研究和应用研究的学科体系，构建了数字孪生黄河建设的流域生态模块雏形。

十年磨砺，击鼓催征。下一个十年，黄科院水生态环境研究团队将持续致力于黄河流域水生态环境保护治理研究，为黄河流域水利高质量发展做好水生态支撑。

（刊载于《中国水利报》，2024 年 3 月 28 日 2 版）

清水润苍溪

□ 四川省广元市苍溪县水利局　苟　志

四川省广元市苍溪县位于四川盆地北缘，秦巴山脉南麓，嘉陵江中游。县内有嘉陵江和东河两大主要河流及 12 条较大支流和 180 多条溪沟。十年来，苍溪县不断加大河湖管理保护力度，持续推进水环境质量稳步提升。

苍溪县有县、乡（镇）、村级河长共 403 名，河道警长 100 名，库长 261 名；河道管理员、联络员、巡查员、保洁员 792 名，县级河段长联络员单位 31 个，形成河湖保护管理的强大合力。

"每天傍晚，我和乡上的领导，还有其他同事都要在堤防上走一走、看一看。"桥溪乡水利干部徐兴中说。

苍溪县有 31 个乡镇，其中 12 个乡镇都依水而建。在推进河湖管理保护过程中，苍溪县各乡镇形成了"互学借鉴、拉练评比、取长补短"的良好风气，涌现出一批好经验、好模式。苍溪县推行河长、林长、田长、路长"四长"联袂共治，水生态修复实现了从点到面、从水下到岸上、从单一到联合共治的转变。

4 月的嘉陵江碧水悠悠，景色宜人。"如今，家门口的江水越来越清澈，生活在这么美丽的环境中，安逸得很！"市民李燕感慨。

苍溪县近年来持续开展河湖库"清四乱"，共整治涉砂船舶 135 艘，清除违法违规建筑物、构筑物近 1.5 万平方米，对沿江河 8 个乡镇修建堤防工程 35 千米，新建污水处理厂 19 座。经过治理后的嘉陵江、东河断面水质常年保持在 II 类以上，实现"一江清水"出苍溪。

十年征程，日新月异。苍溪县将延续"十年磨一剑"的韧劲，勇毅担当，乘势而上，全力绘就"河畅、水清、岸绿、景美、人和"的美丽幸福河湖新画卷。

（刊载于《中国水利报》，2024 年 4 月 9 日 2 版）

十年"微改"见成效　滨河公园成"网红"

□ 四川省成都市金牛区沙河源街道河长办　严亚振

"今天的新桥社区相较十多年前，真应了'今非昔比'这个成语！"谈起身边环境的变化，四川省成都市金牛区沙河源街道新桥社区居民李存忠打开了话匣子。

从前，在新桥社区还是"新桥村"时，李存忠当过村办自来水厂厂长。他介绍，随着城市化进程加快，当时村里的居民陆续住进拆迁安置小区，"经济虽然好起来了，但环境差，臭水沟和垃圾到处都是。"李存忠回忆。

那时候，钢材市场是当地著名的乡镇企业之一。李存忠翻开几张黑白老照片，照片里远处成排的矮棚，正是钢材市场的交易区。"那时候，锦江新桥段似乎成了被遗忘的角落。"李存忠说。

2014年，当地政府按照习近平总书记"节水优先、空间均衡、系统治理、两手发力"治水思路，开始持续"微改"，让新桥社区周边的水环境迎来了转机。如今，这里已经成为以府河摄影公园而闻名的"网红"打卡点。

"微改"是如何推进的？

据沙河源街道河长办相关负责人介绍，新桥社区以"河畅、水清、岸绿、景美"为目标，于2017年12月启动建设府河摄影公园，2018年1月初步形成绿化景观，2019年4月正式开园。整个公园由"活力大草坪""河风依依"等5个不同风格的园中园构成，形成四季有景的生态绿色景观，真正让市民亲近自然、享受生活。

公园之所以被冠以"摄影"之名，是因为新桥社区有"摄影之乡"的美誉，一批颇有知名度的摄影爱好者在这里成长、生活，用镜头定格了20世纪五六十年代以来的本地风土人情。在街道和社区的倡导下，公园收集了街道各个年代的珍贵影像。这些照片陈列在公园的"成都当代影像馆"，在"世界水日""中国水周"等活动中吸引了众多游客前来参观。

这是十年来沙河源街道水生态环境持续向好的一个缩影。据介绍，当地水利部门通过"截污—清淤—补水"手段，结合推进河长制、治理黑臭水体等工作进行综合治理水生态环境，让磨儿堰、六斗渠等近3000米长河道的水质稳定在Ⅲ类。

沙河源街道还借助成都市新一轮水系治理项目，在沙河边种植草甸、花甸，强

化以水、林为核心的生态基础，提升沙河绿地的承载力。目前，仅在新桥社区，总长超 10 千米的亲水绿道就串联了府河摄影公园、上新桥公园等 5 个公园，形成了连绵数十里的绿色开放景观。

李存忠说，自从搬到了紧挨府河摄影公园的小区后，他每天都要到河边散步。"别看我都 66 岁了，现在每天步数还上万，最少要转两三个公园！就是转遍我们社区的 5 个公园，也不在话下！"他骄傲地说。

（设刊载于《中国水利报》，2024 年 4 月 12 日 2 版）

"小臭沟"变身"清水河"

□ 四川省渠县水务局　李科葳

流经四川省达州市渠县岩峰镇的桂溪河，是两岸群众生活生产用水的主要来源，养育了一代又一代岩峰人。

20世纪90年代初，桂溪河河道石材被大量开采，加之洪水冲刷，桂溪河河道宽度由最宽时的20米缩减至不足10米，后因污水直排、雨污混流，水体污染物浓度严重超标。

十年来，渠县以"清河、护岸、净水、保水、禁渔"5项行动为抓手，持续推动桂溪河水生态环境治理，河水实现了由脏到净、由净到清、由清到美的蝶变，当地群众的获得感、幸福感不断增强。

十年间，渠县实施了桂溪河场镇段综合整治及防洪治理工程，通过实施河底清淤、挖深河谷、下游修坝等举措，让桂溪河一改往日又窄又浅的小河沟模样；在岩峰镇下游新建日处理能力达800立方米的污水处理厂，铺设污水管网8.62千米，全面堵截生活污水直排入河；加大对上游餐饮、小作坊的整治力度，关停污染企业4家，从源头上解决了河水变黑变臭问题。

如今，桂溪河清澈见底，全年平均水深超6米，断面水质从2019年的劣V类提升并稳定在Ⅲ类，桂溪河实现了从"小臭沟"到"清水河"的华丽转身。

岩峰镇还积极推动河流沿岸环境提升，开展桂溪河"增植补绿"行动，采购600余棵桂花树种植在河道两侧，对谷坡进行固化并覆盖泥土，分季节种植各类鲜花。

桂溪河周边的基础设施也得到持续完善，跨河行桥、生态绿道、文化广场、露天停车场等便民设施相继落地，桂溪河滨河路成了岩峰群众休闲娱乐的好去处。一幅水与城共美、人与景共生的美丽画卷，正在桂溪河畔铺陈开来。

（刊载于《中国水利报》，2024年4月13日2版）

科技助力水环境监测技术飞速发展

□ 辽宁省大连水文局　孙大明

过去十年，水利事业发展给我们带来的身边变化，突出地体现在水更清了。这背后离不开水环境监测技术的飞速发展。

2012 年入职以来，我一直负责水环境监测及仪器设备管理工作，见证了十年间大连水文局水环境监测技术从传统监测手段迈向现代监测手段的重大转变。

2012 年以前，大连水环境监测中心的自动化监测设备仅有 1 台原子吸收光谱仪。此时，监测中心有 3 处地表水常规监测站、13 处水功能区监测点、16 处地下水监测点需要全年开展监测任务，传统监测手段十分耗时，一天只能完成六七个站点的监测工作。大连市水质监测断面分布广、距离远，采一次样品往返车程多达 500 千米，为了按时完成监测任务，只能增加采样频次。

2014 年以后，大连水环境监测中心的监测任务量急剧上升，传统的监测手段已经无法满足需求。大连水文局通过与水利部松辽水利委员会共建项目，引进一批先进仪器设备，极大提高了监测效率和能力。以前，测定氟化物、氯化物、硝酸盐氮等多项指标需要几个人花费大半天的时间，现在使用离子色谱仪，只需要一个人就可以完成测定。

2015—2019 年，大连水文局又利用辽宁省水环境监测中心监测能力建设工程等重大项目的实施，再次升级设备和技术，不仅进一步提高了水质监测的效率，还减少了人工操作误差，实现跨越式发展。

在保障日常监测任务以外，为了应对突发水质异常应急监测，大连水文局还增配了一系列水质应急监测设备。以往，发生水质异常事件时，由于实验室没有相应的应急监测设备，无法进行现场监测，只能将样品采回实验室进行分析，严重影响应对突发水污染事件的时效性。现在，实验室处理突发水污染事件的能力和水平得到极大提升，可以及时有效完成各类应急监测任务。

2023 年夏、秋季节，高温炎热天气导致大连部分河流和水库出现了严重藻类水华现象。大连水文局应急监测队伍迅速行动，携带专业应急监测设备开展了有效监测，及时准确地完成了登沙河及大连市 4 处重要饮用水水源地藻类水华应急监测工作，有效地保障了大连地区供水安全。

　　十年间，大连水文局水环境监测工作的变迁，体现了科技手段对水环境保护的积极影响，也展现了大连水文局在强化水资源管理和环境保护方面的决心。持续提升水环境监测技术水平，我们一直在路上。

　　　　　　　　　　　　（刊载于《中国水利报》，2024 年 4 月 16 日 2 版）

小清河的向美之变

□ 山东省水利厅　王丽娟

季春时节，笔者漫步在山东省济南市主城区的小清河五柳岛，看到杨柳垂堤、河道蜿蜒。

"小清河真是今非昔比，景美，水也美。"家住附近的崔大爷经常来小清河拍摄取景。一番攀谈得知，崔大爷名叫崔红军，今年76岁，热衷于摄影，是小清河发展变化的忠实"记录者"。

"小时候经常在小清河游泳、摸河蚌。后来河水发黑变臭，附近许多住户搬走了。"崔大爷感叹。

随着20世纪七八十年代城市发展和工业崛起，生产生活污水大量排入小清河，原本清秀俊丽的小清河一度成为城市的丑陋"疤痕"。

"小清河污染，问题在水体，根子在岸上。"济南市城乡水务局排水处处长徐晓驰说，只有切断沿线排污口，才能从根子上治愈小清河污染"痼疾"。

济南近年来先后搬迁沿岸10多家化工企业，取缔非法"散乱污"企业7000余家，累计投入100多亿元补齐污水管网等设施短板。

"目前全市建有50座污水处理厂，其中济南中心城区32座，2021年以来新（扩）建11座，全市城市污水处理能力达221.73万吨每日，污水净化成再生水后对小清河进行补源，保障水质的同时还有效保障了小清河充沛的水量。"徐晓驰说。

作为济南城区唯一的排水通道，小清河连续40多年的劣Ⅴ类水体已成为过往，济南段出境断面水质稳定达到地表水Ⅱ类标准。

山东积极践行"节水优先、空间均衡、系统治理、两手发力"的治水思路，围绕"根治水患、防治干旱"目标，强力推进小清河流域防洪综合治理提档升级，治理后的小清河干流及分洪道防洪标准提高至50年一遇，济南市区段达到100年一遇，防洪效益显著提升，低洼易涝区域排水能力明显改善。

地处小清河沿岸的崔家村是淄博市地势最低洼的村庄，前些年每到汛期就易发生内涝，玉米大面积受淹减产，给老百姓的生产生活造成严重影响。

小清河河道顺畅了，崔家村群众没有了后顾之忧，借力办起了生态乐园，垂钓、野炊等休闲项目吸引了不少游客，旅游旺季日收入可达上万元。

治理后的小清河不仅水美业兴，还搭上了数字化转型的"顺风车"，成为一条名副其实的"智慧河"。

在小清河防汛会商调度室，数字化"一张图"称得上是综合调度的"大脑中枢"，清晰的液晶显示屏上，三维立体的水利工程分布一目了然，各类数据图表、雨水工情实时呈现。

截至目前，小清河已基本建成流域数字场景，监测感知体系覆盖全流域，可实现对小清河干流、21 条支流、14 座大中型水库、49 座重点闸泵站工程雨水工情进行全要素监测，初步实现以"洪水预报""防洪调度"为核心业务的流域智慧化模拟，为小清河防汛筑起一道"数字堤坝"。

（刊载于《中国水利报》，2024 年 4 月 17 日 2 版）

从"掩鼻而过"到"亲水乐水"

□ 四川省成都市成华区农业和水务局　杨忠馗

猛追湾片区位于四川省成都市成华区锦江府河段东岸，由于河水前些年受到污染，锦江府河段曾经让群众"掩鼻而过"。十年来，成华区积极践行"节水优先、空间均衡、系统治理、两手发力"治水思路，实施一系列治污举措，逐一消灭锦江府河段沿岸排污点，猛追湾片区水环境质量得到明显改善。

在治理过程中，成华区采用"大分流、小截流"相结合的方式，在滨江路实施截污管涵工程，并实施猛追湾片区管网治理等。随着成华区市政管网、排水户内部管网整治全面铺开，猛追湾片区排污入河问题逐步得到解决。

近年来，成华区持续推进全区市政管网管护治理，对排水户内部排水管网错接、混流等问题动态清零。

随着水环境持续改善，猛追湾片区"烟火气"越来越旺，"亲水型"文创体验、"最成都"市井休闲、"后现代"潮流娱乐等滨水消费场景精彩呈现。

成华区深入贯彻落实河湖长制，组织十余家河长制成员单位，建立起联席会议制度，针对河湖治理、河岸管护中遇到的难点，组织会商，集中攻坚，共同破解治水难题。

从群众"掩鼻而过"到"亲水乐水"，点滴变化见证十年治水成效。

眼下，成都春色正好，不少群众来到猛追湾片区水畔踏春休闲，一幅人水和谐的生态图景已然铺开。

（刊载于《中国水利报》，2024 年 4 月 18 日 2 版）

智慧水文：更多可能　更多效益

□ 浙江省杭州市水文水资源监测中心　金何独伊

监测感知一张网，将杭州市大小径流纳入水文感知体系，成功构建"村村有雨量，镇镇有水位"的监测站网格局。

数据分析一个库，将杭州市国家基本站和大中型水库历史整编数据整理分类入库，形成全面的历史水文数据库。

服务保障一平台，搭建水旱灾害监测预警平台，推动水旱灾害防御从"人防"到"智防"转型。

……

十年来，杭州水文不断强化"四预"措施，积极推动数字孪生水利建设，为新阶段水利高质量发展提供有力支撑。

我们建立起雨水情预警预报联动机制，与气象部门、上下游周边地市及区县各单位紧密会商，加强汛前检查和安全检查，全力做好实测降雨预警、洪水预警、水利旱情预警、山洪灾害风险预警等工作，在防御台风"利奇马""烟花""梅花"、护航杭州亚运会等各项实战中勇于担当、主动作为，为水旱灾害防御工作提供强有力保障。

我们充分利用"数字经济第一城"优势，以数字化改革为抓手，加快推进水文感知体系建设。制定出台全省首个地方标准——《专用水文测站建设与管理规范》，在数据收集、传输等方面实现范围更广、标准更严、准确性更高；依托浙江省江河湖库水雨情在线分析平台进行实时整编和审查，做到日清月结，切实提升水文资料整编效能；构建智能感知、动态分析、预报预警、风险管控、工程调度、智慧研判"六位一体"的杭州市水旱灾害监测预警平台，以数字赋能防灾减灾、水资源节约集约利用等工作。

随着观赏钱塘江大潮成为杭州旅游"金名片"，我们持续做优钱塘江潮汐预报服务，全年不间断每日开展钱塘江沿江的潮汐预报，及时向社会发布观潮信息和安全提醒，为游客观潮和防潮安全管理工作提供优质便捷服务。此外，我们深入践行

浙江"最多跑一次"改革，水文信息服务办结始终保持即时申请、即时办理，群众满意度达到100%。

十年间，杭州水文以智慧化建设与管理，实现更多可能，发挥更多效益，为水利高质量发展提供更多保障。

（刊载于《中国水利报》，2024年4月18日2版）

"小水滴"促大发展

□ 四川省宜宾市翠屏区水利局　付　锐

春日里的四川省宜宾市翠屏区李庄古镇月亮田景区人来人往，热闹非凡。景区工作人员一边检修节水喷灌设施，一边介绍："景区的节水喷灌系统可以控制喷水量，减少径流和渗漏损失，大幅提高水资源的利用效率，一般可比漫灌节省30% ~ 50%的水量。"

月亮田景区的节水灌溉系统建设工程，是翠屏区积极推进节水型社会建设的一个缩影。

翠屏区水系发达，流域面积在50平方千米以上的河流有15条。一个水资源丰富的城市为何要大力开展节水型社会建设？

水资源"家底"看似丰厚的背后，翠屏区水资源需求量已逼近可利用量的上限。加之水资源时空分布不均，季节性区域性缺水严重，翠屏区部分远离江河的地区，水资源开发利用效率较低。2015年，翠屏区万元地区生产总值用水量为56.43立方米，农田灌溉水利用系数为0.48，均低于较发达地区水平。如何用好水资源，是关系翠屏区高质量发展的关键问题之一。

党的十八大以来，翠屏区全面落实习近平总书记"节水优先、空间均衡、系统治理、两手发力"治水思路，全面推进节水型社会建设。农业方面，大力推进高效节水灌溉，相继实施明威乡节水示范工程、李庄现代化农业项目，建成龙坡园区沉香基地雾灌系统、凤凰嘴园区滴灌系统等。工业方面，全面推进节水型企业建设，仅叙府酒业冷却水循环利用节能节水工程每年就可集约利用冷却水约13万立方米，大幅降低企业水量消耗。服务业方面，节水型学校创建率达100%，节水型机关创建率达100%，节水型小区建成率达15%以上，节水器具使用率达90%以上。公共供水方面，新建和改造城区供水管网约95.6千米，实施李庄水厂至牟坪镇李端镇管网连通工程、翠屏区农村供水保障提升工程（一期）等项目，农村自来水普及率超90%。翠屏区还以"世界水日""中国水周"等宣传节点为契机，普及节水理念，增强群众节水意识。

2021年，水利部公布第四批县域节水型社会建设达标县（区），翠屏区成功入选，

节水工作初见成效。

但翠屏区的节水工作并没有止步。申报水权水价改革试点、合同节水项目落地、实施灌区渠系配套工程……多年来节约的"小水滴",汇聚成了节水增效的大发展。2023 年,翠屏区用水总量约为 2.05 亿立方米,万元地区生产总值用水量下降至 15.33 立方米,管网供水漏损率降至 7.82%。

(刊载于《中国水利报》,2024 年 4 月 19 日 2 版)

北江治水的脚步从未停歇

□ 广东省北江流域管理局　黄松杰

北江是珠江流域第二大水系。同时，北江也是一条洪涝多发的河流，治理北江的探索从未停步。

回想起 2022 年 6 月抗击北江超百年一遇特大洪水的一幕，我们仍然感到惊心动魄。

2022 年 5 月起，暴雨洪水突然而至，旱涝急转，北江流域暴发了 1915 年乙卯洪水以来的最大洪水。6 月 19 日，北江发生 2022 年第 2 号洪水。暴雨叠加暴雨、洪峰叠加洪峰，突如其来的高强度、长历时、大范围降雨使得本已严峻的北江防洪形势再度升级。6 月 21 日，北江主要行洪河道全线超警，水文部门预报，北江将发生超百年一遇特大洪水。6 月 21 日 19 时，广东历史上首次启动防汛 I 级应急响应。

在广东省水利厅的统筹指挥下，位于清远市的广东省北江流域管理局北江防洪调度中心"四预"平台 24 小时"在线"，工作人员统筹实施流域水工程联合调度——19 份调度令精准到位，16 处水工程联合发力，预泄腾库 4.42 亿立方米，拦蓄洪水近 10 亿立方米，最终取得洪水防御战的全面胜利。

北江流域管理局于 2020 年试点建设数字孪生北江。试点以流域为单元，通过开发实时监视等 4 大智慧应用体系，建成了防洪联合优化调度系统，搭建"预报预警—工程调度—河道演进—精细模拟—风险研判—预案执行"于一体的框架，为北江流域内水库群的多目标联合调洪演算、相关水工程的联合优化调度提供了支撑，保障了广州、佛山等粤港澳大湾区核心城市和清远市区的安全。

守护粤港澳大湾区安澜，除了科技的发展和高效协同防范机制的日益完善外，重点水利工程也发挥了重要作用。

全长 64.346 千米的北江大堤是北江洪患的见证者和守护者，被誉为南粤第一堤，是珠江三角洲和粤港澳大湾区最重要的防洪屏障。在防御"22·6"超百年一遇特大洪水中，北江大堤固若金汤，工程范围内无一宗险情发生。

十年来，在习近平总书记治水思路的指引下，北江流域管理局围绕"安心、智能、美丽"的目标，实施北江大堤标准化管理创建，对大堤实行管养分离，完善

管理制度，定期检查监测，及时处理隐患，大堤运行管护水平持续提升。同时，在保障防洪安全的前提下，北江流域管理局积极融入地方发展，推进大堤沿线水经济活动安全规范有序，绘就了"河畅、水清、岸绿、景美、人水和谐"的壮丽图景。

如今的北江大堤，堤身安全稳固，长堤内外风光旖旎，大堤与北江伴随着人间烟火尽入画中。

（刊载于《中国水利报》，2024 年 4 月 20 日 2 版）

当好"耳目""尖兵" 守护长江安澜

□ 水利部长江水利委员会水文局 佘焰高 王 琨

2018 年 4 月 25 日，习近平总书记考察了被誉为洞庭湖及长江流域水情"晴雨表"的城陵矶水文站，长江水文人备受鼓舞。6 年来，水利部长江水利委员会水文局始终不忘习近平总书记的殷切嘱托，坚守初心、砥砺前行，积极转变发展方式、转换发展动能，以水文现代化的崭新姿态书写支撑长江大保护的新篇章。

发展蓝图更加清晰

长江委水文局以"节水优先、空间均衡、系统治理、两手发力"治水思路为引领，深入贯彻新发展理念，立足水文工作实际，以"四个水文"为内涵、"五大体系"为框架的现代化发展思路逐步确立。

"四个水文"即以社会水文为发展理念和目标，绿色水文为发展方式和方向，智慧水文为发展动力和路径，和谐水文为价值取向和精神追求。长江委水文局深刻把握现代水文的行业属性、时代属性、科技属性和文化属性，着力构建技术上与时代发展同步、服务能力上与时代需求相适应的现代水文体系。

"五大体系"即协同推进功能完备的综合站网体系、透彻感知的立体监测体系、智慧协同的专业支撑体系、优质高效的信息服务体系、科学规范的管理保障体系建设。长江委水文局全方位擘画发展路径，分门别类做好长江水文现代化文章。

现代化水平不断提高

长江委水文局以高质量发展为主题，强化科技创新引领，加快新技术研发应用，推动水文数字化转型，构建全面感知、无缝连接、高度智能的数字孪生长江水文。

围绕治江新形势下的水文新特性、新规律、新问题，长江委水文局聚力创新驱动，依托 30 余项国家重点研发、自然科学基金，扎实开展基础研究。2023 年长江委水文局首次牵头国家重点研发项目，水文科技问题首次入选全国十大产业技术问题，科技创新屡获突破；牵头组建首个流域水文感知创新联盟，联合创建"华为盘古—长江水文"大模型平台，成功举办长江流域水文现代化、长江水文预报、流域水质

监测等技术研讨会，流域协同创新发展不断深化。

近年来，长江委水文局基建总投资逾 10 亿元，新建测站 20 余处，两江出境控制性水文站投入试运行，长江口风暴潮监测预警中心建设即将启动，水利系统首个水质全自动智能实验室投入试运行⋯⋯长江水文现代化建设基础不断夯实。

AI（人工智能）推流、走航和定点耦合、"正逆向"高效互馈智能预演等算法研究打通水文测报算"数据链"；汉口、沙市等数字孪生水文站陆续建成，丹江口库区"一张图"正式推出，数字孪生三峡库区与数字孪生长江平台实现集成⋯⋯数字长江水文正为高质量发展赋能。

长江委水文局局长程海云表示，长江水文响应数字中国号召，顺应数字时代发展趋势，发挥水文数据资源优势，深入挖掘数据价值，全面提高"三算"能力，从水文信息化、智慧水文到数字孪生水文，迈出了水文数字化转型的坚定步伐。

支撑作用持续增强

长江委水文局着力提升水文全要素"四预"水平，全力强化流域治理管理"四个统一"（统一规划、统一治理、统一调度、统一管理）和新阶段水利高质量发展的支撑保障。

长江委水文局坚持扛牢水旱灾害防御水文测报天职，共护长江安澜。"面对流域水旱灾害多发重发频发突发新态势，肩负旱涝同防同治新要求，我们打出立体感知'组合拳'，锻造预报调度'杀手锏'，实现上中游、干支流预报区域全覆盖，汛前、汛中、汛末水文技术保障'全周期'，洪、旱、涝、潮、沙、盐测报'全要素'，7 天 ×24 小时水情监控服务'全天候'，有力支撑了流域调度决策和防灾减灾救灾能力提升，成功应对了 2020 年流域性大洪水、2021 年汉江秋汛、2022 年流域性极端干旱和严重咸潮入侵，打赢了一场场水旱灾害防御水文攻坚战。"程海云说。

针对河湖生态环境复苏需求，长江委水文局连续 13 年开展三峡水库生态调度试验监测，扎实开展 76 个省界、生态流量、水量分配断面的日常监测与动态预警，深度参与长江流域水资源调查评价、跨省河流水量分配方案制定、地下水超采区划定工作，有力支撑最严格水资源管理，坚决守好水资源水生态水环境底线，助力抓好长江大保护工作。

建强当下之基，深谋长远之势。长江委水文局坚定不移将习近平总书记治水思路和关于治水重要论述精神转化为强支撑、提能力的行动指南，绘就以水文高水平保障支撑流域高质量发展的新画卷。

（刊载于《中国水利报》，2024 年 4 月 25 日 2 版）

大旺垅河：从窄小溪到幸福河

□ 湖南省水利厅　陈诗芹

在湖南省衡东县荣桓镇，清澈蜿蜒的大旺垅河像一条碧绿的丝带，绕村而过，构成一幅美丽的田园画卷。

大旺垅河是洣水一级支流，全长22千米，流域面积119平方千米。在湖南省河长办公布的2023年度"幸福河湖"评选结果中，大旺垅河名列其中。

然而在过去，这里还是另一番景象：河道狭窄，河畔基本没有路可走。

从昔日杂草丛生、蚊蝇滋生的狭窄小溪到如今的幸福河湖，大旺垅河变化的背后，是衡东县多措并举治水兴水的持之以恒。

全面推行河长制以来，衡东县以建设幸福河湖、满足人民群众的幸福需求为目标，不断探索河湖治理模式，各级河长与各级部门同频共振，合力攻坚，用水清岸绿擦亮了衡东河湖底色。

结合乡村振兴、新农村建设与农村人居环境整治工作，衡东县共落实县、乡、村三级河长314名，配备河道保洁员278名、民间河长54名、"河小青"等护河志愿者300余名，设立河长公示牌395块；"河长＋警长＋检察长""一办四长两员"全面配套，"河长＋部门"工作体系逐步完善，构建了"横向到边、纵向到底"的河长制工作管理治理网络；充分运用无人机、视频监控等设备，对全县重点水域实行全方位监管；组建水政、渔政、环保、水上交通等执法队伍6支，实行24小时值班值守和分区巡查巡护制度，形成"天上看、地上查、河上巡、网上管"的立体化监管体系。

衡东县河长办每年制定"一河一策"工作计划，对照具体实施方案逐项抓好落实，保质保量完成年度工作任务。衡东县还高标准建设"一县一示范"，结合清淤疏浚工作打造"一乡一亮点"；对河道存在问题实行"清单化""目标化""任务化"管理，实时交办，全过程跟踪整治，及时销号。

如今，漫步在青石板的大旺垅河河畔，只见河水清澈，水草碧绿，鱼儿畅游，河岸树木成荫，绿草成片，红色宣传画廊尤为醒目。

近年来，衡东县利用大旺垅河得天独厚的地理环境和红色革命文化，紧扣打造"河

畅、水清、岸绿、景美"的水生态环境这一目标，开展具有红色特色的高标准示范河建设工作。

一手抓河长，一手抓党员。衡东县将党的基层组织建设活力转化为生态环境治理保护的动力，把学党史、干实事积极融入河长制各项工作，充分发挥党支部堡垒作用和党员先锋模范作用，积极营造全民参与河道保护和治理的良好氛围。

衡东县由县、镇、村多方筹措资金，共计投入 1200 余万元，在大旺垅河荣桓镇河段红色景区实施全线清淤疏浚、河道拓宽、岸线护砌、景观带建设等。

治理后的大旺垅河，桂花飘香，杨柳依依，河道扩宽了 5 ~ 15 米，全线清淤疏浚 10 万立方米，河堤石方护砌修复加固 7000 米，已成为衡东县的景观河、幸福河。

（刊载于《中国水利报》，2024 年 5 月 10 日 2 版）

小沙河的绿色变迁

□ 山东省枣庄市薛城区城乡水务局　李　君　钱　敏

山东省枣庄市薛城区小沙河畔，河道宽敞，河岸悠长。沿河行走，常能遇到散步、搭帐篷的市民。

薛城区近年来聚力"水网＋水城"融合发展，通过河道清淤、生态修复、基础设施建设等措施对小沙河进行改造提升，着力解决行洪安全隐患，全面打造安全、生态的小沙河。

筑牢水安全屏障

2023年以来，薛城区针对小沙河河道狭窄、桥梁老旧、河岸面貌单一等问题，重点实施桥梁新（改）建、河道清淤整治、挡水坝建设等工程项目，打通治水护水"最后一公里"。截至目前，小沙河已累计开挖河道8千米，改建行洪挡墙2.5千米，新建拦水坝6座。

"过去因为河道淤塞等原因，小沙河面临生态退化风险。现在经过治理，河道干净了，环境变好了，心都敞亮了。"家住小沙河附近的王大爷说。

治一渠活水，美一处风景，惠一片民生。治理后的小沙河，护坡堤岸整齐，河流清澈见底，水面之上偶有野鸭游过，荡起阵阵涟漪，令人心旷神怡。

擦亮水生态底色

聚焦人居环境改善，薛城区通过河道清淤、绿化景观建设、水生态修复等措施，实施水生态、水环境系统治理，进一步优化城区生态环境；铺设污水、再生水、供水管道，改善河道水质，恢复河道生态功能。

薛城区还将河湖长制文化及枣庄工业发展史融入小沙河系统治理中，打造集生产、生活、生态"三位一体"的滨水空间，建设亲水平台和休闲设施，增强城市的亲水性和休闲性，打造水岸交织、水城融合的河畔休闲场所。

小沙河的蝶变，是近年来薛城区坚持源头治理、系统施策、久久为功创建幸福河湖的生动体现。薛城区将持续统筹水资源、水生态、水环境、水文化，增强城乡"水动能"，做好美丽薛城绿色发展的"水文章"。

（刊载于《中国水利报》，2024年5月23日2版）

一泓清水穿城过

□ 山西省水文水资源勘测总站　李养龙

姚暹渠，是穿越我的家乡——山西省运城市中心的一条古老而著名的河流。

运城因"盐运之城"而得名，历史上的姚暹渠没有任何调节功能，一旦洪水来临，就会冲毁盐池，淹没城镇、农田。为了护盐、运盐，每朝每代都在不断修浚姚暹渠。它见证了历史，也持续发挥着重要作用。

在我的记忆中，曾经由于工业粗放式发展，姚暹渠的生态环境遭到严重破坏，常年散发着难闻的气味，成了一条排污渠。

河流以何种姿态穿城而过，影响着这座城市的风貌与气质。近年来，运城市下大力气修复治理河湖生态环境，姚暹渠的生态环境得到了极大改善。

运城市将姚暹渠水生态修复，与环境保护、城市绿化、人文景观、历史底蕴进行有机结合。两岸渠堤下各修建了一条暗涵，北涵排污，南涵回水。洪水进入明渠，成为地上河流；没有洪水时则输送清水，形成景观河，增加市区水域面积。

姚暹渠运城市区段长近 20 千米，"一泓清水穿城过"生态廊道的形成，为改善市区人居环境和城市生态环境发挥了巨大的作用，姚暹渠已成为市民休闲娱乐的好去处。

姚暹渠还承载着千年河东历史。每当漫步其中，看着两岸围栏上一个个历史名人故事，回忆着一段段厚重的历史，各式的仿古彩灯倒映在河道里，渠水里闪烁着岸边的霓虹灯光……让人心旷神怡，流连忘返。

（刊载于《中国水利报》，2024 年 5 月 25 日 2 版）

影像视频篇

· 十 年 回 响 ·

《中国水利报》"十年回响"专号版面图

左上版：节水优先　中国水利报　5版

节水答卷成绩亮眼

"增一减" 显节水成效

拧紧工业"节水阀"

扎实推进城镇节水"开源"

做好节水增粮"加减法"

节水这十年

- 逐步健全节水制度政策
- 持续加大节水监督管理力度
- 有效开展城镇节水降损
- 深入推进节水型社会建设
- 大力发展节水产业和科技

右上版：空间均衡　6版　中国水利报

量水而行　织网江河

水资源配置格局实现全局性优化

南水北调工程

宁夏打响全域"四水四定"主动战

环北部湾广东水资源配置工程

引汉济渭工程

左下版：系统治理　中国水利报　7版

从河湖之变看系统治理显著成效

- 产业之变　江苏石梁河水库：从无序采砂网鱼到发展生态渔业
- 生态之变　甘肃肃南河：岸线添绿　湿地扩大
- 管理之变　河北滹沱河：协调联动　依法管理
- 功能之变　广东南阆河："三道一带"闪耀大湾区
- 机制之变　辽宁小汤河：协同治理"认养"管护
- 精度之变　四川锦江：精准治污　精细管理　精心布景
- 维度之变　山东弥河："五位一体"全面提质
- 发展之变　天津南运河西吉区段：传承文化　激活发展
- 价值之变　江西北潦河："三产"融合释放红利
- 色彩之变　内蒙古无定河：黄色圈点绿色旬

右下版：两手发力　8版　中国水利报

激发治水活力

政府和市场协同发力
推动新阶段水利高质量发展

用水权交易市场进发强劲活力

- "碳汇"助力水土保持事业发展
- 打通农田水利"最后一公里"
- 群策群力　推进城乡供水一体化

《中国水利报》河长制湖长制专刊700期专号版面图

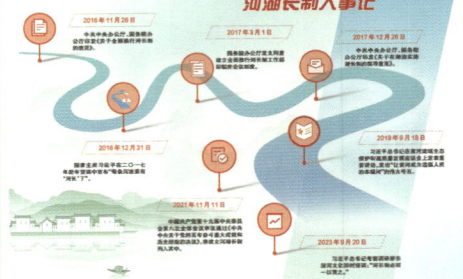

幸福河湖 笑脸见证

从七大关键词看河湖长制发展历程

健全责任体系 提升治理能力 实现惠民目标

总河长

河长令

联防联控

"一河(湖)一策"

"清四乱"

幸福河湖

考核问责

悠悠水韵话情长
——河长与河湖的故事

省级河长：用心绘制幸福河湖建设蓝图

扛牢河湖管护"第一责任"
市级河长

又见天沙河美景
县级河长

保护好"一亩三分地"
乡级河长

小沟小渠治理好 大江大河自澄清
村级河长

与河湖长制共同成长
河湖管理工作者

做家乡河的守护者
志愿者

听，我们幸福河湖的声音！

幸福河湖催生"幸福经济"

久久为功 治水为民

河畅水清 生机盎然

"颜值""价值"双双提升

治理一条河 幸福一城人

河湖"凹地"变身 幸福"高地"

自己的河道 自己管护

2023年全国幸福河湖建设进展

《中国水利报》"牢记嘱托 大河五年之变"专号版面图

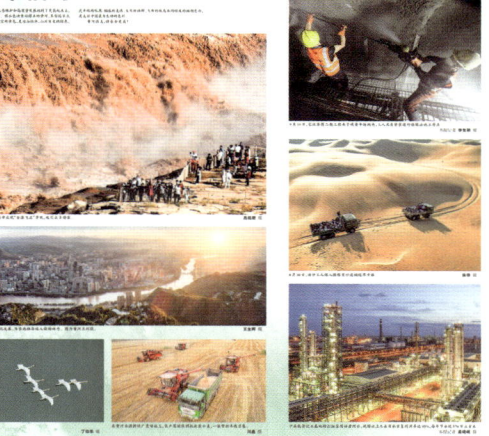

中国水利网站"十年"专题网页导引

中国水利网站"十年"专题网页导引

中国水利报社"十年"系列视频导引

十年 | 水润神州

　　2014年3月14日，习近平总书记提出了"节水优先、空间均衡、系统治理、两手发力"的治水思路。十年来，在治水思路的科学指引下，江河湖泊面貌实现历史性改善，水资源配置格局实现全局性优化，水资源利用方式实现系统性变革，水旱灾害防御能力实现整体性跃升，新时代治水事业取得历史性成就。

🌙 十年丨把脉江河

十年丨把脉江河
中国水事 2024年04月29日 21:25 北京

长江、黄河作为中华民族精神的重要标志，千百年来，滋养华夏大地，哺育中华民族。滚滚大江、滔滔长河，习近平总书记一直牵挂于心。十年来，总书记的足迹遍及大江南北、大河上下，情牵母亲河保护，谋划高质量发展，国家的"江河战略"确立并实施。如今，在华夏大地上，一幅幅鸟翔鱼跃、清水奔涌的生态图景，江河安澜、百姓安居的和谐景象，正不断绘就。

🌙 十年丨治水兴水

十年丨治水兴水
中国水事 2024年05月24日 10:02 北京

党的十八大以来，习近平总书记高度重视治水兴水问题，多次就强化水治理、保障水安全发表重要论述。"节水优先、空间均衡、系统治理、两手发力"的治水思路，在全国水利系统落地生根，并成为推动水利高质量发展的"源头活水"。各级水利部门统筹做好水灾害、水资源、水生态、水环境治理，在治水兴水事业上接续取得举世瞩目的辉煌成就。

十年｜王牌重器

十年｜王牌重器
中国水事 2024年07月03日 10:02 北京

00:10/09:38

水利工程，国之重器，自古以来便以调洪控流、兴利除弊的重任成为华夏文明的重要组成部分。回首十年，从江河湖畔到广袤田野，从大山深处到大海之滨，一批批兼具防洪、发电、供水、生态等综合效益的重大水利工程从蓝图变为了现实，中华民族实现"兴水利、除水害"千年梦想的"王牌"更多，底气更足。

十年｜世纪画卷

十年｜世纪画卷
中国水事 2024年08月22日 17:03 北京

00:11/11:15

穿越千山万水，润泽万家灯火。在华夏大地上，一座座水利工程在江河之间相连相织，一张安澜、高效、生态、宜居、智慧的国家水网，盘桓崇山峻岭之间，跨卧江河湖海之畔。站在新的历史起点，中国水利人正披荆斩棘，奋进在波澜壮阔的新征程上，功在当代、利在千秋的世纪画卷正在世界东方挥毫铺展，中华民族治水兴水的千年梦想未来可期。

铺叙衬垫篇

·十 年 回 响·

十年
回响

十年回响·代表委员谈新时代坚持"治水思路"

十年来，我们对治水思路的认识理解不断深化，践行动力持续增强。2024年全国两会胜利闭幕之后，《中国水利报》推出《十年回响·代表委员谈新时代坚持"治水思路"》栏目，邀请水利系统代表委员围绕新时代如何进一步深入践行习近平总书记治水思路，谈认识、话感受。

奋力推动新阶段黄河流域水利高质量发展

□ 全国人大代表，水利部黄河水利委员会党组书记、主任　祖雷鸣

2014年以来，在水利部党组坚强领导下，黄河水利委员会党组贯通学习把握习近平新时代中国特色社会主义思想和习近平总书记关于黄河保护治理重要讲话指示批示精神，全面落实"重在保护、要在治理"战略要求，不断完善顶层设计，推进黄河保护治理工作取得新成效，有力提升了流域水安全保障能力。

紧紧抓住水沙关系调节这个"牛鼻子"，完善防洪减淤工程体系，黄河下游标准化堤防全面建成，黄河下游"十四五"防洪工程全面开工，有力提升了防洪能力。积极践行"两个坚持、三个转变"防灾减灾救灾新理念，强化"四预"措施，战胜2021年黄河中下游历史罕见秋汛洪水，确保了防洪安全。优化实施调水调沙，小浪底水库累计排沙17.76亿吨，下游河道冲刷泥沙6.01亿吨，主槽过流能力提升到5000立方米每秒左右。

坚持节水优先，全方位贯彻"四水四定"原则。把水资源作为最大的刚性约束，暂停流域13个地表水超载地（市）和62个地下水超载县新增取水许可审批。推进国家水网建设，实施黄河下游引黄涵闸改建，加快推进南水北调西线工程前期工作，提升了水资源节约集约利用和优化配置能力。

加强水生态保护，维护黄河健康生命。把大保护作为关键任务，坚持山水林田湖草沙系统治理，加强生态流量调度和管控，累计向河口三角洲、乌梁素海等生态脆弱区补水54.71亿立方米，实现黄河连续24年不断流。突出抓好水土保持，累计初步治理水土流失面积11.78万平方千米。持续开展河湖库"清四乱"，推动河湖生态持续复苏向好，提升了生态保护治理能力。

完善体制机制法治，强化科技文化支撑。坚持依法治河管河，推动《中华人民共和国黄河保护法》颁布并正式施行，强化流域统一规划、统一治理、统一调度、统一管理，建立流域省级河湖长联席会议机制，探索水行政执法与刑事司法衔接、与检察公益诉讼协作，加快数字孪生黄河建设，大力保护传承黄河水文化，提升流域治理管理能力。

黄委将坚定不移把习近平总书记关于治水重要论述精神贯彻落实到黄河保护治理的各环节和全过程，坚持治水思路、坚持问题导向、坚持底线思维、坚持预防为主、坚持系统观念、坚持创新发展，持续完善流域防洪工程体系，持续优化流域水资源配置，持续加强水资源节约集约利用，持续强化流域生态保护治理，持续加强体制机制法治建设，奋力推动新阶段黄河流域水利高质量发展，为以中国式现代化全面推进强国建设、民族复兴伟业提供有力的水安全保障。

（刊载于《中国水利报》，2024 年 3 月 13 日 1 版）

守护好一江碧水　书写水利高质量发展优异答卷

□ 全国人大代表，时任湖南省水利厅党组书记、厅长　罗毅君

习近平总书记提出"节水优先、空间均衡、系统治理、两手发力"治水思路，在考察湖南时指示要"守护好一江碧水"，为新时代治水兴湘指明了方向、提供了遵循。

2014年以来，湖南水利系统深入贯彻习近平总书记关于治水重要论述精神，认真落实水利部和省委、省政府部署要求，统筹水资源、水环境、水生态治理，加快水利高质量发展，把资源禀赋转化为发展胜势，为实现"三高四新"美好蓝图提供有力支撑。一是水安全防线更加牢固。全面落实"两个坚持、三个转变"防灾减灾救灾新理念，累计除险加固病险水库9567座，扩建中小型水库41座，治理河流约8000千米，成功战胜2022年全省性大旱以及2014年、2016年、2017年、2019年、2020年大洪水，水利洪涝灾害年均损失率由1.33‰下降到0.57‰。二是水资源配置更加优化。以构建"四纵三横、一圈两带"现代水网为重点，水利建设投入累计超过3533亿元，列入国家重大水利工程项目库的14项工程已开工13项，完工8项，全面解决580万建档立卡贫困人口饮水安全问题，农村自来水普及率达88.3%，实施207处大中型灌区现代化改造，增加有效灌溉面积433万亩，开展小型农业水利设施建设和管护三年行动，水安全骨干网显雏形，进一步提升水资源优化配置能力。三是水资源利用更加高效。落实"四水四定"，建成55个县域节水型社会建设达标县，全省万元地区生产总值用水量、万元工业增加值用水量较十年前分别下降49.8%、57.2%，农田灌溉水利用系数达0.560，水电站年均发电量占全年社会用电量的35.14%，有力促进经济社会发展和水资源承载力相适应。湖南获评国务院实行最严格水资源管理制度考核优秀省份。四是水生态环境更加优美。坚持"一江一湖四水"系统联治，做深做实河湖长制，实施湘江保护与治理三个"三年行动计划"和洞庭湖水环境综合治理，强化山水林田湖草沙一体化保护和系统治理，一大批河湖顽疾得到整治，国考断面水质优良率达98.6%。湖南河湖长制工作连续四年获得国务院真抓实干督查激励。五是水治理体系更加完备。颁布实施《湖南省湘江保护条例》《湖南省饮用水水源保护条例》《湖南省水利工程管理条例》等法规制度，水利财政支出责任与事权划分等经验在全国推广，深化水利投融资、农业水价、水权交易等重

点领域改革，建成全省智慧水利综合平台，水利事业发展动能更加强劲。

新时代新征程上，湖南水利系统将坚决扛牢治水兴水政治责任，坚定不移贯彻落实习近平总书记关于治水重要论述精神，全面实施节约战略，强化水资源刚性约束，不断提升水资源节约集约利用能力和水平；坚持人口经济与水资源环境相均衡，加快构建现代水网，实现高质量发展和高水平安全良性互动；强化流域治理管理，建设安全健康美丽幸福河湖，促进人水和谐共生；政府和市场协同发力，加强依法治水管水、攻坚投融资等重点改革，推进数字孪生水利建设，加快发展水利新质生产力，为谱写中国式现代化湖南篇章贡献水利力量。

（刊载于《中国水利报》，2024年3月15日1版）

以高质量治水理论和实践研究助推水利高质量发展

□ 全国政协委员、华北水利水电大学党委书记　王笃波

2014 年 3 月，习近平总书记站在战略和全局的高度，就保障国家水安全发表重要讲话并提出"节水优先、空间均衡、系统治理、两手发力"治水思路。随后，习近平总书记又先后主持召开会议研究部署推动长江经济带发展、黄河流域生态保护和高质量发展、南水北调后续工程高质量发展等工作并发表一系列重要讲话，作出一系列重要指示批示，都始终贯穿治水思路这条主线。

十年来，我国的水旱灾害防御能力实现整体性跃升，农村饮水安全问题得到历史性解决，水资源利用方式实现深层次变革，水资源配置格局实现全局性优化，江河湖泊面貌实现根本性改善，水利治理能力实现系统性提升。

新时代新征程，我们要不断深化对习近平总书记关于治水重要论述精神的学习研究，坚定不移把习近平总书记"节水优先、空间均衡、系统治理、两手发力"治水思路和关于治水重要论述精神作为推动新阶段水利高质量发展的根本遵循和行动指南，深入贯彻落实党中央、国务院关于水利工作的安排部署，更加主动地服务国家重大战略和行业发展需求，更加自觉地走好水安全有力保障、水资源高效利用、水生态明显改善、水环境有效治理的高质量发展之路，为以中国式现代化全面推进强国建设、民族复兴伟业提供有力的水安全保障。

华北水利水电大学深入践行习近平总书记"节水优先、空间均衡、系统治理、两手发力"治水思路，成立了新时代治水社会科学研究院，主动聚焦新时代治水重大理论和实践问题展开科研攻关，围绕黄河流域生态保护和高质量发展、"双碳"目标、水资源政策、水环境管理、水文化建设等领域，重点建设一批国家水网规划、水安全战略研究院等新型高端智库，结合习近平生态文明思想、习近平总书记关于治水重要论述精神、黄河文化保护传承弘扬等重要选题，积极策划培育水政策、水经济、水法治等研究方向，着力打造新时代治水社会科学特色研究基地，以高质量治水理论和实践研究助推水利事业高质量发展。

（刊载于《中国水利报》，2024 年 3 月 15 日 1 版）

深切感受治水思路的思想伟力和实践伟力

□ 全国政协委员、内蒙古自治区水利厅副厅长　李　彬

习近平总书记提出的"节水优先、空间均衡、系统治理、两手发力"治水思路，为推进新时代治水工作提供了科学指南和根本遵循。内蒙古自治区水资源匮乏、生态环境脆弱，作为一名常年在此工作的水利工作者，我更加深刻感受到治水思路的思想伟力和实践伟力。

节水优先是解决我国复杂水问题的根本出路，需要推进深度节水控水，全面提升水资源利用效率和效益，为经济社会高质量发展提供水安全保障。十年来，我国用水效率大幅提升，支撑了经济社会的快速发展，以占全球 6% 的淡水资源养育了世界近 20% 的人口，创造了世界 18% 以上的经济总量。

我国水资源空间分布不均，必须树立空间均衡理念，优化水资源空间配置格局，提高水资源保障能力，实现人与自然、人与水和谐共生。当前，各地正在推进水网规划和建设，并已取得初步成效，"四横三纵"的国家骨干水网基本形成，省市县水网建设正在推进，支撑经济社会发展的水资源供给和保障能力逐步提升。

治水要坚持系统治理观念，只有立足于流域的系统性、河流的规律性，统筹山水林田湖草沙一体化保护和系统治理、综合治理，才能有效提升流域水安全保障能力。近年来，我国坚持系统观念，统筹水资源、水环境、水生态综合治理，水生态环境持续向好。从内蒙古自治区来看，乌梁素海、岱海、呼伦湖水域面积保持稳定，东居延海实现连续 19 年不干涸，水土流失实现了面积由增到减、强度由重到轻的历史性转变，有效助力筑牢我国北方生态安全屏障。

坚持"两手发力"，即坚持政府作用和市场机制协同发力。近年来，我国从水的公共产品属性出发，充分发挥市场机制作用，更多利用金融信贷资金和吸引社会资本参与水利建设，多渠道筹集建设资金，满足大规模水利建设的资金需求，有效破解了水利建设资金不足的难题，为防洪、供水、粮食生产等提供了坚实基础。同时，水权交易有序开展，市场化配置水资源稳步推进。

新时代新征程，我们要继续坚定不移践行习近平总书记治水思路，推动水利高质量发展不断取得新成就。

（刊载于《中国水利报》，2024 年 3 月 16 日 1 版）

坚持节水优先　落实空间均衡

□ 全国人大代表、中国水利水电科学研究院水资源研究所所长　蒋云钟

2014 年，习近平总书记提出"节水优先、空间均衡、系统治理、两手发力"治水思路，为水利工作提供了科学指南和根本遵循。

十年来，我国区域供水安全保障更加均衡，水源供水结构更趋合理。十年来，全国用水总量总体稳定在 6100 亿立方米以内，万元国内生产总值用水量、万元工业增加值用水量分别下降 42.8%、58.2%，农田灌溉水利用系数从 0.530 提高到 0.576，成效显著。

节水优先是党中央着眼全局和长远作出的重大部署，是解决我国复杂水问题的根本出路，是促进经济社会高质量发展的必然选择。要持续深化制度节水、管理节水、科技节水，让节水有法可依、有利可图、有计可施。一是完善节水制度顶层设计，健全节水管控体系，夯实节水法治保障，推动政府、企业和个体优化用水布局、用水方式和用水习惯；二是做好节水社会化管理与服务，针对取、供、用、排等不同环节以及农业、工业、商业、城镇等不同领域，精准施策，综合提升节水的生态效益、社会效益和经济效益；三是强化节水科技创新和应用，大力发展数字节水技术，加快节水科技成果转化应用，全面提升节水智慧化和产业化水平。

空间均衡从根本上是水资源的经济社会承载力和生态环境承载力的均衡，是高水平保护和高质量发展的集中体现。要进一步强化高站位规划、高标准水网、高水平调配，更好地落实空间均衡。一是在国民经济和社会发展、生态环境保护等国家和地方相关规划中，坚持"四水四定"原则，切实发挥水资源刚性约束作用，优化水资源配置，推进发展布局与水资源条件相协调；二是扎实推进国家水网建设，构建多层级水资源配置格局，增强水资源调控能力和水资源供给能力，满足生产力布局和生态环境保护需求；三是优化水资源高效协同管理体制，推动水网条件下的综合水价改革，构建水网工程良性运行管护机制，推进水资源多目标智能调配技术研究和应用，使国家确定的水资源配置方案不折不扣落地见效，加快形成水资源空间均衡配置格局。

（刊载于《中国水利报》，2024 年 3 月 16 日 1 版）

让更多治水红利惠民生

□ 全国人大代表、江西省水利科学院水土保持研究所所长　郑海金

水利在江西省经济社会发展中始终占有重要地位。十年来，江西坚持习近平总书记"节水优先、空间均衡、系统治理、两手发力"治水思路，不断深化对治水规律的认识理解，奋力答好管水治水的"时代答卷"，开创了江西水利高质量发展新局面。江西凝练出水土保持"赣南模式"，在国务院实行最严格水资源管理制度考核中连续5年获得优秀，在全国水土保持规划实施情况评估中连续5年获得优秀，水利建设先后3次获得国务院督查激励，水旱灾害防御、城乡供水一体化、水利工程标准化管理等多项工作成绩突出。十年来，江西坚持不懈地探索与实践水生态文明建设，用心用情解决人民群众最关心的水安全、水资源、水生态、水环境问题，走出了一条符合江西实际的水利高质量发展之路。

新时代新征程上，要深学细悟习近平总书记治水思路和关于治水重要论述精神，以水生态文明建设统领水利高质量发展，统筹推进水灾害防治、水资源节约、水生态保护修复、水环境治理，持续推进江西从水利大省向水利强省迈进，为奋力谱写中国式现代化江西篇章提供坚强有力的水安全保障。尤其是要锚定建设农业强国目标，学习运用"千万工程"经验，主动为城乡融合发展、保障粮食安全、建设宜居宜业和美乡村做好水利支撑服务，让更多治水红利惠及民生。

（刊载于《中国水利报》，2024年3月19日1版）

以高水平安全保障高质量发展

□ 全国人大代表、广东省揭阳市榕江流域管理服务中心　陈旭斌

中国式现代化，也包括水利现代化。我们将持续深入践行"节水优先、空间均衡、系统治理、两手发力"治水思路，提升水旱灾害防御体系、水资源优化配置体系安全保障能力和水平，适度超前谋划构建现代化水利基础设施体系，集中力量办成一批群众可感可及的水利实事，以高水平安全保障高质量发展。

围绕中心服务大局。我们将紧紧围绕推进广东省"百千万工程"、城市建设年中心任务，做好水资源优化、水安全保障、水生态修复、水经济发展、水文化弘扬、水科技赋能文章。持续推进水利工程标准化管理工作和水旱灾害防御体系标准化建设，提高应急处理能力，严格落实防汛抗旱责任制，进一步完善"叫应"工作机制。

实施民生水利工程。全面推进揭阳农村供水改造提升工作。抓紧大中型灌区续建配套和节水改造，推动农田灌溉"最后一公里"建设。加强新时代水土保持工作，加强水土流失综合防治。扎实推进移民美丽家园建设。

打造一批生态美丽河湖。深入研究基层镇村有效执行河湖长制机制，推进河道河面保洁工作，坚决整治河湖库"四乱"，严厉打击非法洗砂洗泥等。以"千村万池百里河道"清淤为重要抓手，促进更多水系连通。谋划新碧道，打造"百里绿美水岸"，动员各地打造"最美家乡河"，尽快组织市级"水利示范林"植树活动。

推进水乡水经济谋划工作。加快推进南溪水乡水经济试点及长美水乡、登岗水乡水经济谋划工作，动员更多特色风貌突出的水乡和可供开发的山塘、水库、河段、湖泊等谋划水经济项目。加快河长制文化主题公园建设，启动"榕江入海流"水文化系列宣传活动。

（刊载于《中国水利报》，2024 年 3 月 19 日 1 版）

推动流域治理管理与保护见成效

□　全国人大代表、时任水利部长江水利委员会副总工程师　黄　艳

十年来，水利部长江水利委员会深入贯彻落实习近平总书记"节水优先、空间均衡、系统治理、两手发力"治水思路和关于推动长江经济带高质量发展重要讲话精神，推动流域治理管理与保护取得显著成效。

长江委在坚持节水优先方面，组织开展流域内县域节水型社会达标建设，强化用水定额评估管理，实现了长江流域 23 条主要跨省江河水量分配全覆盖，水资源节约集约利用水平不断提升，节水理念深入人心。

在坚持空间均衡方面，推进南水北调东中线、滇中引水、引江补汉等重大水利工程建设，流域内基本建成以大中型骨干水库、引提调水工程为主体，大中小微并举的水资源配置体系。

在坚持系统治理方面，大力开展岸线利用、非法采砂、小水电、非法矮围等专项清理整治行动，有序实施洞庭湖、鄱阳湖等重要湖泊综合治理，强化生态流量保障，实施流域 125 座水工程联合统一调度，实现水土流失面积和强度双下降，江河湖库功能得到有力维系。

在坚持两手发力方面，发挥流域机构指导、协调、监督等职能，指导地方创新建设管理模式和投融资方式，流域水利基础设施建设迎来新高潮。

坚持习近平总书记治水思路，须深入践行节水优先，持续推动用水方式由粗放低效向节约集约转变；深入践行空间均衡，把水资源作为最大的刚性约束，以水资源的可持续利用支撑流域经济社会的可持续发展；深入践行系统治理，从山水林田湖草沙是一个生命共同体出发，统筹做好水灾害防治、水资源利用、水生态环境保护、水事务管理，解决新老水问题；深入践行两手发力，充分发挥政府和市场的优势，进一步健全流域水治理体系。

（设刊载于《中国水利报》，2024 年 3 月 20 日 1 版）

稳增长　添动能　强筋骨

2023 年，全国水利建设再创佳绩，为推动经济回升向好、巩固夯实安全发展基础贡献了水利力量。在 2024 年全国水利工作会议上，浙江、江苏、山东、安徽、广东等 5 个省荣获水利部 2023 年度三项通报表扬"大满贯"。《中国水利报》2024 年 2 月推出《稳增长　添动能　强筋骨》栏目，围绕 5 个省的典型经验、先进做法和突出成效，展现水利建设对推动经济稳定向好、保障和改善民生的重要意义。

浙江经济"挑大梁"的水利贡献

□ 本报记者　迟　诚　徐鹤群　葛芳妙

全年完成水利投资 784.8 亿元，新开工 47 项重大项目，27 项重大工程投入使用；水利以工代赈吸纳就业 13.75 万人，共发放工资 32.4 亿元……一组组数据，见证着浙江水利助力经济大省"勇挑大梁"的担当作为。

"水库改造后，我家毛芋产量翻倍""智慧泵站助我一人管理千亩良田""新山塘让我们实现'家门口'就业"……百姓口中一个个好消息，就是浙江水利以工程建设惠及民生福祉的生动故事。

"党建进工地"活动覆盖全省 79 项重大水利项目，400 万元以上立项审批的水利项目全部纳入在线监管，开展水利工程建设招标投标领域专项整治……一项项严监管的硬举措，是浙江水利坚决扎牢防范风险"藩篱"的初心坚守。

2023 年，浙江水利基础设施建设受到水利部通报表扬，全年水利投资额、完成率、重大项目开工率均创历史新高，为浙江经济回升向好贡献了水利力量。

大棋局谋划，为经济稳增长添动能

中央经济工作会议再次强调，经济大省要真正挑起大梁，为稳定全国经济作出更大贡献。

2023 年，浙江经济运行稳进向好，经济总量突破 8 万亿元，同比增长 6%，规模以上工业、固定资产投资等主要指标增速高于全国平均水平。

重大项目和有效投资是经济高质量发展的有力支撑。2023 年，浙江省人民政府以大思路运筹大棋局，启动扩大有效投资"千项万亿"工程，以新一轮重大项目建设引领带动未来 5 年的经济增量。

水网安澜提升列入省"千项万亿"工程九大领域之一，"率先完成省级水网先导区建设"写入 2023 年省政府工作报告——浙江计划用 5 年时间，投资 3129 亿元，构建"三纵八横十枢"的水网格局。

"2023 年，我们坚持创新深化、改革攻坚、开放提升，加快推动有效投资落地，助力浙江扛起经济大省挑大梁的责任担当。"浙江省水利厅厅长李锐坚定地说。

浙江省水利厅把推进水网安澜提升作为全年工作的主要抓手，与各级水利部门层层签订"军令状"，以超常规力度、超常规举措全速推进水利基础设施建设。

2023 年，浙江新开工扩大杭嘉湖南排后续西部通道（西线）等 47 项重大项目，加快推进开化水库等 165 项重大项目，杭州八堡排水泵站等 27 项重大工程完工见效……全省累计完成水利投资 784.8 亿元、完成率 112.1%，新开工重大项目 47 项、开工率 117.5%，均创历史新高。

"浙江水利大投资呈现两个鲜明特点。一个特点是后劲足，浙江水利的重大项目储备投资达 1282.9 亿元。这是我们加强前期项目推进、超前谋划项目战略储备的结果。"浙江省水利厅计划处处长许江南说，"另一个特点是潜力大，'两手发力'为浙江水利投资注入了'活水'。"

2023 年，浙江水利投资中财政资金与社会融资比例首次达到 1∶1，水利投融资改革成效显现。

杭州西险大塘达标加固工程撬动多渠道融资，30 天内完成 5 亿元政策性开发性金融工具基金落地投放，成功发行 10 亿元专项债券，全年完成水利投资 16.8 亿元，单体投资量位列全省第一；宁波市海曙区沿山干河河道整治工程创新采用"政策性银行＋商业银行"的银团贷款模式，成功获批银团贷款 50 亿元；松阳县实施水库资产盘活行动，打包出让县属 5 座水库，累计可回收资金达 15.5 亿元。

这一年，浙江水利市场化融资持续发力，投资增长成色十足，为浙江经济回升向好提供了强大引擎。

大手笔撬动，为高质量发展再加码

眼下正值冬春水利建设黄金时期。从江河岸畔到广袤田畴，筑大坝、固堤防、通河渠、建水站，浙江水利建设热火朝天。

"这一年在工地上挣的钱比前几年多了两三万元，现在干劲足得很，春节我们没停工。"在衢州市开化水库项目施工现场，5 号隧洞组班组长邓小斌带领工人们在隧道内紧张忙碌。

重大水利工程吸纳投资大、产业链条长、创造就业机会多，为经济发展和农民工就业注入强劲动力。

2023 年，浙江全省水利基础设施建设吸纳就业人数 13.75 万人，共发放工资 32.4 亿元，其中带动农村劳动力就业 10.67 万人，发放农村劳动力工资总额 25.3 亿元。

浙江作为高质量发展建设共同富裕示范区的先行省份，2023 年城乡居民人均收入倍差缩小至 1.86，是全国区域发展最均衡的省份之一。这其中，水利发挥了怎样的作用?

眼下,浙江广大农村正在开展冬春农田水利建设"大会战"。"十四五"以来,浙江推进 36 个大中型灌区现代化改造、改善灌溉面积 308 万亩,21 个灌区项目争取特别国债 7.5 亿元,为粮食安全提供了水利保障。

"一村不落、一人不少"。2023 年,浙江全面打响 8828 座单村水站改造提升攻坚战。开展技术攻关"揭榜挂帅",实施关键设备和主要材料统一采购,通过专项债、银行贷款等拓宽融资渠道……仅 3 个月时间,全省开工单村水站 6838 座,开工率达77.5%。

2023 年 7 月,浙江发布省级 1 号总河长令,吹响了全域建设幸福河湖的集结号,"水经济"以前所未有的热度展现出盎然生机。

在桐乡市,秀美的凤凰湖成为招商的"金名片",吸引总投资超 100 亿元;在浦江县,全域建设"15 分钟亲水圈",全县滨水旅游产业总收入达到 27 亿元……一项项水利工程的实施,改变了河湖环境和城乡面貌,催生了新业态,开辟了新赛道。

以水为笔,浙江广大农村续写着"千万工程"的新篇章。

放眼浙江全省,从工地到农田,从城市到乡村,水利工程建设如火如荼,富含水利元素的各项增长同向发力;从拉动就业到撬动投资,从新业态驱动发展到"水利 +N"联动增长,江河之上,跳动着高质量发展的强劲脉搏。

大情怀担当,为"经得起检验"守初心

2023 年,浙江水利项目大干快上的背后,是敢于啃"硬骨头"的攻坚克难,是跳出水利看水利、广泛联合干水利的创新实践,是坚持"严"的主基调的一以贯之。

这一年,省领导领衔、厅长市长调度,30 个部门、5 个区(县)协同攻坚,镜岭水库工程仅用 5 个月就通过水利部行业审查,刷新了浙江省报部审批水利项目的最快纪录。

浙江水利与发展改革、民政、财政、自然资源等省级部门齐心合力,开展跨部门联合指导服务 80 余次,召开重大项目专题会 90 余次,合力加快水利项目前期进度。

浙江水利基础设施建设营商环境不断优化。完善信用评价体系,建立负面清单,活跃在浙江省水利建设市场的 2760 余家企业参与信用评价。开展水利工程建设招标投标领域专项整治,奖优罚劣的市场氛围逐步形成。

在水利投资再创新高的这一年,"党建进工地"活动覆盖全省 79 项重大水利项目,"清廉水利"建设再添新招法。

"党建进工地,即组建联合党支部或临时党支部,打造有场所、有制度、有活动、

有宣传栏、有工作墙的'五有'工地。"浙江省水利厅建设处处长宣伟丽介绍，"就是为了全过程加强监管，建设经得起检验的安全工程、民心工程、廉洁工程。"

在东苕溪防洪后续西险大塘达标加固工程（杭州市段）项目，浙江省水利厅和杭州市余杭区创新打造了"碧水苕溪，红盟先锋"党建联建品牌，推进数字化应用场景"嵌入式"全过程监督，建立全员、全域、全程"三全"监督体系，智能打造"透明工程"。

海宁市百里钱塘综合整治提升一期（盐仓段）成立清廉工地建设民主监督小组，重点岗位人员一人不落签订清廉承诺书，建立清廉工程工作机制，把项目打造成"清廉工地新标杆"。

金华市水利局邀请老党员担任廉政特约监督员，组织开展廉政警示教育和廉政提醒，查找廉政风险点并制定防范措施，坚决杜绝出现在建工程腐败现象。

……

之江大地上，一项项水利工程呈现出蓬勃向上的奋进图景，一条条河流水系滋润着高品质生活的千姿百态，一张张现代化水网凝聚起高质量发展的澎湃力量……水利，将持续为浙江当好"中国式现代化先行者"蓄势赋能。

（刊载于《中国水利报》，2024年2月21日1版）

现代水网强引擎　齐鲁发展添动能

□ 本报记者　杨文杰　通讯员　王丽娟

2023 年，山东省完成水利建设投资 682 亿元，投资总量和增幅均创历史新高；

2023 年，累计实施农村供水项目 189 个，铺设主管网 4543 千米，新增日供水能力 90.4 万吨，农村自来水普及率、规模化供水率均居全国前列；

2023 年，老岚水库顺利完工，太平水库开工建设，40 项重点引调水工程、50 座大中型病险水库水闸除险加固工程加快推进，198 项重点项目主体完工，以"一轴三环、七纵九横、两湖多库"为主骨架和大动脉的现代水网日趋完善。

……

行走在齐鲁大地，总能强烈感受到现代水网建设对高质量发展的强劲支撑。

一组组数字，一个个突破，定格了山东水利基础设施建设意义非凡的 2023 年。

水网赋能　合力奋进

省级水网在国家水网中处于承上启下的关键环节，是提升国家水安全保障能力的重要基础支撑。

山东在全国的省级水网建设版图中有着特殊的地位。2022 年 8 月，山东等 7 个省（自治区）被水利部确定为全国第一批省级水网先导区，山东省级水网先导区成为黄河流域首个省级水网先导区，并且是唯一覆盖全国七大江河流域中三大流域的省级水网先导区，建好山东省级水网意义重大。

印发《国家省级水网先导区建设方案（2023—2025 年）》；成立加快建设国家省级水网先导区工作组，省委书记、省长任双组长；省委、省政府先后召开全省水利专题会议和省级水网先导区建设工作会议；省委、省政府印发实施《关于加快国家省级水网先导区建设全面提升现代水网综合效益的意见》……2023 年是省级水网先导区建设起步之年，山东高位推动，强势开局，频出有力之举。

"我们构建上下联动、齐抓共管的'大水利'工作格局，形成推进水网先导区建设的强大合力。"山东省水利厅二级巡视员贾乃波说。2023 年，山东所有设区（市）、122 个县（市、区）以政府文件印发水网规划。

山东省水利厅印发《山东省市级现代水网示范区建设工作指导意见》，确定济南、青岛、烟台、济宁、临沂、德州、聊城为市级现代水网示范区。

2023 年，各市锚定目标，加压奋进，打造各具特色的市级水网样板。烟台市作为全国首批市级水网先导区，实施现代水网"百项千亿"工程，倾力打造北方沿海省份现代水网建设典范；德州市规划实施现代水网"三通六带"，实施"两河牵手"综合廊道等五大工程；聊城市提出 2023—2025 年水利储备项目三年滚动清单，系统推进"五横六纵"骨干水网治理……

数字水网是水利现代化的重要支撑。2023 年，山东聚力数字赋能增效，实施"智水齐鲁"水利大脑建设，发布山东水利"一张图"，积极推动数字孪生流域建设。

"山东加快推进现代水网建设，水安全保障能力持续增强，综合效益不断显现。"山东省水利厅厅长黄红光说。

成功应对 15 轮强降水过程，大中型水库、骨干河道无一出险，因灾直接经济损失较常年减少九成以上；

省内南水北调、胶东调水等调水工程总长度达 6342 千米，年输水能力达 122 亿立方米；

创建省级美丽幸福示范河湖 118 条（段），水土保持率达 85.7%；

依托小清河复航工程，沿线规划 4 个港口 11 个作业区 164 个泊位，运能相当于再造一条胶济线，成为助力区域发展的"黄金水道"；

数字孪生位山灌区建设使量水测水精度提高 3%，配水效率提高 11%，灌区下游的高唐县时隔十年再次用上了黄河水。

"两手发力"　有为有效

加快构建现代水网，资金支撑是坚实保障。水利工程投资规模大、建设周期长、公益性强，常遭遇投融资"堵点"，怎么破解？

山东省落实"两手发力"，在加大财政资金支持力度的同时，向市场要活力，积极争取金融信贷、社会资本投入水利建设。

寒潮来袭，位于滨州市惠民县的利民水库工程施工现场，挖掘机长臂挥舞，运输车穿梭作业，仍然一片繁忙景象。

"工程总投资 4.34 亿元，我们积极破解资金制约因素，2023 年 7 月成功争取一笔 6000 万元的地方政府专项债券，给工程顺利推进提供了有力支撑。"惠民县城乡水务局局长王金周说。

山东省水利厅紧抓政府专项债券支持水利工程建设的有利机遇，及时印发有关

文件，帮助市、县摸清吃透政策，指导各地采取小型项目"同类打包"、跨领域项目"联合申报"等方式，尽可能多争取政府专项债券。2023 年，全省累计落实政府专项债券超过 170 亿元。

"我们与多家金融机构签订战略合作协议，创新设立'山东水利银行'，制定差异化信贷优惠政策，对水利贷款建立绿色通道。"山东省水利厅副厅长崔培学介绍。

"政府赋权 + 砂石收入"，成功支持峡山水库水环境治理；"水利 + 海水稻"，潍坊寒亭区北部灌溉工程顺利实施；采用"以城补乡，以工养农"经营模式，保障农村饮用水安全工程还款来源；官路水库积极争取国家开发银行基础设施投资基金9.15 亿元……在山东，水利系统全面加强政银合作，探索破解投融资堵点新模式。

这一年，山东省举办现代水网先导区项目推进会，向社会推介水资源优化配置、防洪减灾、智慧水利等项目，现场签约 12 个，总投资额 249 亿元。

处理好"看得见的手"和"看不见的手"这两者的关系，既要"有效的市场"，也要"有为的政府"，坚持"两只手"协同发力。2023 年，山东省重点水利项目利用金融贷款 103.79 亿元、社会资本 206.22 亿元，分别是 2022 年的 1.74 倍、2.85 倍。

强化监管　安全运行

解决了"钱从哪里来"的问题，更要解决好"钱怎么管"的问题。

强化全过程监管，开展专项监督检查，定期调度通报，加强约谈督导；实施全覆盖绩效管理，动态监控项目执行和绩效完成情况，把水利建设资金到位和支付情况纳入河湖长制综合考核；积极会同纪检监察、新闻媒体等多方力量，合力强化资金监管……山东省水利厅多措并举保障资金安全，将资金使用置于"阳光"之下。

"一件件触目惊心的案件、一句句声泪俱下的忏悔，犹如一声声警钟，时刻提醒我们保持廉洁自律。"马扎子灌区续建配套与现代化改造工程负责人观看《永远在路上》专题片后表示。

为打造廉洁工程，山东坚持防控风险结果导向，持续强化日常廉政教育，健全完善廉政风险防控体系，着力加强对工程建设重点过程、重点领域和关键环节的实时监督、精准监督、全覆盖监督，有效预防和遏制水利工程建设领域腐败滋生，确保工程安全、资金安全和干部安全。此外，水利工程建设项目实现"不见面开标、全流程电子化评标"，有力防范化解廉政风险。

2023 年，山东省水利厅启动水利工程建设质量提升三年行动，通过加强工程质量全生命周期管理、强化数字赋能等措施，提升工程质量安全管理水平。

走进金堤河水源保障综合提升工程数字智能化调度室，整个项目现场的施工情况一览无余。

"系统添加 AI（人工智能）识别算法，通过区域划分实现智能化监管，随时查看工地现场情况。"工作人员魏兴龙介绍。

数字孪生胶东调水工程，借助无人机巡检和渠段监测感知手段，发现异常情况及时预警，保障工程安全运行。现在，5 架无人机每天"打卡上班"。

"我们牢固树立'质量第一、安全至上'理念，积极探索实践'1234'工作法。"山东省水利厅副厅长尹正平介绍。健全质量与安全监督管理"一个体系"，全省 16 个市 136 个县（市、区）全部成立质量与安全监督机构；全面推行质量监督履职巡查规定动作与质量安全巡查监督自选动作"两个动作"相结合；严把问题整改追到底、责任追究严到底、质量评议推到底"三个抓手"；抓好建章立制、队伍建设、经费保障、数字赋能"四个支撑"。

"1234"工作法扎紧织密水利工程质量安全"防护网"。

"2024 年，我们将围绕高标准实施'三个十'攻坚行动，以更大力度、更快速度、更实举措推动水利基础设施建设，全年完成水利投资 700 亿元以上，奋力推动全省水利工作再上新台阶，为建设现代化强省作出更大水利贡献。"黄红光说。

（刊载于《中国水利报》，2024 年 2 月 24 日 1 版）

清流"粤"动添活力　碧水淌金促发展

□ 本报记者　李　攀　通讯员　林冰莹　寇　磊

2月18日，农历龙年春节后的第一个工作日，广东全省高质量发展大会在深圳召开。

春潮涌动，万象更新。2023年，广东把高质量发展作为实现现代化的奋进之路，地区生产总值达到13.57万亿元，经济总量连续35年居全国首位，以经济大省之"稳"促全国之"稳"，以"排头兵"之"进"助全国之"进"。

在推进中国式现代化的广东实践中，广东水利坚持稳中求进、以进促稳，展现了新担当新作为，为广东高质量发展注入蓬勃水动力。

数字是有力的证明。2023年，广东以项目攻坚拉动有效投资，水利建设完成投资首次突破千亿元，达到1006亿元，较2022年增长18%，投资额是2019年的3倍。

重大水利工程建设提速，农村自来水普及率超99%、规模化率超83%，现有病险水库除险加固任务提前两年完成……2023年，广东水利基础设施建设、水库除险加固和运行管护、农村供水工作成效显著，在2024年全国水利工作会议上获水利部通报表扬。

抓项目促投资　水利建设为经济稳增长注入"强心剂"

1月30日上午，随着佛山市顺德区鲤鱼洲岛上的西江取水闸口缓缓升起，汩汩西江水从地下输水管渠奔涌而来，注入高新沙、罗田、公明等沿线水库。珠江三角洲水资源配置工程提前实现全线通水目标。

总投资354亿元，历时4年8个月建设，这项"西水东调"的超级工程在为粤港澳大湾区"解渴"的同时，将有力推动区域经济在规模上和结构上的持续发展。

重大水利工程建设是稳投资、促增长的"强力引擎"。

2023年，广东以开局即冲刺之势，抓好重点规划编制，加快推进重大水利工程前期工作，积极筹措资金，加大水利投入力度，坚持"两手发力"扩大水利投融资规模，全力推进水利工程建设增速提效，向着"851"水利高质量发展蓝图的目标努力冲刺。

"8"为加快实施八大工程，"5"指建设水资源配置骨干网、防洪安全网、万里碧道网、农村水利保障网、智慧水利网等五张网，"1"是推动广东水利现代化水平迈进全国第一梯队。

广东省委、省政府高位推动，建立促进重大水利工程建设工作机制，成立省水利重大项目建设指挥部，建立并联审批专班机制。省领导牵头，多部门聚力，工程沿线地市级以上政府协同，压茬推进重大水利项目建设。

省级水网先导区建设是重要抓手。广东抢抓有利机遇，积极谋划省级水网建设，建立总投资超 1.3 万亿元省级水网项目储备库，打响水利建设"大会战"。

珠江三角洲水资源配置工程正式通水，加快环北部湾广东水资源配置工程、粤东水资源优化配置二期工程等水资源配置骨干工程建设，完成农村集中供水全覆盖攻坚，提前两年完成病险水库除险加固，推动堤防达标加固三年攻坚行动……重大项目建设按下"快进键"，为推进区域经济高质量发展注入"强心剂"。

2023 年，广东水利建设投资完成规模创历史新高。

如此大体量的经济投入，资金从哪里来？

广东省水利厅主动作为，积极搭建政银企对接平台，成立投融资工作专班，指导各地融资项目落地。

佛山市顺德区以"金融工具＋专项债"模式，解决群力围、石龙围整治项目资本金 7.2 亿元；湛江市廉江市以"TOT+BOT"模式融资 4 亿元，实施武陵水库治理工程；河源市东源县以农村供水运维补贴机制吸引国有企业参与，成立合资公司全域合作，由其出资实施建设和运营。

"两手发力"扩大水利投资规模，助力广东跑出水利建设"加速度"。

2023 年，广东全省水利建设投资的财政投入和市场投融资分别占 51%、49%，其中专项债 241 亿元、银行贷款 130.6 亿元、社会资本 118.1 亿元，分别较 2022 年增长 5.2%、228%、119%。

补短板强基础　为推动区域高质量发展注入"源头活水"

"现在打开水龙头，随时都有市政自来水。水压足，水干净。"家住广州市从化区鹊塱村的邝勇芬脸上幸福洋溢，如今她已经没有了当年喝山泉水时水质不稳定、水量没保证的困扰。

群众用水之变，源于广东大手笔、大力度、高标准推动农村供水工作。2021 年以来，广东省先后启动农村集中供水全覆盖攻坚、农村供水"三同五化"改造提升等行动，着力建立城乡供水"同标准，同质量，同服务""规模化发展，标准化建设，一体

化管理，专业化运作，智慧化服务"的农村供水高质量保障体系。

"针对近一半的村位于山区、地形较复杂的情况，我们因地制宜探索出市政供水、小型集中式供水择优而用的建设路径。有条件的地区最大化延伸市政供水管网；市政自来水无法覆盖的地区，采用多水源、一体化水处理设备的小型集中供水设施供水，确保农村供水水量充足、水质达标。"从化区水务局负责人李雄伟说。

"十四五"以来，广东农村供水建设投资超 300 亿元，建设改造农村供水工程 6000 余宗，农村自来水普及率达到 99.3%，规模化供水工程覆盖农村人口的比例提升至 83% 以上，减少小微型工程 5000 余宗。广东用实干实效交出了"让城乡群众都喝上好水"的亮丽答卷。

水库除险加固同样持续发力。2021 年以来，广东加速推进病险水库除险加固，2022 年、2023 年连续将其纳入省十件民生实事集中攻坚、持续发力，并于 2023 年底全面完成现有 1732 座病险水库除险加固，提前 2 年完成任务。

据估算，全省病险水库除险加固项目提前完成后，可恢复 19.7 亿立方米库容，综合效益显著。

走进惠州市博罗县山猪笼水库，坝顶沥青路面整洁平坦，全长 86.5 米的溢洪道拆除重建，智能感知系统一应俱全。"2023 年 3 月完成除险加固后，水库消除了安全隐患，防洪、灌溉等综合效益显著提升，环境更美了。"博罗县水利局工作人员吴达烽说。

面貌改善的江河湖库，对经济拉动作用潜力巨大。2023 年，广东在全省部署开展"10+2"水经济试点工作，选取 10 个涵盖水上运动、水文旅文创、滨水休闲康养、优质水开发利用等业态的省级水经济试点项目，在佛山、江门 2 个地市开展全域水经济试点建设，着力打造绿色水经济新业态。

各地积极行动，亮点频出。东莞市松山湖融"山湖城"于一体，吸引水上赛艇基地在此落地，推动文化、旅游、体育、商业等"多业融合"。

茂名市信宜锦江画廊碧道沿线村民办起了民宿、农家乐、农业采摘园等，沿线景点日均游客量同比增长 30% 以上，带动沿线 1000 多名村民在家门口就业。

"全省试点在 2023 年半年度已完成投资 22 亿元，其中社会资本投资 20 亿元，占 90.8%，项目建成后预计增加就业岗位超 2600 个，绿色水经济新业态逐渐成为资本追逐的热门领域。"广东省水利厅河湖长处二级调研员张伟民介绍。

严约束强监督　确保水利工程安全资金安全

水利建设投资体量大、项目多，资金怎样监管？进度如何保证？

广东从健全完善制度入手，出台《广东省中央财政水利发展资金使用管理实施细则》，建立资金分配与绩效评价结果挂钩机制，强化省级财政水利专项资金、地方政府专项债券资金、水利项目涉农资金等监管，切实扎紧"钱袋子"，算清"明白账"。

对标年度水利建设投资计划，广东省水利厅领导班子成员"分片包干"，责任处室分项督导，逐月会商调度，推动项目建设，确保年度投资目标完成。

2023年，针对病险水库除险加固进度慢的市（县），省水利厅采取政府、水行政主管部门和参建单位三线齐抓的方式，每半个月对落后市（县）发送提醒函，对工作落后的水行政主管部门主要负责同志进行约谈，确保水库除险加固年度目标任务如期完成，充分发挥效益。

水利建设热潮涌动，鲜艳党旗在水利建设一线高高飘扬。

江门市睦洲枢纽除险加固工程现场，新会区水利局建立临时党支部，组建"水利党员突击队"，全力打造高质量党建推动水利高质量发展的精品工程范例。

"我们采取'三会一课'、宣讲辅导等，在工地一线组织支部党员学习水利工程建设好经验，统一思想，争做标杆。大家比学赶超，心往一处想、劲往一处使，各项工作推进更加高效。"睦洲枢纽除险加固工程临时党支部书记赵伟文说。

大坝拔地而起，堤防加高培厚，输水渠穿山越岭，河流幸福流淌……广东水利事业在一次次的超越中，找到向上的动力与空间，为全国第一经济大省培育新的经济增长点，为区域经济社会高质量发展提供了坚实的水利支撑。

（刊载于《中国水利报》，2024年2月27日1版）

现代化美好安徽建设的水利担当

□ 本报记者　范丹丹　吴晓珺　通讯员　张月蓉

经济强、百姓富、生态美，这是"十四五"时期乃至新阶段现代化美好安徽建设的核心内涵。高质量发展和高质量安全要实现良性互动，其中，水安全保障至关重要。

2023 年，安徽凤凰山水库等 86 项重点水利工程相继开工，淮河干流蚌埠至浮山段行洪区调整和建设工程等 100 个项目竣工验收，全省全年完成水利建设投资 641 亿元，再创历史新高。

2023 年，皖北地区群众喝上引调水工程加快建设，皖北 13 个县（区）地下水水源替换任务如期实现，751 万人喝上了更加优质安全的地表水，全省农村饮水安全得到进一步保障。

2023 年，安徽入选全国第二批省级水网先导区，省级水网建设高效推进，带动经济增长，助力现代化美好安徽建设迈出坚实步伐。

2024 年 1 月，水利部印发《关于表扬 2023 年水利基础设施建设、水库除险加固和运行管护、农村供水工作成效显著省级水行政主管部门的通报》，安徽省的三项工作均获通报表扬。

数据的背后，是安徽省加强水网规划、推进重大工程建设、深化水利投融资改革的积极探索；亮眼的成绩，见证了水利基础设施建设成为助力八皖经济增长的强大动能。

改革添动能　加快水网建设

作为全国第二批省级水网先导区，安徽省现代水网建设在 2023 年全面铺开。《安徽省现代水网建设规划》谋划项目估算投资超 1.1 万亿元，16 个市全面完成市级水网规划编制和审查，县级水网规划编制全面展开，省、市、县水网协同融合加快推进。

在冬春兴修水利的黄金期，江淮大地上，高筑的水坝、挺立的塔吊、轰鸣的机器、忙碌的建设者，绘成了安徽省重点水利工程高质量建设的画卷。

2023 年 12 月 16 日，引江济淮枞阳泵站启动 3 台大型水泵，标志着引江济淮一期工程安徽段正式开启试调水，皖北人喝的水从此有了"长江的味道"。

2023 年 12 月 24 日，月潭水库工程通过竣工验收，工程防洪、灌溉、供水、发电效益将全面发挥。

2023 年 12 月 30 日，安徽省牛岭水库工程下闸蓄水，工程正式进入蓄水运行期。

实施华阳河蓄滞洪区建设等 19 项国家水网骨干工程，推进 6 项主要支流治理、40 项重点易涝区排涝泵站建设、212 座病险水库除险加固等，完成淮河干流蚌埠至浮山段等 100 个项目竣工验收……一年来，安徽省级水网建设加快推进，综合效益不断显现，为安徽高质量发展提供了有力的水利支撑。

加快推进省级水网建设，离不开稳定的资金投入。安徽深入推进水利投融资改革，落实"两手发力"，坚持多轮驱动，推进创新多元化投融资模式。积极争取国家支持，下达安徽省中央水利资金 114 亿元。

坚持运用"市场逻辑 + 资本力量 + 平台思维"，盘活水利存量资产。全省积极争取政府专项债和银行贷款，落实地方政府专项债 180 亿元。淠史杭现代化灌区加速推进，试点建设金安灌片 80 万亩高标准现代化灌区。引入中国南水北调集团有限公司全程参与现代化灌区建设，创新性推出"水头农尾"融合发展模式。目前，何山灌片 1.2 万亩先导区建设已经启动。

截至 2023 年年底，淠史杭灌区"十四五"续建配套与现代化改造工程已下达投资计划 11.9 亿元，共改善灌溉面积约 211.2 万亩，新增年节水能力约 3805 万立方米，新增粮食产量约 6166 万千克。

"进入新发展阶段，水利行业迎来重大发展机遇，面对水利建设任务繁重、水利投资需求量大的实际，省水利厅建立健全多元化水利投融资机制，用真金白银助力安徽水利建设跑出加速度，继续谱写水利高质量发展新篇章。"安徽省水利厅厅长王荣喜说。

工程强保障　支撑区域发展

城乡供水同源、同网、同质、同监管、同服务，一直是安徽推进农村供水工作的总目标。安徽省水利厅高位推动、精心谋划，因地制宜打造了一批与区域自然禀赋、社会发展相协调的优质供水项目，推动农村供水高质量发展。

——地处皖中北部的淮南市，毛集实验区依托新建首创水厂，通过管网延伸工程兼并整合 16 座小型水厂，实现"一区一网"规模化集中式供水，形成城乡供水一体化发展格局。一期工程铺设管网 54.2 千米，将更优质的淮河水送进村民家中。

——地处皖东南部的宣城市，结合丘陵山区供水特点，各地因地施策，实施稳

定水源工程建设，全市建设农村供水工程 43 处，全力补齐农村供水短板。广德市依托区域优质大中型水库资源，打造城乡环状供水管网；宁国市试点建设一批超滤膜净水工艺水厂，打造山区单村稳定优质供水示范样点；泾县依托陈村水库供水三大水厂，打造乡镇配水站，缩短建设周期，提升投资效率。

——地处皖北的亳州市，蒙城县域城乡一体化供水巩固提升工程有序推进，以引江济淮优质水源为保障，采用"规模化地表水厂 + 环状供水主管 + 智慧水务"的供水模式，全县 111.9 万农村人口实现水源替换。

2023 年，安徽如期实现皖北 13 个县（区）地下水水源替换，751 万人喝上了更加优质安全的地表水。全省推进淮河以南地区农村供水保障提升工程建设，完成投资 51.94 亿元，509 万人供水得到更好保障。

"全省农村自来水普及率达到 97%，规模化供水工程覆盖农村人口比例达到 93%，农村供水工程体系更加健全。"安徽省水利厅农村水利水电处处长柳鹏说。

有水喝，喝好水，还要做好工程运行管护，守住饮水安全底线，为区域经济发展提供增长支撑。

"好水来了，我们干事创业更加有底气了。"毛集试验区臧巷村党总支书记臧贤伍说，由于水质和水压达标，促成淮南师范学院与村里合作，建设豆腐乳厂、麻花加工厂。农村供水工程体系更加健全，为地方产业发展提供了坚实的"水支撑"。

越来越多的群众用上了好水，有水产业兴的精彩故事正在安徽各地生动演绎。

党建筑防线　保障民生福祉

在大力推进水利工程建设的 2023 年，安徽推行"党建 + 廉政"模式，充分发挥党建引领作用，保障水利行业一清如水，全面筑牢廉洁防线。

安徽省水利厅印发《关于在全省重点水利工程开展"党建进工地"工作的通知》，加强对工地党建联建工作的组织、协调、指导。"在全省 24 个重点工程开展'党建 +N''党课进工地''先进典型讲专题党课'，创建'1+3'学习模式等，推进'党建进工地'各项工作走深走实。"安徽省水利厅水利工程建设处处长王伟介绍。

蒙城县北凤沟闸工程临时党支部委员会，紧扣工程建设中心任务，大力推行"党建 +N"管理模式，促进工程建设优质、高效、有序开展，将党建资源转化为水利工程建设管理资源，促进党建与业务深度融合，让党旗飘扬在工地上。

"设立专职纪检委员，组织开展廉政警示教育和廉政提醒，查找廉政风险点并制定防范措施，坚决杜绝在建工程腐败现象。"北凤沟闸工程临时党支部书记王旭光说。

在驷马山灌区项目工地，临时党支部开展纪法教育主题党日活动，组织纪法教育"五拒绝一反对"党员集体签名，做到承诺"上墙"，警示"上心"。

2023年，安徽从保障最广大人民群众的民生福祉出发，建立"民声呼应水利回音"机制，妥善处置企业和群众反映的285个问题，水利基础设施建设营商环境不断优化。

安徽出台优化水利营商环境31条工作举措，全年减免水土保持补偿费1.05亿元，减收省级船舶过闸费490万元。

2023年9月，安徽省水利工程建设综合管理平台上线试运行，省、市、县三级共用的"一屏、一网、三应用"，企业"三类人员"证书实现电子化和跨省通办，切实让数据多跑路、群众少跑腿、企业降成本。

水利工程建设为稳增长、稳就业发挥了重要作用。安徽省水利厅加强与发展改革、财政、农业农村等部门沟通，充分发挥协同机制作用。

安徽省水利厅指导市（县）建立以工代赈项目库，做好以工代赈水利项目的务工组织、技能培训和劳动报酬发放等工作。鼓励、引导、督促项目实施单位就地就近，充分挖掘水利工程建设用工潜力。2023年，安徽在138个水利项目中推广以工代赈方式，就近吸纳农村劳动力2万余人，累计发放劳务报酬超43492万元。

皖水激扬，治水兴皖。2024年，安徽全年计划完成各类水利投资660亿元以上，力争超过700亿元，为奋力谱写中国式现代化安徽篇章提供强有力水利支撑和保障。

（刊载于《中国水利报》，2024年2月28日1版）

江苏水利书写"走在前、做示范"的时代答卷

□ 本报记者 李 爽 程 瀛

春节期间，江苏省盐城市滨海县张家河闸站施工现场仍是一片繁忙。建设者们抢抓工期，假期不停工，确保工程于汛前具备防汛排涝条件。这一闸站是淮河入海水道二期盐城段首个开工建设的重要节点，也是入海水道行洪期滨海县城区主要的排涝出路。

就是在这样日夜奋战、辛勤拼搏下，2023 年江苏水利提交了一份创历史答卷：水利重点工程建设落实投资 180 亿元，完成投资 195 亿元，引导带动全省全社会水利建设完成投资 638 亿元，实现重点工程投资和全社会投资"双创历史新高"。

2023 年，江苏全面加快国家水网主骨架大动脉工程建设，推动重点项目建设一批、开工一批、储备一批，充分发挥水利稳投资、稳增长作用，成为推动经济回升向好的"强引擎"。围绕推进中国式现代化这一最大的政治和坚持高质量发展这一新时代的硬道理，江苏水利重点工程建设统筹质的有效提升和量的合理增长，不断巩固江苏现代化建设的物质基础，为江苏"走在前、做示范"提供坚实的支撑和保障。

拓渠道强支撑 水利基础设施建设为经济增长添活力

作为淮河流域防洪工程体系的标志性、战略性工程，淮河入海水道二期工程于 2022 年开工建设，其先导工程张家河闸站和先行段 14.5 千米河道工程主体工程已基本完工，累计完成投资 51.4 亿元，连续两年超额完成年度投资任务。岁末年初，淮河入海水道二期工程再开新项目，包括滨海境内陶圩河闸站、陈涛地龙、西排河涵闸 3 座穿堤建筑物工程，滨海段 12.5 千米已开工河道工程深泓坡脚石笼防护、输电线路塔基防护工程，以及阜宁境内 13.8 千米河道工程，总投资约 23 亿元。

2023 年，江苏重大水利工程全面提档升级：吴淞江（江苏段）整治工程、洪泽湖周边滞洪区全面实施，苏北灌溉总渠堤防加固工程开工建设，淮河流域重点平原洼地近期治理、新孟河延伸拓浚和环太湖大堤后续工程加快扫尾，流域性工程标准更上一个台阶。

水利工程建设周期长，回报期也较长，需要长期稳定的资金来源。资金从哪里来？

2023 年，江苏不断拓宽投资渠道，加快水利投融资改革。苏州市水务局加强与政策性银行和商业银行对接，获批政策性开发性金融工具 4.97 亿元，用于吴淞江（江苏段）整治工程昆山段和吴江城南水质净化厂建设；国家开发银行授信 250 亿元，用于支持苏州古城区历史河道恢复、排水防涝、老旧管网更新等城市更新项目。无锡研究推进 EOD（生态环境导向的开发）模式，政策性开发性金融工具、专项债、特别国债、REITs（不动产投资信托基金）等在水利建设领域落地应用……各地积极搭建政银企对接平台，创新探索多种贷款模式，努力构建多元化、多层次、多渠道的水利投融资体系。

政府和市场"两手发力"，是水利建设投资再创新高的重要保障。2023 年，江苏水利重点工程争取中央财政投入 71.8 亿元，同比增长 86.5%；指导基层水利部门用足用好各项金融支持水利政策，利用专项债 25 亿元，同比增长 25%，并根据国家增发国债项目部署，初步争取 91 个合计 93.3 亿元的项目列入国债支持项目清单。

提前储备重点项目有利于更好把握投资机遇，争取项目资金和政策支持。围绕国家水网建设，江苏已提前储备基础性、全局性建设项目：会同淮委编制完成骆马湖新沂河提标工程可行性研究报告，配合淮委推进淮河干流浮山以下段行洪区调整和建设工程前期工作，淮河流域淮沭河以西、邳苍郯新、白马湖宝应湖洼地治理可行性研究报告基本完成……

2024 年，江苏将继续加快实施淮河入海水道二期、吴淞江（江苏段）整治等国家水网重大工程，确保全面完成重点水利工程建设投资 210 亿元。

强基础惠民生　服务国家重大战略

寒冬腊月，夜幕降临，苏北灌溉总渠堤防加固工程阜宁腰闸、运东闸施工现场灯火通明，底板浇筑施工井然有序。

苏北灌溉总渠作为淮河排洪入海的关键通道之一，不仅彻底改变了数百年来黄河、淮河共同困扰苏北地区的局面，而且通过精准的防洪、排涝措施，使得当地从根本上实现由"水灾"到"水利"的历史性转变，是一项造福千万百姓的伟大工程。运行 70 余年的苏北灌溉总渠，正在进行河道、堤防、枢纽及穿堤建筑物除险加固，消除安全隐患，造就强壮"体魄"，继续保障淮河下游地区防洪安全。

在开展保障民生相关工程建设的同时，江苏水利部门正全力加快各类水利基础设施建设：保粮食安全——实施 20 座大中型闸站加固改造工程，新增和改善灌排能力 444.5 立方米每秒，新增年粮食生产能力 4.3 亿千克；保生态安全——全面落实新一轮太湖综合治理行动方案，完成太湖流域 7 条中小河流治理，治理河长 66.7 千米，全年完成洪泽湖退圩还湖20平方千米，进一步扩大了湖体容量，改善了河湖生态……

水利基础设施建设，一头连着民生福祉，一头连着国家重大战略。

江苏位于长江经济带的下游，紧邻上海，处于国家重大发展战略的叠加区域，是长江三角洲地区的重要一环，其水利基础设施建设是长江经济带和长江三角洲区域一体化发展的重要组成部分。在推动区域发展中，江苏水利部门协同完成推动长江经济带发展中期评估、水利专项规划实施进展情况评估、高质量发展若干政策措施制定等年度重点任务，推动长江经济带绿色发展；协同制定《长三角生态绿色一体化发展示范区联合河（湖）长制工作规范》，推动长江三角洲区域基础设施互联互通、生态环境共保联治；一系列港闸、海堤改建提升工程，为沿海发展战略提供了坚实的物质基础和安全保障。

守底线强监管　打造人民满意的水利工程

在东台市、海安市两地，江苏"十大百项"水利重点工程——临海引江供水工程（丁堡河、江海河接通工程）正在有序施工。流经市内多地的两条河道经历水道疏浚、新建护岸、重建河闸等工程建设，已然变为长长的碧绿"绸缎"，环绕在田野、村庄之间。

"围绕抓牢工程质量、安全，我们创新工程监管机制，推行全闭环责任体系、全覆盖监督检查、全节点把关督导、全领域激励奖惩，以及实行统一组织、统一计划、统一内容、统一考评、统一考核结果运用的'四全五统'工作机制，强化日常工序把关和重大节点督导，必要时邀请专家做到事前报备、核验把关、现场督导，守牢水利工程安全、质量、廉洁底线。"东台市水利基建工程建设处主任丁海东说。

江苏创新开展全省水利工程建设质量和安全监督"四全五统"专项监管，在省级层面首次系统性检查不同类型水利工程，目前已实现水利重点基建工程半年全覆盖，其他工程全年全覆盖。

举一反三开展安全生产专项整治，水利建设质量工作考核全国第一；试点推进风险管控"六项机制"和安全管理精准化，质量监督能力不断提升……2023年，江苏安全生产、质量监督等各项工作取得积极成效。

淮河入海水道二期工程建设周期长、地域分布广、国有资金量大、涉及部门多、廉政风险高，是纪检监察监督的重点。驻江苏省水利厅纪检监察组把淮河入海水道二期工程建设监督列入政治监督重点事项清单，积极履职尽责，制定淮河入海水道二期工程前方纪检派驻工作办法，按照"牵头抓总、联动监督、分工合作、分级负责"原则，设立淮河入海水道二期工程前方纪检派驻工作组，实施靠前监督、贴身监督、精准监督。

同时，驻水利厅纪检监察组会同淮委机关纪委、淮安市纪律检查委员会和盐城市纪律检查委员会，创新建立"组委地"联合监督工作机制，制定《联合监督工作实施方案》和《联合监督工作机制实施细则》，明确信息共享、定期会商、联合专项督查、主管部门驻点监督、线索移送等5项机制，督促联合监督成员单位消除盲区和堵点，同向发力、同题共答、同步推进。

"原本线条式、分解式的监督模式已转变为联合监督工作组牵头，有关监督部门各司其职的'大监督'格局。"驻厅纪检监察组相关负责人说。

在江苏这片繁荣的土地上，水利基础设施建设的蓬勃发展，不仅为经济增长提供了强大的动力，也为民生福祉注入了源源不断的活力。随着水利基础设施建设的不断推进，江苏将在经济增长、拉动就业、区域发展、保障民生、生态环境改善等方面迎来更多的综合效益。同时，这也将进一步巩固和提升江苏在全国水利建设领域的领先地位，更好助力江苏在推进中国式现代化中"走在前、做示范"。

（刊载于《中国水利报》，2024年3月2日1版）

图书在版编目（CIP）数据

"十年回响"主题宣传报道作品集 / 中国水利报社编 .

武汉 : 长江出版社，2024. 11. -- ISBN 978-7-5492-9918-8

Ⅰ . I253

中国国家版本馆 CIP 数据核字第 20245D9V75 号

"十年回响"主题宣传报道作品集

"SHINIANHUIXIANG" ZHUTIXUANCHUANBAODAOZUOPINJI

中国水利报社　编

责任编辑：郭利娜

装帧设计：汪雪　李竹音

出版发行：长江出版社

地　　址：武汉市江岸区解放大道 1863 号

邮　　编：430010

网　　址：https://www.cjpress.cn

电　　话：027-82926557（总编室）

　　　　　027-82926806（市场营销部）

经　　销：各地新华书店

印　　刷：武汉卓源印务有限公司

规　　格：787mm×1092mm

开　　本：16

印　　张：14.5

彩　　页：16

字　　数：350 千字

版　　次：2024 年 11 月第 1 版

印　　次：2024 年 12 月第 1 次

书　　号：ISBN 978-7-5492-9918-8

定　　价：98.00 元